HEYNE <

Das Buch

Kennedy Moore möchte Tänzerin am Altman American Dance Theater werden. Leider muss sie bald erkennen, dass ein Mädchen mit ihrem Background, ohne Geld und ohne Beziehungen ihr Ziel wohl niemals erreichen wird. Da taucht eines Tages ihre große Liebe Reese wieder auf, der ihr vor Jahren das Herz gebrochen hat. Er verspricht Kennedy die Chance ihres Lebens: Wenn sie ein paar Wochen auf seiner Jacht aushilft, wird er im Gegenzug ein Vortanzen bei dem berühmten Tanzensemble für sie arrangieren. Kennedy muss nichts weiter tun, als hart zu arbeiten und Reese zu widerstehen. Das Wiedersehen mit Kennedy hat jedoch auch das Feuer in ihm neu entfacht – und das kommt Reese höchst ungelegen. Er hat schon einmal Jahre gebraucht, um sie zu vergessen, doch diesmal hat er einen Plan: Er verführt Kennedy, kommt endlich über sie hinweg, und sein Leben geht weiter. Denkt er …

Die Autorin

Michelle Leighton wurde in Ohio geboren und lebt heute im Süden der USA, wo sie den Sommer über am Meer verbringt und im Winter regelmäßig den Schnee vermisst. Leighton verfügt bereits seit ihrer frühen Kindheit über eine lebendige Fantasie und fand erst im Schreiben einen adäquaten Weg, ihren lebhaften Ideen Ausdruck zu verleihen. *Befreie mich* ist der zweite Band der *All The Pretty Lies*-Serie.

Lieferbare Titel

Addicted to You – Atemlos
Addicted to You – Schwerelos
Addicted to You – Bedingungslos
The Wild Ones – Verführung
The Wild Ones – Verlangen
The Wild Ones – Verheißung

M. Leighton

ALL *the* PRETTY LIES

BEFREIE MICH

ROMAN

Roman

Aus dem Amerikanischen von
Julia Flynn und Ursula C. Sturm

WILHELM HEYNE VERLAG
MÜNCHEN

Die Originalausgabe erschien 2014 unter dem Titel *All The Pretty Poses*
bei CreateSpace Independent Publishing Platform.

Dieses Buch ist auch als E-Book erhältlich.

FSC www.fsc.org MIX Papier aus verantwortungsvollen Quellen FSC® C014496

Verlagsgruppe Random House FSC®-N001967.

Taschenbucherstausgabe 02/2017

Printed in Germany
Redaktion: Antje Nissen
Umschlaggestaltung: Nele Schütz Design, München
unter Verwendung von shutterstock/rtem
Satz: KompetenzCenter, Mönchengladbach
Druck und Bindung: GGP Media GmbH, Pößneck
ISBN 978-3-453-41926-1

www.heyne.de

Furcht ist nicht in der Liebe.
1. Johannes, 4,18

Von jemandem aus ganzem Herzen geliebt zu werden
macht uns stark,
jemanden aus ganzem Herzen zu lieben
macht uns mutig.
Lao-Tse

Für Courtney
Du bist die allerbeste Freundin und Kritikerin, die ich mir nur vorstellen kann. Ich liebe dich über alles!

Für Autumn, Kathryn und Megan
Ich danke euch aus tiefstem Herzen. Ihr drei habt es mir ermöglicht, dieses Buch zum Strahlen zu bringen.
Ihr seid die Besten!

Kapitel 1

REESE

»Wow! Verdammt cooler Laden!«, ruft Sig Locke begeistert, als ich die Tür zum *Exotique* öffne und unsere kleine Gruppe hineinführe. Ich besitze mehrere exklusive Nachtclubs, und das *Exotique* ist einer davon.

»Bist du dir wirklich sicher, dass du dir das antun willst, Sloane?«, fragt Hemi, mein jüngerer Bruder, seine Freundin.

Sie lächelt ihn an. »Baby, wie gesagt, wir sind in erster Linie wegen Sig hier. Ich möchte, dass sein erster Besuch in Chicago etwas Besonderes wird. Und wer weiß …«, sie reckt den Hals, um Hemi sanft ins Kinn zu beißen, »vielleicht lerne ich ja ein paar Moves.«

Hemi grinst träge. Zweifellos stellt er sich gerade vor, wie Sloane für ihn eine private Pole-Dance-Show abzieht.

»Igitt!« Sig hält sich mit beiden Händen die Ohren zu. »So was will ich nicht hören!«

Ich gluckse kopfschüttelnd in mich hinein und bleibe einen Augenblick stehen, um mich umzusehen, von einer Mischung aus Stolz und Erregung erfasst, wie es mir immer ergeht, wenn ich einen meiner Läden betrete.

Ich habe mir eine Art Imperium aus edlen, exotischen Luxus-Nachtlokalen aufgebaut, von denen sich die meisten in den Vereinigten Staaten und einige im Ausland befinden. Leider kann ich jedes davon höchstens ein bis zwei Mal pro Jahr besuchen, aber dabei verspüre ich stets eine Art Befriedigung.

Alles ist noch genauso wie vor dreizehn Monaten, als ich das letzte Mal hier war: die verchromte Bar, dezent beleuchtet von einer Reihe Deckenlampen; der auf Hochglanz polierte schwarze Marmorboden, die attraktiven Cocktailkellnerinnen in ihren superkurzen, ärmellosen Tuxedokleidern mit Monsterdekolleté – sexy und stilvoll.

Jede von ihnen würde innerhalb von zehn Minten den Club mit mir verlassen, und zwar ohne zu wissen, wen sie vor sich haben. Und das ist nur eines meiner zahlreichen Talente. Ich sage das nicht, weil ich mir etwas darauf einbilde. Es ist einfach so. Ich habe etwas, das Frauen magisch anzieht. Und *sie* haben etwas, das *mich* magisch anzieht – zumindest für eine Nacht.

Aber dafür ist jetzt nicht der richtige Zeitpunkt. Heute bin ich wegen meines Bruders da. Ich habe ihn und seine Freundin Sloane zu einer Kreuzfahrt auf einer meiner Luxusjachten eingeladen. Es geht nach Hawaii, wo die beiden einen zweiwöchigen Urlaub verbringen werden, den ich für sie organisiert habe. Dass Sloanes Bruder mit von der Partie ist, kam für mich etwas überraschend, aber was soll's. Es war das Mindeste, was ich für Hemi tun konnte, nachdem er den skrupellosen Cop ausfindig gemacht hat, der schuld am Tod unseres jüngsten Bruders Ollie ist und der nun endlich seine gerechte Strafe bekommen hat.

»Kommt mit«, sage ich zu den anderen. »Hier entlang.«

Ich habe vorher angerufen und dem Manager aufgetragen, einen Tisch im VIP-Bereich für uns frei zu halten, nachdem

Hemi mir Bescheid gesagt hat, dass er im *Exotique* vorbeischauen würde. Der Tisch befindet sich gleich links von der Bühne, so nah dran, dass man das Parfüm der Tänzerinnen riechen kann. Wenn die unschuldige kleine Freundin meines Bruders ein paar Moves lernen möchte, dann soll sie den besten Platz des Hauses bekommen.

Einige der Mädchen, an denen wir vorbeikommen, erkenne ich wieder. Es überrascht mich, dass sie immer noch hier sind. An ihre Namen kann ich mich zwar nicht erinnern, dafür aber an gewisse … Eigenschaften.

Die blonde Kellnerin da drüben wird ziemlich laut.

Die rothaarige Barkeeperin mag es hart.

Und die Blondine hier ist zu anhänglich.

Der böse Blick, den sie mir zuwirft, als ich an ihr vorbeigehe, entgeht mir nicht. War nicht gerade angenehm, als ihr schließlich klar wurde, dass es mir ernst war, als ich ihr geraten habe, nicht zu viel von mir zu erwarten. Tja, sie musste auf die harte Tour lernen, dass ich an Beziehungen nicht interessiert bin.

Kaum haben wir Platz genommen, nähert sich eine hübsche, langbeinige Brünette mit atemberaubendem Vorbau, um unsere Bestellung aufzunehmen. Ihr Lächeln verrät mir, dass sie … nicht abgeneigt wäre. Ob sie nun weiß, wer ich bin oder nicht, ich würde jederzeit tausend Dollar wetten, dass ich sie dazu bringen könnte, mit mir auf die Herrentoilette zu verschwinden. Eine schnelle, heiße Nummer. Etwas Bedeutungsloses. Doch das ist heute Abend ausgeschlossen, schließlich bin ich in Begleitung hier.

Schade, denke ich und lasse noch einmal bewundernd den Blick über die zweifellos von Schönheitsoperationen geformte Figur der Kellnerin gleiten.

»Hast du einen Namen, oder soll ich dich einfach ›meine Süße‹ nennen?«, frage ich sie mit einem Augenzwinkern.

Ihre Reaktion überrascht mich nicht im Geringsten. Sie beugt sich zu mir herunter, sodass ich ihre körperlichen Vorzüge aus nächster Nähe begutachten kann. »Pandora«, flüstert sie mir mit heiserer Stimme ins Ohr. »Aber du kannst mich nennen, wie du willst. Gerne auch ›deine Süße‹.«

Ich ziehe eine Augenbraue hoch und schenke ihr ein flüchtiges Lächeln. »Wie wär's, wenn du uns erst mal ein paar Gläser Tequila bringst? Setz alles auf einen Deckel und sorg bitte regelmäßig für Nachschub.«

Ihre Augen glänzen verheißungsvoll. Das habe ich schon sehr oft gesehen. »Und wie heißen Sie, Sir?«, erkundigt sie sich und leckt sich lasziv mit der Zungenspitze über die vollen Lippen.

»Reese Spencer.«

Ihre Augen weiten sich fast unmerklich.

Aber nur fast.

Sie weiß, wer ich bin. Es ist keineswegs bekannt, dass ich der Besitzer dieses Clubs bin, aber hin und wieder spricht es sich eben doch herum. Und anscheinend ist es ihr zu Ohren gekommen.

»Selbstverständlich, Sir. Ich bringe gleich mal die Shots.«

Ich bedanke mich mit einem Nicken und drehe mich zur Bühne um. In diesem Augenblick wird das Licht im Raum gedimmt, und die Scheinwerfer gehen an. Die Musik hat gewechselt, und alle Augen sind auf die attraktive platinblonde Tänzerin gerichtet, die den T-förmigen Laufsteg betritt, der vom hinteren Teil des Clubs, wo sich die Garderoben befinden, zur Bühne führt.

Ich verfolge die Darbietung mit mäßiger Begeisterung. An

sich sehe ich den Tänzerinnen gern zu, und ich bin froh, dass dass *Exotique* gut läuft und alles funktioniert. Aber eigentlich will ich einfach nur nach Hause und ins Bett. Ich brauche dringend eine ordentliche Mütze Schlaf, denn morgen muss ich zu einer Beerdigung.

Ich trinke, während sich mein Bruder und seine Freundin necken. Würde ich mir etwas aus Beziehungen machen, dann würde ich sie wohl um ihre unkomplizierte Liebe beneiden. Da das jedoch nicht der Fall ist, beachte ich die beiden kaum.

Ich wende mich ab, ignoriere die öffentliche Zurschaustellung ihrer überschwänglichen Gefühle und betrachte stattdessen verstohlen Sloanes älteren Bruder Sig. Er scheint ein ganz netter Typ zu sein, und er fühlt sich in meinem Club sichtlich wohl.

»Wow! Die Gute sollte dringend ihren Hintern rüberschwingen und sich auf meinen Schoß setzen«, meint er, während die nächste Tänzerin – eine hübsche, etwas kurvigere Blondine – die Bühne betritt.

Er lacht und johlt, kippt den nächsten Tequila und spült mit Southern Comfort und Sprite nach. Als er mich dabei ertappt, dass ich ihn anstarre, johlt er noch lauter und rempelt mich freundschaftlich an.

»Los, trink, Mann! Ich brauche jemanden, der sich mit mir besäuft. Es ist ganz schön schräg, mit meiner kleinen Schwester in einem solchen Club zu sein!«, sagt er und lacht etwas lauter als nötig.

»Ach, du schaffst das schon alleine«, versichere ich ihm, als er das Gleichgewicht verliert und beinahe vom Stuhl rutscht.

Ich erwäge kurz, mich zu entschuldigen und zu gehen, als erneut die Musik wechselt.

Jetzt dröhnt der sexy Beat von Madonnas *Justify My Love*

aus den Boxen. Hm. Eine interessante, wenn auch reichlich ungewöhnliche Wahl. Neugierig wende ich mich zur Bühne um.

Eine junge Frau betritt die Bühne von der linken Seite und schreitet im Scheinwerferkegel gemächlich über den Laufsteg. Sie trägt ein Männerhemd und eine Krawatte – sonst nichts, bis auf einen Hut, der in einem neckischen Winkel auf ihrem Kopf sitzt.

Ihre Beine sind lang – durch ihre Stilettos wirken sie sogar noch länger – und perfekt geformt. Sie hat die Beine einer Tänzerin: stark, graziös, verführerisch.

Jeder ihrer Schritte ist sexy und sinnlich, langsam und bedächtig. Ich setze mich aufrecht hin. Die Tänzerin zieht mich völlig in ihren Bann, dabei kann ich nicht genau sagen, warum. Ich habe schon Hunderten von Tänzerinnen zugesehen, aber *ihr* bisher noch nicht, und irgendetwas an ihr fesselt meine Aufmerksamkeit.

Als sie näher kommt, stelle ich fest, dass sie dunkelbraunes Haar hat und einen glänzenden schwarzen Stock in der Hand hält. In der Mitte der Bühne bleibt sie stehen, schwingt den Stock einmal im Kreis und stellt ihn vor sich ab, dann streckt sie die Beine durch und beugt sich gekonnt nach vorn, wodurch ihre langen, makellosen Oberschenkel und die Kurven ihrers perfekten Pos hervorragend zur Geltung kommen.

Ich kann mich gar nicht an ihr sattsehen.

Jetzt richtet sie sich wieder auf, schwingt den Stock über den Kopf, nimmt je ein Ende in die Hand und lehnt sich nach hinten, wobei sie die üppigen Brüste heraus und nach oben streckt, ehe sie den Stock bedächtig an der Vorderseite ihres Körpers entlang nach unten wandern lässt.

Ihre Bewegungen sind geschmeidig, sexy und ohne Eile,

die Übergänge von einer Pose zur nächsten fließend und perfekt auf die Musik abgestimmt.

Ich betrachte ihr Gesicht, kann jedoch nur ihren Mund erkennen, der Rest liegt im Schatten der Hutkrempe. Aber du meine Güte, was für ein Mund! Ihre Lippen sind knallrot geschminkt und wahrscheinlich die vollsten, die ich je gesehen habe. Solche Lippen sind in meinen Augen ideal zum Schwanzlutschen geeignet – ein üppiger Schmollmund, wie dafür geschaffen, um über meine Eichel zu gleiten.

Nachdem ich von der Idee, heute Abend herzukommen, erst nicht sonderlich begeistert war und mich die bisherigen Tänzerinnen mit ihren Darbietungen nicht gerade vom Hocker gerissen haben, registriere ich jetzt einigermaßen überrascht, dass mein Schwanz zuckt, als sich die Tänzerin auf die Unterlippe beißt. Na ja, kein Wunder eigentlich.

Ich bin kurz davor, laut aufzustöhnen, als sie langsam auf die Knie niedersinkt, den Stock von sich schiebt, als wollte sie eine Liegestütze machen, und sich dann auf den Bauch gleiten lässt. Nach ein, zwei Takten lässt sie den Stock los und dreht sich auf den Rücken – erst die Schultern, dann das Becken, wie eine Katze, die im Begriff ist, sich zu strecken. Mir ist beinahe, als könnte ich sie schnurren hören.

Die Tänzerin liegt nun mit ausgestreckten Beinen da und streicht sich mit den Händen über die Oberschenkel und den Bauch, wobei der Saum des Hemds hochrutscht und einen verführerischen Blick auf das freigibt, was sie darunter trägt. Dann wandern ihre Hände weiter nach oben, über die Brüste bis zur Kehle. Mit flinken Fingern lockert sie den Krawattenknoten, zieht sich langsam die Krawatte aus und wickelt sich behände den seidigen Stoff um die Handgelenke.

Einen kurzen Augenblick ist mir, als gäbe es nur mich

und dieses Mädchen. Als wären wir allein im Raum. Nur wir beide, die Musik und diese verdammte Krawatte. Ich sehe förmlich vor mir, wie ich sie mit dem roten Stoffstreifen fessle, und spüre, wie mein bestes Stück zu pochen beginnt.

Jetzt streckt sie genüsslich ein Bein in die Luft – das andere bleibt flach auf dem Boden liegen –, umfasst mit den gefesselten Händen das Fußgelenk und lässt sie am Schienbein entlang zum Knie gleiten. Sie winkelt das Bein an, zieht es ans Gesicht heran, sodass zwischen ihren Oberschenkeln ein knapper schwarzer Satinslip zu erkennen ist. Bei dem Anblick habe ich prompt nur noch einen Gedanken: dass ich zwischen ihren Beinen niederknie und das seidige Material küsse.

Fasziniert verfolge ich, wie sie die Lippen spitzt und einen unschuldigen Kuss auf ihr Knie haucht. Und als ich flüchtig ihre Zungenspitze erspähe, werde ich so hart, dass ich mit meinem Ständer ein Loch durch die Tischplatte stoßen könnte. Die subtile erotische Ausstrahlung dieser Frau ist einfach unglaublich. Sie wirkt völlig in Gedanken versunken, als wäre sie sich der Tatsache, dass sie von Menschen umgeben ist, überhaupt nicht bewusst. Was würde ich dafür geben, Teil dieser Gedanken zu sein!

Als mir jemand eine Hand auf den Arm legt und mich aus meinem Trancezustand reißt, zucke ich irritiert zusammen und beschließe, dem Störenfried keine Beachtung zu schenken, doch vergeblich.

Es ist mein Bruder, der da so hartnäckig um meine Aufmerksamkeit buhlt. Schließlich drehe ich mich doch um, aber ich mache mir nicht die Mühe, meine Verärgerung zu kaschieren.

»Was?«

»Könntest du uns nach Hause bringen? Sloane fühlt sich nicht besonders. Vielleicht hat sie etwas Falsches gegessen.« Er wirft mir einen vielsagenden Blick zu. Es dauert einen Moment, bis ich mich (reichlich widerwillig) von dem fesselnden Anblick des Mädchens auf der Bühne losgerissen habe. Sloane hat vorhin ihren Tequila nicht angerührt, und jetzt fällt mir auch der Grund dafür wieder ein: Hemi hat mir erzählt, dass sie schwanger ist, wovon ihre Familie allerdings noch nichts weiß. Deshalb hat er mich auch gebeten, nichts zu verraten.

»Verstehe«, antworte ich eine Spur zu barsch. »Okay, ich fahre euch.«

Dabei will ich eigentlich noch nicht gehen. Ich sehe noch einmal kurz zur Bühne, wo die Tänzerin, die inzwischen wieder kniet, in diesem Augenblick den Hut in die Luft schleudert, sodass sich ihre seidige kastanienbraune Lockenmähne über ihre Schultern ergießt. Ganz kurz ist ihr Gesicht zu erkennen, dann wird es auch schon wieder von ihren Haaren verdeckt. Trotzdem erhasche ich einen Blick ihrer hellgrünen Augen, und mir entgeht nicht, wie sie sich weiten, als sich unsere Blicke kreuzen.

Ich werde jäh in die Vergangenheit zurückkatapultiert, auf eine Waldlichtung, wo ich vor unzähligen Jahren im weichen Gras lag, unter mir ein Mädchen mit samtweicher Haut.

Ich erinnere mich an diese Augen. Diesen Mund. Ich erinnere mich an den Körper dieser Frau, zu einer Zeit, als er noch schlaksiger, weniger reif war. Ich weiß noch genau, wie es sich angefühlt hat, sie zu berühren, sie zu umarmen. Wie sie gelacht und wie sie geschmeckt hat. Und wie es geendet hat.

Ich habe sie nie vergessen.

Heiliger Strohsack.

Kennedy Moore.

Kapitel 2

KENNEDY

Mir bleibt das Herz stehen, und ich vergesse vollkommen, Luft zu holen, als ich plötzlich in die strahlend blaugrünen Augen blicke, die ich nie ganz vergessen konnte.

Reese.

Ich betrachte ihn, wie er dort vor mir steht. Im Bruchteil einer Sekunde habe ich jeden seiner Züge in mir aufgenommen.

Er ist älter geworden – und noch attraktiver. Er sieht immer noch genauso umwerfend gut aus wie damals, vor all den Jahren, aber inzwischen ist ein Mann aus ihm geworden. Ein Hüne, bei dessen Anblick mir die Luft wegbleibt.

Seine Schultern sind noch breiter geworden, falls das überhaupt möglich ist. Stärker. Er trägt ein teures Hemd, in dem seine langen, kräftigen Arme gut zur Geltung kommen. Sogar wenn er sich nicht bewegt, spannt der Stoff über seinem Bizeps. Seine Taille ist schlank wie eh und je, sein Bauch flach, seine Oberschenkel sind noch genauso muskulös wie früher – und dazwischen, hinter dem Reißverschluss seiner Hose, zeichnet sich eine beeindruckende Beule ab, deren Anblick mich erröten lässt.

Jahrelang habe ich mich bemüht, diesen Tag aus meinem Gedächtnis zu verbannen, doch jetzt kehren die Erinnerungen mit einem Schlag zurück. Ich erinnere mich so deutlich, als wäre es gestern gewesen. Daran, wie es sich angefühlt hat, von ihm durchbohrt, ja, aufgespießt zu werden, und zwar im emotionalen wie im körperlichen Sinn. Und ich weiß noch genau, wie es sich angefühlt hat, von ihm verlassen zu werden.

Er steht vollkommen still da und beobachtet mich. Auch er hat mich erkannt. Seine Augen wandern über meinen Körper, und es fühlt sich an, als würde er mich berühren. So wie damals.

Mir ist, als würde er mich küssen, als seine Augen auf meinen Lippen ruhen. Ich verspüre ein Kitzeln, als sein Blick an meinem Hals entlang zu meiner Brust hinunterwandert, die sich unter meinem Hemd hebt und senkt. Meine Brustwarzen beginnen zu kribbeln, als er mir auf den Busen starrt, und ich muss unwillkürlich daran denken, wie er einst mit der flachen Hand darübergestrichen hat. Und als sein Blick über meinen Bauch nach unten wandert und am Hemdsaum verharrt, der kaum meinen schwarzen Slip bedeckt, geht eine Hitzewelle durch meinen Körper, auf die ich gut und gern verzichten könnte.

Weil ich nämlich schon vor Jahren beschlossen habe, Reese fortan nicht mehr zu begehren. Ich habe beschlossen, ihn nicht mehr zu lieben. Ich musste es tun, um überleben zu können.

Er hebt den Kopf und sieht mir erneut in die Augen, und in seinem Blick spiegeln sich Anerkennung, ein wenig Verärgerung, etwas mehr Begehren und vor allem Überraschung wider. Mehr noch, Geschocktheit. All das spielt sich innerhalb weniger kurzer Herzschläge ab. Als ich den Blick abwende, stelle ich fest, dass ich zittere. In den verbleibenden paar Sekunden des Songs versuche ich krampfhaft, nicht die

Fassung zu verlieren, und als sich mein Auftritt dem Ende zuneigt, zwinge ich mich, langsamen und gemessenen Schrittes von der Bühne zu gehen. Was mir allerdings alles andere als leichtfällt. Genau genommen ist mir erst einmal in meinem Leben etwas so schwergefallen.

Kapitel 3

REESE

Erst als mein Bruder mir auf die Schulter klopft, kann ich den Blick von Kennedy abwenden, die soeben die Bühne verlässt.

»Kommst du?«

Noch vor fünf Minuten konnte ich es kaum erwarten, nach Hause zu kommen, aber jetzt … jetzt würde ich am liebsten sofort hinter die Bühne stürmen. Zu Kennedy. Ich habe keine Ahnung, was ich dann tun würde. Sie küssen. Sie schütteln. Sie fragen, was, zur Hölle, sie sich dabei gedacht hat, in einem meiner Clubs zu tanzen. Aber das kann ich nicht tun.

Besser gesagt, ich *könnte* es zwar tun, aber ich werde es nicht tun. Ich *sollte* es nicht tun.

Plötzlich bin ich verärgert und frustriert.

»Reese, was ist denn nun?«, drängelt Hemi.

»Ich komm ja schon«, fauche ich und drehe mich so schnell um, dass mein Stuhl umkippt und ich beinahe mit der heißen Kellnerin zusammengestoßen wäre, die gerade mit Sigs nächstem Tequila und einem Drink für mich auf unseren Tisch zusteuert.

Sie schnappt überrascht nach Luft. »Verzeihung. Tut mir leid.«

»Meine Schuld«, sage ich und packe sie am Arm, damit sie nicht nach hinten stolpert.

Sie lehnt sich an mich und sieht mich mit ihren großen, blauen Augen an. »Danke«, haucht sie und streift mit ihrem Busen meine Brust.

Mein erster Gedanke ist, dass ihre Augen die falsche Farbe haben. Eigentlich sollten sie meerschaumgrün sein. Mir liegen ein paar derbe Kraftausdrücke auf der Zunge, doch dann komme ich zu dem Schluss, dass dieses Mädchen vielleicht *genau* diejenige sein könnte, die ich heute Nacht brauche.

»Wann machst du Feierabend?«

»Das kommt ganz darauf an ...«, antwortet sie mit einem vielsagenden Lächeln. Leider hat sich meine Stimmung drastisch geändert. Pech für sie.

»Okay, gib mir einfach den Schlüssel, Reese. Wir warten im Auto auf dich«, knurrt mein Bruder genervt und liefert mir damit den perfekten Ausweg aus meinem Dilemma. *Selbst schuld, Bruderherz.*

Ich fische den Autoschlüssel aus der Tasche und drücke ihn Hemi in die Hand. »Ich bin in zehn Minuten da.«

Kaum ist Hemis Freundin aufgestanden und auf dem Weg nach draußen, ziehe ich meine »Ablenkung« an mich und flüstere ihr ins Ohr: »Was hältst du von der Herrentoilette?«

»Der wollte ich heute Abend unbedingt mal einen Besuch abstatten«, säuselt sie.

»Geht mir genauso.«

Und schon ist Kennedy vergessen.

Ich führe Pandora zur Herrentoilette und stelle sicher, dass der kleine Raum leer ist, bevor ich von innen abschließe und Pandora in die Arme nehme. Wie erwartet, lässt sie es bereitwillig geschehen. Ich parke eine Hand auf ihrem Hintern und die andere auf ihrem prallen Busen und beginne, beides zu kneten, während meine Lippen über ihren Hals wandern.

»Was darf's denn sein, Süßer?«, haucht sie und reibt dabei die Hüften an meinem pochenden Schwanz.

»Ich will sehen, wie du mit denen hier spielst«, sage ich zu ihr und schiebe die Revers ihres Oberteils auseinander, sodass ihre nackten Brüste zum Vorschein kommen, »während du mir mit denen hier einen bläst.« Ich küsse sie auf den Mund, sauge an ihrer Unterlippe und beiße hinein.

Kaum habe ich sie losgelassen, küsst und reibt sich Pandora an meinem Hals entlang nach unten, über die Brust und den Bauch bis zum Schritt, wo sie mir durch den Hosenstoff hindurch die Eier zu massieren beginnt. Ich stöhne auf und lehne den Kopf nach hinten an die kühle Fliesenwand, während sie den Reißverschluss öffnet und die Hand in meine Hose schiebt.

Als ihre Zunge das erste Mal meine Eichel umspielt, stöhne ich erneut auf. Sie leckt und saugt und fährt dabei mit den Lippen an meinem Schaft auf und ab, aber das genügt mir nicht. Ich brauche … mehr. Ich muss etwas – oder jemanden – so richtig *hart* rannehmen. Pandora lässt die Lippen über meinen Schwanz wandern und nimmt ihn so tief wie möglich in den Mund, und ich vergrabe die Finger in ihren Haaren, um ihr zu zeigen, wie sie es mir besorgen soll. Immer härter, immer schneller.

Und dann begehe ich einen Fehler: Ich senke den Kopf und blicke auf sie hinunter. Sie hält inne und sieht zu mir hoch. Und in diesem Moment bemerke ich nur eines: die falschen Augen. Den falschen Mund. Das falsche Gesicht.

Die falsche Frau.

Und schon muss ich wieder an Kennedy denken. Kennedy, die ich einfach nicht vergessen kann.

Mit einem verärgerten Knurren ziehe ich meinen Schwanz aus dem Mund der Kellnerin.

»Was ist denn los, Süßer?«, säuselt sie und zieht eine Schnute, doch jetzt finde ich ihren Tonfall nicht mehr sexy, sondern nur noch nervig.

»Nichts, was du in Ordnung bringen könntest. Es liegt nicht an dir, sondern … na ja … ach, am besten machst du dich einfach wieder an die Arbeit«, sage ich so freundlich wie möglich, während ich den Reißverschluss meiner Hose schließe und mich abwende. Ich bin unglaublich frustriert. Am liebsten würde ich mit der Faust gegen die Wand boxen. Oder – noch lieber – meinen Schwanz in Kennedy vergraben.

Verärgert drehe ich mich zum Waschbecken um und wasche mir die Hände. Mir ist, als würde ich im Spiegel zwei blassgrüne Augen sehen, die ich nie vergessen konnte, und in ihnen eine unverhohlene Abscheu.

Ich schüttle den Kopf und schaue erneut in den Spiegel. Jetzt sehe ich dort nur noch mich selbst und hinter mir die Kellnerin, die mich mit unterdrückter Wut anstarrt. Von Kennedy keine Spur.

Aber sie ist da, in meinem Kopf.

Wo sie all die Jahre war.

Kapitel 4

KENNEDY

Mein Herz klopft noch immer heftig, als ich mich auf den Stuhl vor meinem Schminktisch sinken lasse. Ich betrachte meine Hände. Sie zittern.

Reese Spencer.

»Um Himmels willen, was ist denn mit dir los?«, will Karmen wissen, die gerade ihre schwarze, seidig glänzende Langhaarperücke bürstet, die sie bei ihrem nächsten Auftritt tragen wird. »Du siehst aus, als hättest du gerade ein Gespenst gesehen.« Karmen ist die obligatorische Südstaatenschönheit in diesem Chicagoer Nachtclub.

Ich lache trocken. »Ja, damit hast du den Nagel auf den Kopf getroffen.«

»Du kannst mir alles erzählen, Schätzchen«, gurrt Karmen Anteil nehmend, ohne ihre Tätigkeit zu unterbrechen, und zwinkert mir vertrauensbildend zu, als ich ihr einen skeptischen Blick zuwerfe. »Los, raus mit der Sprache. So neben der Spur habe ich dich ja noch nie erlebt, seit du hier angefangen hast.«

Normalerweise erzähle ich keinem der Mädchen etwas von mir. Ich lege seit jeher großen Wert auf meine Privatsphäre. Teils aus der Notwendigkeit heraus, teils, weil ich es so will. Ich halte mich nun mal lieber bedeckt. Umso überraschter bin ich, als ich jetzt auf einmal den Mund öffne und Karmen meine halbe Lebensgeschichte erzähle.

»Ach, ich bin nur gerade einem alten Bekannten begegnet, den ich schon ewig nicht mehr gesehen habe. Wir waren mal befreundet, früher … Ich dachte damals, er würde … er … na ja, ich meine, er war eben …« Ich unterbreche mich und seufze. »Er war einfach …« Ich hebe beide Augenbrauen. »Mein Ein und Alles. Wenn er bei mir war, ging für mich die Sonne auf.« Ich weiß noch genau, wie sich eines wunderschönen Vormittags tatsächlich die aufgehende Sonne in seinen unergründlichen aquamarinblauen Augen gespiegelt hat. Damals, bevor … Die Erinnerung an all den Kummer, der danach kam, versetzt mir einen heftigen Stich in die Brust. Es fühlt sich an, als wäre eine alte Wunde erneut aufgebrochen. »Aber dann hat er sich aus dem Staub gemacht, und das war's. Ich habe ihn nie mehr wiedergesehen. Bis heute Abend.«

Eine gefühlte Ewigkeit hänge ich gedankenverloren meinen Erinnerungen nach, bis mir auffällt, dass weder Karmen noch ich etwas sagen. Ich schüttle den Kopf, um ihn wieder frei zu bekommen, und schenke Karmen ein – wie ich hoffe – strahlendes Lächeln. »Aber das ist lange her.«

Karmen wirkt nachdenklich. »Du hast ihn geliebt«, stellt sie fest. Ihr entgeht eben nichts.

Ich öffne den Mund, um es abzustreiten, aber die Worte bleiben mir im Hals stecken. Es ist beinahe so, als wollte mein Körper nicht zulassen, dass ich einen solchen Verrat begehe. Dass ich die seelischen Höllenqualen, die ich durchstehen musste, nachdem Reese mich verlassen hat, verharmlose. Ja, ich habe ihn geliebt. Aus ganzem Herzen habe ich ihn geliebt. Und er hat mich verlassen. Einfach so.

»So wie ein junges, naives Mädchen Typen wie ihn eben lieben kann«, antworte ich beiläufig.

»Typen wie ihn?«

»Reich. Gut aussehend. Privilegiert. Herzlos.«

»Schätzchen, in solche Typen verliebt man sich am leichtesten. Wir wollen diejenige sein, die ihn zähmt. Wir wollen die Frau sein, für die er sich ändert. Vielleicht. Ach, verdammt, was weiß ich. Ich weiß lediglich, dass sie am gefährlichsten sind. Was unsere liebe Pandora soeben am eigenen Leib erfahren musste, wie man mir berichtet hat.«

Meine Erinnerungen bestimmen nach wie vor meine Gedanken, deshalb registriere ich kaum, was Karmen da gerade erzählt. »Ach ja? Inwiefern?«

»Sie dachte wohl, sie kann sich einen tollen Hecht angeln. Angeblich hat sie sich mit dem Eigentümer unseres Clubs auf der Herrentoilette vergnügt und musste bei dieser Gelegenheit feststellen, dass Typen wie er aus gutem Grund so sind, wie sie sind.«

Ich runzle die Stirn. »Mit dem Eigentümer?«

»Ja. Er kommt nicht allzu oft vorbei. Ich habe ihn heute erst zum zweiten Mal gesehen. Aber wenn er mal auftaucht, dann verursacht das immer einen Aufruhr. Natürlich stiftet ein Typ wie er *ständig* Unruhe. Ich meine, er *ist* nun mal so heiß wie Georgia im Juli. Aber Männer wie er ändern sich nicht. Nie. Für niemanden.«

»Vermutlich ist sie ohne ihn besser dran. Es klingt so, als wäre er ein Scheusal. Ich meine, auf dem Männerklo? Geht's noch?« Ich schüttle angeekelt den Kopf.

Karmen grinst. »Ach, daran hat sie sich nicht sonderlich gestört. Sie hatte sich nur mehr erhofft. Bei Typen wie ihm machen sich *alle Mädchen* Hoffnungen.«

»Das hat sie sich bestimmt nur ausgedacht. Ich kann mir nicht vorstellen, wie das überhaupt gehen soll. Ich meine, während der *Arbeitszeit*?«

Karmen hebt eine ihrer zierlichen Schultern. »Bei Pandora geht der ›Service‹ für Gäste im VIP-Bereich eben über das übliche Maß hinaus.« Karmen lacht über ihren kleinen Scherz.

Ich setze mich aufrecht hin. Plötzlich habe ich ein ungutes Gefühl in der Magengegend. »Im VIP-Bereich? An welchem Tisch saß der Kerl denn?«

Ich habe im Verlauf meines bisherigen Lebens nur einen einzigen Mann kennengelernt, der auf Frauen eine derartige Wirkung ausübt. Es ist vierzehn Jahren her, dass er mich zuletzt in seinen Bann gezogen hat, und heute Abend hat er es erneut geschafft – und das, obwohl er damals beinahe mein Leben zerstört hätte.

»An Tisch zwei. Hast du ihn nicht gesehen?«

Tisch zwei. Der Tisch, an dem auch Reese saß. Obwohl ich mir gerne einreden würde, dass Karmen von jemand anderem spricht, verrät mir mein Bauchgefühl, dass das nicht der Fall ist.

»Ja, doch, ich glaube schon.«

Ich schließe die Augen. Ich weigere mich strikt, wegen Reese Spencer auch nur eine Millisekunde lang bekümmert zu sein oder eine einzige weitere Träne zu vergießen. Tränen habe ich seinetwegen vor vierzehn Jahren weiß Gott mehr als genug vergossen.

Kapitel 5

REESE

Ich bin fürchterlich schlecht gelaunt. Heute bin ich noch weniger in Stimmung für das Begräbnis meines Onkels als gestern Abend.

Ich bin mit demselben gewaltigen Ständer aufgewacht, mit dem ich eingeschlafen bin. Der, den ich seit Kennedys Auftritt nicht mehr losgeworden bin. Der Ständer, gegen den selbst die scharfe Kellnerin gestern Abend auf der Herrentoilette nichts unternehmen konnte, obwohl sie vermutlich ohne Weiteres einen Golfball durch einen Gartenschlauch saugen könnte.

Ich muss wohl nicht extra erwähnen, dass ich mich kein bisschen darauf freue, meinen Vater zu sehen. Natürlich geht er auch auf die Beerdigung, offiziell, um meinem Onkel die letzte Ehre zu erweisen, aber in erster Linie der Öffentlichkeit wegen. Ich hingegen werde mich dort blicken lassen, weil ich meinen Onkel geliebt habe. Vermutlich weit mehr, als ich meinen Vater liebe. Traurig, aber wahr.

Die Feierlichkeiten werden in Bellano stattfinden, dem Landsitz meiner Vorfahren, der etwas außerhalb von Chicago liegt. Es ist eines der wenigen Anwesen, das noch große Teile unberührter Natur aufweist, und damit ein verdammtes Vermögen wert. Trotzdem wird Bellano auch weiterhin im Besitz unserer Familie bleiben. Mein Onkel hatte es geerbt, weil er der Älteste war, und heute werden wir erfahren, wer es übernehmen wird, bis die nächste Generation an der Reihe ist. Ich nehme an, dass es an meinen Vater geht, da Malcolm keine Kinder hatte.

Die vereinzelt stehenden Bäume rechts und links der Straße verdichten sich allmählich, ein erster Hinweis, dass ich mich dem Anwesen nähere. Schon bald reiht sich Stamm an Stamm, bis die schmale, asphaltierte Zufahrt eine Schneise durch dichten Wald bildet.

Als sich vor mir das Dickicht lichtet, drossle ich das Tempo, biege rechts ab und fahre gemächlich auf das breite schmiedeeiserne Tor zu, in dessen Mitte sich ein aufwendig gestaltetes S abzeichnet, wenn es geschlossen ist. Jetzt sind die beiden Flügel weit geöffnet, um den Trauergästen, die sich von Malcolm Spencer verabschieden wollen, Einlass zu gewähren.

Langsam folge ich dem gewundenen Weg, der zum Haupthaus führt. Hier habe ich viele Sommer verbracht. Glückliche Sommer. Einige davon gehören zu den schönsten Zeiten meines Lebens. Bis mein Vater alldem ein Ende bereitete und mich nach Oxford zum Studieren schickte.

Schon ist das Haupthaus zu sehen, das auf einer kleinen Anhöhe steht und mit seinen grauen Steinmauern und den zahlreichen Türmen auf die meisten Menschen recht imposant wirkt. Auf mich dagegen wirkt der Anblick vor allem freundlich und einladend – weil mein Onkel hier gelebt hat, der immer gut zu mir war.

Genau wie früher, wenn ich während der Sommerferien hier war, parke ich auf dem Rasenstück neben dem Hintereingang zur Küche, links neben der Garage, die Platz für fünf Autos bietet. Nachdem ich den Motor abgestellt habe, bleibe ich noch ein paar Minuten in der Stille meines Wagens sitzen und denke daran, wie oft ich an dieser Stelle ausgestiegen bin. Ich blicke zum Küchenfenster hinüber und erwarte halbwegs, dort Tanny, die Haushälterin meines Onkels, stehen zu sehen, die stets nach mir Ausschau hielt. Doch heute ist das Fenster leer. Mein Onkel ist tot. Und ich schätze, Tanny hat es irgendwann aufgegeben, auf meine Ankunft zu warten.

Es überrascht mich ein wenig, dass ich bei diesem Gedanken plötzlich ein schlechtes Gewissen habe. In den vergangenen zwölf Jahren habe ich die Fähigkeit perfektioniert, niemals Schuldgefühle zu empfinden. Ein Spencer macht keine Fehler. Das ist für die Männer in meiner Familie gleichermaßen Einstellungssache wie eine Tatsache. Wir tun nie etwas Falsches, und deshalb müssen wir uns auch nie mit Gewissensbissen herumschlagen.

Zumindest war das bis heute so bei mir. Und hier bin ich wieder. Zehn Jahre lang habe ich keinen Fuß auf dieses Anwesen gesetzt. Weil es mein Vater geschafft hat, einen perfekten Klon des perfekten Scheißkerls großzuziehen, der er ist.

Mich.

Ich schlucke den Kloß in meinem Hals hinunter, steige aus und gehe hinüber zur Haustür. In der Eingangshalle schließe ich mein Sakko, und mir fällt auf, dass es noch genauso riecht wie beim letzten Mal, als ich hier war – nach Pfeifenrauch. Mein Onkel hat seine Pfeife geliebt, und irgendwie hat sie zu ihm gepasst. Auch sein Lieblingstabak hat zu ihm gepasst. Es war ein intensiver, warmer Duft, angenehm und vertraut, genau wie mein Onkel selbst.

Gott sei Dank hatte Malcolm nicht die geringste Ähnlichkeit mit meinem Vater gehabt.

Zwei Diener in schwarzen Anzügen und gestärkten weißen Hemden stehen vor der Tür zur Bibliothek, dem Lieblingsraum meines Onkels. Es wundert mich nicht, dass die Zeremonie auf seinen Wunsch hier abgehalten wird, damit die Trauergäste ihn ein letztes Mal an dem Ort besuchen können, den er am liebsten hatte.

Als ich eintrete, erblicke ich meinen Vater, der unweit der Tür steht, die Arme missbilligend vor der Brust verschränkt.

»Was machst du denn hier?«, will er wissen.

Ich sehe ihm fest in die Augen, wie ich es mir schon vor langer Zeit angewöhnt habe. Was auch immer geschieht, man muss auf jeden Fall stets Augenkontakt halten. Denn für einen Mann wie Henslow Spencer ist es ein Zeichen von Schwäche, wenn man den Blick abwendet. Er darf niemals den Eindruck gewinnen, dass man schwach ist oder den Schwanz einzieht.

»Hast du vergessen, wie viel Zeit ich bei Onkel Malcolm verbracht habe?«

Mein Vater kräuselt verächtlich die Oberlippe und mustert mich mit kalten, stahlblauen Augen. »Nein, das habe ich nicht vergessen. Ich weiß noch ganz genau, wie du dich hier verkrochen hast, wie ein kleiner Feigling, weil Malcolm deine albernen Fantasien unterstützt hat. Und ich habe nicht vergessen, wie viel Zeit du mit meinem Bruder verbracht hast. Aber damals warst du noch ein dummer kleiner Junge. Ich hatte angenommen, du wärst inzwischen älter und klüger.«

»Klüger? Inwiefern?«, frage ich und verkneife mir all das, was mir auf der Zunge liegt. Ich denke ja gar nicht daran, auf der Totenfeier meines Onkels eine Szene zu machen. Das wäre ihm gegenüber äußerst respektlos.

»Na ja, es wundert mich, dass du tatsächlich *hierher zurückgekommen* bist«, spottet mein Vater. Er macht keinen Hehl aus seiner Verachtung für Bellano. Seit dem Tag, als Malcolm wieder eingezogen war, hat mein Vater Bellano nicht mehr als sein Zuhause betrachtet.

»Nicht jeder von uns hat dieses Haus gehasst«, erwidere ich und zwinge mich zu einem knappen Lächeln, damit niemandem die Spannung zwischen uns auffällt.

»Nicht alle von uns waren unwissende Kinder.«

Es kostet mich einige Anstrengung, weiterhin zu lächeln, doch ich nicke ihm förmlich zu und sage dann höflich: »Wenn du mich jetzt bitte entschuldigen würdest, ich möchte meinem Onkel die letzte Ehre erweisen.«

Damit setze ich meinen Weg fort, ohne seine Antwort abzuwarten, als hätte mein Vater mich gar nicht erst aufgehalten.

Ich gehe zum Sarg, der sich an der Stirnseite des Raums befindet. Die Tatsache, dass keine Angehörigen darum versammelt sind, versetzt mir einen Stich. Onkel Malcolm war verwitwet und hatte keine Kinder. Es gab nur ihn und Tanny. Und mich. Bis ich ihn vor all den Jahren verlassen habe.

Wie immer, wenn ich daran denke, überkommt mich ein Gefühl der Verbitterung, weil mein kontrollsüchtiger Vater es geschafft hat, dem leicht zu beeindruckenden Jungen, der ich einmal war, seinen Willen aufzuzwingen. Ich wünschte, ich hätte mir mein eisernes Rückgrat ein paar Jahre früher zugelegt. Dann wäre Onkel Malcolm vielleicht nicht allein gestorben.

Auf einem kleinen runden Tisch neben dem Sarg steht

eine Vase voller Rosen. Ich nehme eine davon, trete zum Sarg und lege sie Onkel Malcolm auf die Brust, zu den wenigen anderen, die dort liegen. Er hat Rosen geliebt. Noch Jahre nach dem Tod seiner Frau, meiner Tante Mary, hat er ihren Rosengarten gehegt und gepflegt und sichergestellt, dass wenigstens dort etwas erblühte. Ich wette, diese Rosen hier stammen aus ihrem Garten. Bestimmt hat Onkel Malcolm es sich genau so gewünscht.

Als ich die Hand zurückziehe, streifen meine Finger die seinen. Sie sind steif und kalt. Leblos. Wie es Onkel Malcolm jetzt ist. Ich betrachte sein ruhiges Gesicht, dessen Züge mir so vertraut sind und das dem meines Vaters so sehr ähnelt, mit dem Unterschied, dass es sanfter wirkt, weniger streng. Wie Malcolm eben war. Er war der »menschliche« der beiden Spencer-Brüder. Mein Vater dagegen war … kein bisschen menschlich.

Und er ist es nach wie vor nicht.

Jemand legt mir sanft eine Hand auf den Rücken, und dann tritt eine schlanke Frau mit kurzen, hellbraunen Haaren von links zu mir. Es ist Mrs. Tannenbaum, die Haushälterin meines Onkels und seine einzige wirkliche Gefährtin seit Tante Marys Tod. Sie sieht mich mit sanften, wässrig blauen Augen an und gibt sich alle Mühe, ein Lächeln zustande zu bringen, doch es kommt nicht viel mehr dabei heraus als ein zitterndes Straffen der alabasterfarbenen Haut rund um ihren Mund.

Ich beuge mich zu ihr hinunter, um ihren zerbrechlichen Körper zu umarmen, und genau wie damals, vor all den Jahren, ist es unheimlich tröstlich, ihre Arme um mich zu spüren. »Tanny.«

»Harrison«, murmelt sie und drückt mich an sich. Dann

legt sie mir eine Hand an die Wange und tätschelt sie leicht. »Ich bin so froh, dass du gekommen bist.« Ihre Augen füllen sich mit Tränen, und plötzlich überkommt mich erneut dieses schmerzhafte Schuldgefühl.

»Natürlich bin ich gekommen.« Ihr Lächeln verrät mir, dass sie sich da nicht so sicher war. Jetzt habe ich erst recht ein schlechtes Gewissen. Ich räuspere mich. »Wie geht es dir?«

»Ich lasse mich nicht unterkriegen. Wie geht es dir?«

»Gut«, sage ich und betrachte prüfend ihr Gesicht. Ich sehe eine attraktive, ältere Frau mit perfekt frisiertem Haar und kornblumenblauen Augen. Allerdings kommt es mir vor, als wäre sie um hundert Jahre gealtert, seit ich sie das letzte Mal gesehen habe. Mir war klar, dass Malcolms Tod sie schwer getroffen hatte.

»Es ist schön, dich zu sehen«, stellt sie mit ernster Miene fest. »Dein letzter Besuch ist schon so lange her. Malcolm und ich haben dich sehr vermisst. Wie ist es dir ergangen? Hast du zugenommen?«, erkundigt sie sich und tritt einen Schritt nach hinten, um sich ein besseres Bild machen zu können.

Ich muss grinsen. »Ja, ich schätze, seit meinem neunzehnten Lebensjahr habe ich das eine oder andere Kilo zugelegt.«

»Das war auch dringend nötig. Damals warst du fürchterlich dünn.«

»*So* dünn nun auch wieder nicht, Tanny. Ich war nur aktiv.«

»Jedenfalls siehst du gesund und munter aus. Ich bin froh, dass du ordentlich isst. Und du siehst immer noch so gut aus. Hast du geheiratet?«

»Nein, ich bin immer noch unverheiratet.«

Sie streicht mir über den Arm und zwinkert mir zu, als wollte sie mir Mut zusprechen. »Keine Sorge, mein Junge, irgendwo da draußen läuft die Richtige für dich herum. Warte einfach auf sie. Du solltest nichts überstürzen.«

»Oh, das habe ich nicht vor«, erwidere ich offen und ehrlich.

»Gut. *Manche* Fehler können einen bis ans Lebensende verfolgen.«

Ihr Blick verrät mir, dass sie aus eigener Erfahrung spricht, aber ich habe keine Ahnung, worum genau es geht. Zum ersten Mal wird mir bewusst, dass ich Tanny zwar seit meiner Kindheit kenne, im Grunde aber nur sehr wenig über sie weiß. Ich nehme mir auf der Stelle vor, sie künftig wieder öfter zu besuchen. Vorausgesetzt, sie arbeitet auch weiterhin hier.

Der Gedanke, dass mein Vater sie entlassen könnte, wenn er das Haus übernimmt, macht mich rasend vor Wut, doch Tanny zuliebe kaschiere ich meinen Gedanken mit einem freundlichen Lächeln.

»Ich tue mein Bestes, um keine Fehler zu machen.«

Tanny ist deutlich anzusehen, dass ihr diese Äußerung nicht sonderlich gefällt. »Das könnte auch dein Vater gesagt haben.«

Ich komme nicht dazu, etwas zu erwidern, denn Tanny scheint hinter mir jemanden erblickt zu haben. Ihr Gesicht beginnt zu strahlen.

»Oh, da ist ja mein wunderschönes Mädchen«, sagt sie und breitet die Arme aus, um den nächsten Trauergast zu umarmen.

Ich drehe mich um, doch mein freundliches Lächeln erstirbt, sobald ich sehe, wen Tanny begrüßt.

Es ist Kennedy.

Heute sieht sie fast so aus wie in meiner Erinnerung. So,

wie ich es eigentlich erwartet hatte, selbst nach all den Jahren. Das glänzende, kastanienbraune Haar reicht ihr bis zur Mitte des Rückens. Sie trägt ein einfaches schwarzes Kleid, das ihr gerade bis unters Knie reicht, und kein Make-up. Das hat sie auch gar nicht nötig.

Trotzdem sehe ich vor meinem geistigen Auge noch lebhaft, wie sie sich gestern Abend auf der Bühne gerekelt hat.

Eine Flut unterschiedlichster Gefühle erfasst mich. In erster Linie Begehren, denn jetzt gesellen sich die Erinnerungen an ihren verführerischen Tanz zu den Erinnerungen aus meiner Jugendzeit hinzu – Erinnerungen daran, wie ich ihre süße Haut auf einem weichen Bett aus Gras im Wald gekostet habe, nur ein paar Hundert Meter von der Stelle entfernt, an der ich jetzt stehe. Die übrigen Emotionen sind zweitrangig, aber deshalb nicht weniger stark.

Eine davon ist Frust, denn ich verspüre nach wie vor den Drang, mich zwischen diesen ewig langen Beinen zu verlieren, zumindest für einen Tag. Eine andere ist Zorn, weil Kennedy viel zu unschuldig ist, um in einem *meiner* Clubs zu tanzen, vor allem auf die Art und Weise, wie sie es gestern getan hat. Dann verspüre ich erneut Frust, weil es mir gefallen hat. Und noch mehr Zorn, weil andere Männer zusehen durften.

Dieser Zorn ist es, der mich sagen lässt: »Na, wenn das nicht die kleine Tänzerin ist.« Sogar in meinen eigenen Ohren klingt mein Tonfall verbittert und kalt, genau wie der meines Vaters.

Kennedy macht sich von Tannys Armen los. Sie wirkt gekränkt. Ihre Wangen sind gerötet. Sie senkt etwas den Kopf und blickt nach rechts und links, als wollte sie sich vergewissern, dass niemand mitgehört hat, dann schenkt sie mir ein knappes, aber höfliches Lächeln.

»Hallo, Reese. Lange nicht gesehen.«

»Stimmt. Wie es aussieht, hat sich viel verändert, seit ich von hier weggegangen bin.«

Ihr Lächeln erstirbt. »So ist das eben, wenn man sich aus dem Staub macht, ohne sich zu verabschieden, und sich dann fast zwanzig Jahre nicht mehr blicken lässt«, presst sie mit zusammengebissenen Zähnen hervor.

Okay, das habe ich zwar verdient, aber für gewöhnlich lasse ich mich von Schuldgefühlen und ähnlichen Banalitäten nicht aus der Bahn werfen. Schuldgefühle sind etwas für Schwächlinge. Das ist einer der Gründe dafür, dass ich beschlossen habe, solche Gefühle gar nicht erst aufkommen zu lassen.

Der perfekte Klon eines perfekten Scheißkerls, schießt es mir durch den Kopf, bevor ich den Gedanken verdränge und mich wieder meiner Wut zuwende.

»Für so was habe ich keine Zeit«, knurre ich, packe Kennedy am Arm und bugsiere sie quer durch das Zimmer zum Wintergarten nebenan.

»Was, zum Teufel, soll das?«, faucht Kennedy, sobald die Tür hinter uns ins Schloss gefallen ist und wir von der Bibliothek aus nicht mehr zu sehen sind. Sie windet sich aus meinem Griff.

»Ich bin hier derjenige, der die Fragen stellt. Kannst du mir mal verraten, warum du in einem meiner Clubs tanzt?«

Trotzig hebt sie das Kinn. »Bis gestern Abend war mir nicht bewusst, dass es sich um *deinen Club* handelt. Ich habe erst davon erfahren, nachdem du einer der Kellnerinnen in der Herrentoilette an die Wäsche gegangen bist. So etwas spricht sich nämlich ziemlich schnell herum«, stößt sie angewidert hervor.

Ich knirsche mit den Zähnen. Keine Ahnung, wieso es mich wurmt, dass ihr das zu Ohren gekommen ist. Zumal die Kellnerin nicht viel mehr getan hat, als mir ein bisschen den Schwanz zu lutschen, ehe ich ihr befohlen habe, damit aufzuhören. »Lenk nicht vom Thema ab. Wieso tanzt du in einem solchen Club?«

Kennedy kneift die Augen etwas zusammen. »Was ist los, Reese? Schämst du dich etwa dafür, dass diese Sorte Geschäftsmann aus dir geworden ist?«

»Ich schäme mich für gar nichts. Meine Clubs zählen zu den besten der Welt. Sie sind lediglich nichts für Mädchen wie dich.«

»Was soll das nun wieder heißen? Was für eine Art Mädchen bin ich denn?«

»*Früher* warst du mal ein nettes Mädchen.«

»Nur weil ich das tue, was ich gerne tue, und zwar zufällig in einem deiner Clubs, heißt das noch lange nicht, dass ich kein nettes Mädchen bin. Es ist schließlich kein Stripclub, Herrgott noch mal.«

»Trotzdem hat jemand wie du dort nichts verloren.«

Das Lachen, das sie daraufhin hervorstößt, wirkt ebenso verbittert wie ihre Miene. »Du wirst es nicht glauben, Reese, aber der Großteil der Menschheit muss für seinen Lebensunterhalt arbeiten. Und nur für den Fall, dass es dir noch nicht aufgefallen ist: Die Bezahlung in deinen Clubs ist wirklich sehr, sehr gut.«

Ich starre sie an, sie starrt zurück. Am liebsten würde ich sie anschreien, um sie zur Einsicht zu bringen, sie packen und ihr das Versprechen abnehmen, dass sie nie mehr ins *Exotique* zurückkehrt. Doch dann überkommt mich plötzlich der Wunsch, ihr zu helfen. Sie ist, wie neunundneunzig Prozent der Bevölkerung, gezwungen zu arbeiten, um ihre Rechnungen bezahlen zu können. Aber zu wissen, dass sie es tut, indem sie zur Unterhaltung von Männern tanzt, trifft mich an einer Stelle tief in meinem Inneren, von deren Existenz ich bislang nichts geahnt habe.

»Okay, dann vermittle ich dir einen Job in der Verwaltung. Es gibt Dutzende anderer Möglichkeiten, für mein Unternehmen zu arbeiten.«

»Das ist zweifellos nett gemeint, aber ich brauche deine Hilfe nicht, Reese. Ich bin all die Jahre hervorragend allein zurechtgekommen. Außerdem ist Tanzen meine Leidenschaft. Es war schon immer mein Traum, mein Berufswunsch. Dein Club ist für mich nur ein Sprungbrett. Glaub mir, Reese, in einem *deiner Clubs* zu tanzen ist bei Weitem nicht mein allergrößter Traum. Da gibt es noch ganz andere.«

»Nämlich?«

»Wieso interessiert dich das?«

»Keine Ahnung. Einfach so.«

Kennedy runzelt die Stirn und mustert mich mit ihren meerschaumgrünen Augen, als wollte sie feststellen, ob es mich tatsächlich interessiert oder ob ich ihr womöglich eine Falle stelle.

»Willst du das wirklich wissen?«

»Ja, das will ich.« Das ist nicht gelogen. Ich bin ungewöhnlich interessiert an allem, was mit Kennedy zu tun hat, genau wie früher, als wir noch Kinder waren.

»Mein Ziel ist es, einmal für eine renommierte Kompanie wie das Altman American Dance Theater zu tanzen. Da das allerdings nicht sehr wahrscheinlich ist, würde ich mich auch mit einem kleineren Tanztheater zufriedengeben. Mein Traum ist es, zu tanzen. *Richtig* zu tanzen.«

Ihre Stimme klingt leise und ernst.

In diesem Augenblick tue ich aus Gründen, die mir für den Rest meines Lebens unbegreiflich sein werden, etwas ganz und gar Verrücktes.

»Dann arbeite diesen Sommer für mich. Auf meiner Jacht. Anschließend besorge ich dir einen Termin zum Vortanzen bei Chance Altman.«

Kapitel 6

KENNEDY

»Was? Meinst du das ernst?«, stottere ich.

»Todernst«, antwortet Reese, ohne zu zögern.

»Was für Arbeit wäre das denn?«

Reese hebt eine seiner dunklen Augenbrauen an und mustert mich mit vielsagenden Blicken, die mir einen Schauer über den Rücken jagen. Ehe er antwortet, ist die Augenbraue wieder an ihrem Platz. »Nichts, das du nicht schon gemacht hättest.« Als ich den Mund öffne, um mich über die reichlich vage Jobbeschreibung zu echauffieren, fährt er fort: »Du müsstest ein bisschen tanzen, dich unters Volk mischen, vielleicht ein paar Getränke servieren. Nichts allzu Anstrengendes.«

»Und wie willst du Altman dazu bringen, mich vortanzen zu lassen?«

»Sehr einfach. Chance und ich hatten bereits das Vergnügen. Er war auf einem meiner Schiffe und in einigen meiner Clubs. Sagen wir mal so: Er schuldet mir was.«

»Ich … ähm … ich verstehe nicht ganz … alles, was ich tun müsste, wäre für dich zu arbeiten? Auf einer Jacht? Den Sommer über?«

Reese schenkt mir ein Lächeln. Dieses Lächeln hat meine Welt auf den Kopf gestellt und dann als Scherbenhaufen zurückgelassen.

Eine Welle von Gefühlen erfasst mich und macht es mir schwer, einen klaren Gedanken zu fassen.

Als ich Reese gestern Abend wiedergesehen habe, war mir, als hätte mir jemand eine Kugel ins Herz gejagt. Den Blick seiner wasserblauen Augen auf mir zu spüren hat mir den Verstand geraubt und alle Erinnerungen mit einem Schlag geweckt.

Dieser Sog, so unwiderstehlich wie die Schwerkraft.

Das an Besessenheit grenzende Begehren.

Und den vernichtenden Schmerz.

Ich dachte, ich wäre über Reese hinweg. Schon seit Jahren. Doch als ich ihn gestern so urplötzlich wiedergesehen habe … wenngleich es nur drei Minuten waren … Gott, es hat sich angefühlt, als hätte mich ein Auto mit hundertfünfzig Sachen erwischt. Es war wieder genau wie früher. Kaum habe ich ihn gesehen, sind alle meine Gefühle für ihn erneut erwacht, haben mich unter sich begraben wie eine Lawine. Dabei habe ich mein halbes Leben damit zugebracht, um mich aus ebendieser Lawine zu befreien.

Und als ich dann erfahren habe, was sich zwischen ihm und Pandora abgespielt hat, nur wenige Minuten nachdem er mich mit Blicken verschlungen hatte … Das war so, als hätte ich ihn erneut verloren. Die Enttäuschung war niederschmetternd. Ich habe die ganze Nacht krampfhaft versucht, die Tränen zurückzuhalten, alte wie neue, und mir immer und immer wieder vor Augen zu führen, dass ich das Thema Reese schon vor langer Zeit hinter mir gelassen habe. Kurz vor dem Einschlafen habe ich mir noch einmal in Erinnerung gerufen, dass ich ihn in der Vergangenheit lassen muss. Dass er nicht im Geringsten mit meinem *Jetzt* in Berührung kommen darf.

Trotzdem stehe ich hier, höre mir seinen Vorschlag an und ziehe sogar in Betracht, ihn anzunehmen, weil Reese mir die *eine, unwiderstehliche* Karotte vor die Nase hält, die mich davon abbringen kann, mich einfach umzudrehen und zu gehen. Für immer und ewig.

»Was, wenn ich verheiratet wäre? Hast du jemals daran gedacht?«

Ich sehe, wie er irritiert die Nasenflügel bläht, doch dann überrascht er mich mit einem schiefen Grinsen. Seine Augen funkeln, sein Blick ist bohrend.

»Du bist nicht verheiratet.«

»Woher willst du das wissen?«

»Wenn du meine Frau wärst, würde ich dich *niemals* so tanzen lassen.« Reese macht einen weiteren Schritt auf mich zu und streckt die Hand aus, um mich mit der Fingerspitze an der Wange zu berühren. »Es sei denn, du tätest es nur für mich allein.«

Mir bleibt die Luft weg. Es sollte nicht so sein, aber ich kann es nicht ändern. »Vielleicht sieht er mir ja gern dabei zu«, erwidere ich, bemüht, nicht dem Zauber seiner Nähe zu verfallen.

»Das könnte ich verstehen. *Ich* habe es jedenfalls sehr genossen, dir zuzusehen. Aber es ist mir ziemlich gegen den Strich gegangen, dass dir die anderen ebenfalls zugesehen haben.«

Reeses Augen wandern zu meinen Lippen, die sogleich zu kribbeln beginnen. Mir ist, als wäre ich an einem surrealen Ort zwischen Vergangenheit und Gegenwart gefangen. Ein Teil von mir balanciert am Rand einer Klippe entlang und blickt auf das Meer aus Leidenschaft und Verlangen hinunter, in dem Reese und ich einst geschwommen sind. Die andere

Hälfte – die zutiefst verletzte – weiß noch, wie es war, in diesen Gewässern zu ertrinken.

Hilflos und mutterseelenallein.

Ich weiche einen Schritt zurück. »Na, ein Glück dass ich nicht deine Frau bin, was?«

»Aber du könntest es sein«, antwortet er leise, ohne näher zu kommen. Sein Blick ist unverändert bohrend.

Mir schmerzt das Herz in der Brust. Das Mädchen in mir, das ihn so sehr geliebt hat, würde sich ihm am liebsten an den Hals werfen und ihn fragen, wo er all die Jahre war. Doch die Frau in mir, die sich um das verzweifelte, verlassene Mädchen von damals kümmern musste, die Frau, die nach wie vor unter all den damals vergossenen Tränen leidet, weiß, dass das ausgeschlossen ist. Es gibt nichts mehr, wohin sie zurückkehren könnte.

»Geht es darum? Du versuchst, noch einmal bei der kleinen Kennedy zu landen?« Ich bemühe mich gar nicht erst, meine Verbitterung zu kaschieren, weil ich weiß, dass es mir nicht gelingen würde. »Denn ich bin nicht mehr das kleine Mädchen von damals.«

»O ja, das sehe ich.«

»Und ich werde nicht noch einmal denselben Fehler machen, Reese. Das sollte dir inzwischen klar sein. Falls ich dein Angebot annehme, dann wird unsere Beziehung rein beruflicher Natur sein.«

Reese seufzt. »Ich möchte dir helfen, Kennedy, ehrlich, und das werde ich auch tun. Aber ich werde nicht leugnen, dass ich dich *will*.« Er macht einen kleinen Schritt auf mich zu. »Oder dass ich die Absicht habe, dich ins Bett zu kriegen.«

Mein Inneres bebt. Seine Worte … die Erinnerungen … dieser Blick …

Aber ich suche tief in mir nach der starken Kennedy, die sich wie Phönix aus der Asche erhoben hat, nachdem sie ihm als Mädchen zu Füßen gelegen ist. Ich hülle mich in ihr Selbstvertrauen, in ihre Entschlossenheit. *Sie* ist es, die Reese nun ihr attraktivstes Lächeln schenkt. »Dann hoffe ich, dass du mit deiner Enttäuschung klarkommst, denn ich werde mich auf gar keinen Fall noch einmal mit dir einlassen.«

Reese schüttelt hoheitsvoll den Kopf, ein stummes Touché. Erst als ich mich umdrehe, legt er ein letztes Mal nach.

»Erwarte aber nicht von mir, dass ich es dir leicht machen werde, mir zu widerstehen, Kennedy. Im Gegenteil. Ich werde es dir so schwer wie möglich machen, das verspreche ich dir.«

Einen kurzen Moment lang habe ich weiche Knie, doch dann tragen mich meine Beine wieder. Ich drehe mich um und marschiere energisch, wenn auch etwas wacklig, davon. Weg von Reese.

Kapitel 7

REESE

Ich wüsste nicht, warum ich keine Pläne für Kennedys Ankunft auf der Jacht machen sollte. Zum einen bin ich mir meiner selbst und meiner Überzeugungskünste sehr sicher. Schließlich habe ich den Großteil meines Lebens damit zugebracht, das zu bekommen, was ich will. Ich habe gelernt, effizient vorzugehen, ganz egal, mit wem ich in Verhandlung stehe. Zum anderen verspüre ich eine gewisse Vorfreude. Ich bin bereit, die Herausforderung anzunehmen. Ich kann es kaum erwarten, Zeit mit Kennedy zu verbringen und ihre neuen Seiten kennenzulernen: die Kennedy, die tanzt, als wäre ich ihr einziger Zuschauer. Die Kennedy, deren Beine inzwischen noch länger sind als früher. Die Kennedy, deren Lippen wie für die meinen geschaffen sind; die Kennedy, mit der ich mich so lange vergnügen werde, bis ich genug von ihr habe.

Ich muss möglichst bald mit ihr ins Bett, damit ich sie dann endgültig vergessen kann.

Als Besitzer des Clubs, in dem Kennedy arbeitet, habe ich Zugang zu all ihren Daten – neben ihren Gesundheitszeugnissen (einschließlich der Laborresultate, die zeigen, dass sie vollkommen gesund ist) erfahre ich, welche Auswahl an Produkten sie für ihre Shows bestellt, sei es Make-up oder Glitzer (den sie jedoch nie bestellt), ihre Schuh- und Kleidergröße, ja, sogar die Tatsache, dass sie Hüte liebt. Den Großteil der Informationen gebe ich an Kimmie weiter, die für die Unterhaltung auf meinen Kreuzfahrten zuständig ist, damit sie weiß, was Kennedy für gewöhnlich trägt, und Outfits und Ausstattung für sie besorgen kann.

Ich verfüge bereits über alle Informationen, die ich brauche, um sicherzustellen, dass in Kennedys Kabine alles Nötige vorhanden ist, wenn sie an Bord geht. Und sie *wird* an Bord gehen. Über den Sohn eines Freundes meines Vaters habe ich sogar in Erfahrung gebracht, dass Kennedy einen gültigen Pass besitzt.

Jetzt muss ich Kennedy nur noch darüber informieren, wann sie abgeholt wird. Ich tippe die Nummer ein, die ich ihrer Personalakte entnommen habe, und lausche dem Freizeichen.

»Hallo?«, höre ich eine verschlafene, rauchige Stimme.

»Mmmm, das klingt wie eine Einladung«, murmle ich.

Das tut es tatsächlich. Es klingt, als läge sie nackt unter einer kuschelig warmen Bettdecke, die Haut samtweich, der Körper willig.

Nach einer kurzen Pause, währenddessen ich beinahe hören kann, wie Kennedys Augen größer werden, weil sie allmählich erwacht, antwortet sie steif und kurz angebunden: »Das hast du falsch verstanden.« Sie erkundigt sich weder, wer dran ist, noch hält sie mich für jemand anderen. Sie hat meine Stimme erkannt, was darauf schließen lässt, dass sie an mich gedacht hat, womöglich von sehnsuchtsvollen Erinnerungen erfüllt.

»Such dir jemanden, der die kommenden drei Monate auf deine Katze aufpasst, und sieh zu, dass du bis vier Uhr fertig gepackt hast und abreisebereit bist. Ich schicke jemanden vorbei, der dich zum Flughafen bringt. Vergiss deinen Reisepass nicht.«

»Woher weißt du, dass ich eine Katze habe?«

»Ich kenne dich eben.«

Sie schnaubt verächtlich. »Ganz schön eingebildet, einfach davon auszugehen, dass ich mich auf deinen Vorschlag einlassen würde, stimmt's?«, fragt sie scharf.

»Überhaupt nicht. Du bist eine kluge Frau. Du hast überlegt, ob du den Sommer über lieber in meinem Club schuften und auf deinen Traum hinarbeiten sollst, den du ohne fremde Hilfe womöglich nicht verwirklichen kannst, oder ob du lieber für mich auf der Jacht arbeiten sollst, weil ich versprochen habe, dir dafür einen Termin zum Vortanzen zu organisieren – eine Chance, die du ohne mich wahrscheinlich nie bekommen würdest. Und du bist zu dem Schluss gekommen, dass es nur eine vernünftige Entscheidung gibt.«

»Was dir von vornherein klar war«, bemerkt sie leise.

Ich muss lächeln. Zweifellos geht es ihr gegen den Strich, dass ich alles derart perfekt vorausgeplant habe. Wenn ich nicht wüsste, wie man Menschen mit unwiderstehlichen Angeboten ködert, dann wäre ich nicht da, wo ich heute bin. Ich wäre nicht der Mensch, der ich heute bin.

»Sei nicht zu streng mit dir. Es gibt nur wenige Menschen, die mir widerstehen können.«

»Wer sollte das sein, mal abgesehen von mir?«

»Was sonst tust du gerade?«

»Ich nehme dein Angebot an, aber du kannst dir sicher sein, dass ich dir sonst in jeder Hinsicht widerstehen werde.«

»Mal sehen.«

Ich spüre ihre leichte Verstimmung und lächle erneut. Das

verspricht ja sogar noch unterhaltsamer zu werden, als ich ursprünglich angenommen hatte – und ich war von Anfang an überzeugt, dass ich einen Heidenspaß haben würde!

Ich beende das Gespräch, ehe sie noch etwas einwerfen kann. »Wir sehen uns dann um vier«, sage ich und lege auf.

Ich lächle noch eine Weile in mich hinein, als das Telefon in meiner Hand klingelt. Auf dem Display blinkt eine mir unbekannte Nummer auf. Ich schalte automatisch auf Harrison Spencer um.

»Spencer«, melde ich mich schroff.

»Mister Spencer, ich heiße Oswold Bingham und bin der Nachlassverwalter von Malcolm Spencer. Könnten Sie heute bei der Verlesung des Testaments anwesend sein? Sie sind in einem erst kürzlich beglaubigten Testamentzusatz erwähnt.«

Ich runzle die Stirn. Ich habe nicht erwartet, in Malcolms letztem Willen erwähnt zu werden. Jetzt fühle ich mich gleich noch schlechter, weil ich mich so lange nicht mehr bei ihm habe blicken lassen.

»Wann?«

»Um drei Uhr, Sir. Die Verlesung findet im Herrenzimmer von Bellano statt.«

Ich bemühe mich erst gar nicht, mein verärgertes Seufzen zu unterdrücken. »In Ordnung, aber ich kann nur bis Viertel vor vier bleiben und keine Sekunde länger. Ich verreise nämlich heute Nachmittag.«

»Ich werde sicherstellen, dass wir bis dahin fertig sind, Sir. Dann also bis drei Uhr?«

»Ja«, erwidere ich.

»Danke.«

Ich lege auf, bedeutend gereizter als vor dem Telefonat.

Kapitel 8

KENNEDY

Während ich dusche und mich anziehe, frage ich mich unentwegt, ob es wirklich eine kluge Entscheidung war, Reeses Angebot anzunehmen. Zugegeben, es ist eine einmalige Gelegenheit. Ich muss ihm bloß widerstehen, bis ich wieder von Bord gegangen bin und bekommen habe, was ich wollte.

Pfff.

Ihm *bloß* widerstehen …

Als ob das so einfach wäre.

Ich beschließe, Tanny spontan einen Besuch abzustatten. Mein Leben lang bin ich immer zu ihr gegangen, wenn ich einen Rat oder Trost gebraucht habe. Sie ist eine Freundin, der ich vertraue. Da ich in einer kleinen Pförtnerloge in der hintersten Ecke des Anwesens aufgewachsen bin, hatte ich außer meinem Stiefvater Hank, der Malcolm Spencers Gärtner und Hausmeister war, kaum Gesellschaft, von Spielkameraden ganz zu schweigen. Aber dafür hatte ich Tanny.

Und Reese.

Jedenfalls eine Zeit lang.

Aus alter Gewohnheit fahre ich um das Anwesen herum und parke neben meinem alten Zuhause, das leer steht, seit Malcolm eine Firma mit der Pflege des Anwesens betraut hat. Ich folge dem vertrauten Weg durch das Wäldchen, der in dem saftig grünen Rasen endet, der das Anwesen umgibt, und laufe an der Garage vorbei zur Hintertür der Küche.

Ich klopfe an das Fliegengitter und warte ab. Tanny ist eine Frühaufsteherin, wobei es ohnehin recht unwahrscheinlich ist, dass sie noch schläft, schließlich ist es schon elf Uhr.

Es dauert keine Minute, dann vernehme ich das Klicken des Schlosses, die Holztür schwingt auf, und Tannys Gesicht erscheint hinter dem Fliegengitter.

»Ich habe mich schon gefragt, wann du wohl auftauchen würdest«, begrüßt sie mich mit einem Lächeln und öffnet den Riegel, damit ich eintreten kann.

»Wieso hast du gewusst, dass ich heute kommen werde?«, frage ich sie und folge ihr in die Küche, wo es wie immer nach süßem Gebäck, Kaffee und Malcolms Pfeifentabak riecht. Es ist die tröstlichste Duftmischung der Welt.

»Der gestrige Tag war für uns alle nicht leicht«, sagt sie und gießt mir Kaffee ein. »In mehrfacher Hinsicht«, ergänzt sie dann und wirft mir einen wissenden Blick zu.

»Es war schrecklich, Tanny! Es war schon schlimm genug, dass er mich neulich Abend hat tanzen sehen. Aber ihn hier zu treffen und mit ihm reden zu müssen … und dann dieser Vorschlag, ich solle den Sommer auf seiner Jacht arbeiten …«

Tanny fährt herum. »Er hat dir einen Job auf seiner Jacht angeboten?«

»Ja. Dafür organisiert er mir einen Termin zum Vortanzen bei Chance Altman. Kannst du dir das vorstellen?«

Tanny lächelt. »Ja, das kann ich.« Ich frage nicht, was sie damit meint. »Hast du schon entschieden, ob du es machen wirst?«

Seufzend massiere ich mir mit den Fingern die pochenden Schläfen. »Ich glaube schon. Ich bin mir nicht sicher, ob es die *richtige* Entscheidung ist, aber eine solche Gelegenheit muss man einfach nutzen.«

Tanny sagt nichts. Sie nickt bloß und nimmt einen Schluck Kaffee.

»Ich meine, ich bin seit langer Zeit über Reese hinweg. Das hier ist rein beruflich, und es könnte mir völlig neue Zukunftschancen eröffnen.«

»Das könnte es in der Tat«, stimmt Tanny mir zu.

»Ja, nicht?«, sage ich, erleichtert über ihre Zustimmung. Ich brauche dringend etwas Ermutigung. Ich will hören, dass ich das Richtige tue.

»Die Frage ist: Könntest du damit leben, wenn du diese Gelegenheit *nicht* wahrnimmst, oder würdest du es ewig bereuen?«

»Ach, ich habe schon vor langer Zeit gelernt, dass ich mit so einigem leben kann, Tanny. Die Frage ist wohl eher, ob es unbedingt nötig ist. Könnte dieses Angebot wirklich so toll sein, wie es klingt? Oder ist es zu schön, um wahr zu sein?«

»Was genau bereitet dir Sorgen, Kennedy?« Tanny stellt die Tasse ab und ergreift meine Hand.

»Ach, Tanny, ich mache mir Sorgen um *mich*. Ich bin schon lange nicht mehr das arme Mädchen, das wir alle gekannt haben, aber …«

»Aber was? Wenn du die Vergangenheit hinter dir gelassen hast, dann brauchst du dir auch keine Sorgen zu machen, oder?«

»Ja, schon, aber …«

»Aber was?«

»Ich … ich fühle mich immer noch zu ihm hingezogen! Gott, es ist, als ob kein Hass die Gefühle zerstören könnte, die er in mir auslöst. Die er schon *immer* in mir ausgelöst hat.

Dabei weiß ich, dass ich ihm nicht vertrauen kann. Schließlich ist er ein Mann. Selbst wenn er Empfindungen in mir wachruft, wie sie kein anderer Mann je geweckt hat.«

Ein Anflug von Trauer huscht über Tannys Gesicht. »Kennedy, ich weiß, du hast viel durchgemacht und genügend Gründe, so zu denken, aber du kannst nicht durchs Leben gehen in der Überzeugung, dass du nie einen Mann finden wirst, dem du vertrauen kannst.«

»Es wäre nicht das Ende der Welt«, sage ich, um einen möglichst sachlichen Tonfall bemüht, doch wie üblich durchschaut mich Tanny sogleich.

Sie drückt meine Hand. »Jeder von uns wünscht sich einen Menschen, mit dem er sein Leben teilen kann, dem er vertrauen und den er lieben kann. Du vielleicht sogar noch mehr als die meisten.«

»Das Mädchen in mir hat früher so gedacht, aber jetzt …«

»Vielleicht ist es ganz gut, wenn du das Angebot annimmst. Vielleicht hilft es dir, endgültig einen Schlussstrich zu ziehen – um des Mädchens willen, das du früher warst. Und um der Frau willen, die du inzwischen geworden bist. Dass du so stark geworden bist, verdankst du der Tatsache, dass du dich deinen Problemen immer gestellt hast, statt ihnen aus dem Weg zu gehen. Du hast sie überwunden. Du bist zu klug, um zuzulassen, dass die Vergangenheit deine Zukunft bestimmt.«

Plötzlich kommt mir mein Geschwafel von eben total albern vor. »Du hast ja so recht, Tanny.« Spontan beuge ich mich zu ihr hinüber und schließe ihren zerbrechlichen Körper in die Arme. »Er ist nur ein Mann. *Ein* Mann, den ich von früher kenne. Er hat keinerlei Macht über mich, außer ich gebe sie ihm. Ich habe nichts zu befürchten. Er bringt mich lediglich meinem Traum einen Schritt näher. Das ist alles.«

»Er bringt dich deinem Traum einen Schritt näher«, wiederholt Tanny und tätschelt mir beruhigend die Wange. Eigenartigerweise habe ich das dumpfe Gefühl, dass sie nicht nur vom Tanzen spricht.

Kapitel 9

REESE

Ich treffe ein paar Minuten vor der Testamentsverkündung in Bellano ein. Während ich auf meinem alten Platz neben der Garage parke, registriere ich aus den Augenwinkeln einen vertrauten kastanienbraunen Haarschopf im Wald verschwinden.

Kennedy. Sie würde ich überall erkennen, nachdem ich in den vergangenen sechsunddreißig Stunden fast ununterbrochen an sie gedacht habe.

Jetzt fällt es mir erst recht schwer, mich auf das vor mir Liegende zu konzentrieren. Was sie wohl hier wollte? Bei der Vorstellung, dass sie in diesem Wäldchen ist, in dem ich sie vor all den Jahren auf einer einsamen Lichtung im Schutz der Bäume entjungfert habe, beginnt mein bestes Stück prompt zu pulsieren. Was würde ich dafür geben, ihren herrlichen Körper zu verkosten, der in der Zwischenzeit zweifellos gereift und noch schöner geworden ist!

Verdammt.

Mit einem unterdrückten Knurren steige ich aus dem Auto. Während ich mich dem Kücheneingang nähere, blicke ich die Treppe hoch – die Macht der Gewohnheit –, und tatsächlich, diesmal steht Tanny dort, wie früher. Sie trägt eine schneeweiße Bluse und eine marineblaue Hose und verfolgt lächelnd, wie ich die Stufen hochkomme.

Ich möchte wetten, dass sie sich bis eben noch mit Kennedy in der Küche unterhalten hat.

»Guten Morgen, mein Hübscher.« Sie strahlt mich an, drückt mir eine Tasse Kaffee in die Hand und gibt mir einen Kuss auf die Wange.

»Guten Morgen«, sage ich und erwidere die Begrüßung. Bei dem Duft nach Gartenblumen, der mir dabei in die Nase steigt, muss ich an all die glücklichen Kindheitserinnerungen denken, die ich mit Tanny verbinde. Ich beuge mich etwas nach hinten, um sie besser betrachten zu können. Ihre blauen Augen funkeln, und auch sonst sieht sie fast wieder wie früher aus – jünger, attraktiv und voller Liebe. Vielleicht hat sie den ersten Schock nach Malcolms Tod inzwischen überstanden. »Du siehst gut aus«, sage ich und betrete die Küche.

Lächelnd sieht sie an sich hinunter und wischt sich einen imaginären Staubfussel von der Hose. »Oh, danke. Ich bin zur Testamentsverkündung geladen worden, und ich ... ich ...«

Ich stelle die Tasse ab und lege die Hände auf ihre dünnen Oberarme. »Es wird alles gut, Tanny. Das verspreche ich dir.« Heute ist ihr Lächeln schon nicht mehr ganz so traurig.

»Ich weiß, dass es das wird, mein Junge. Was auch immer geschieht.«

Ich greife wieder nach der Kaffeetasse. »Du hast eben Besuch gehabt, nicht?«

»Allerdings«, bestätigt sie. »Und jetzt noch einmal. Meine beiden Lieblinge, und das an zwei Tagen in Folge. Ich könnte nicht glücklicher sein.«

»Dachte ich mir doch, dass ich Kennedy im Wäldchen gesehen habe. Was wollte sie denn?«

Tanny lacht. »Sie hat mich einfach nur besucht. Ist das etwa verboten?«

Ich schüttle lächelnd den Kopf, erpicht auf weitere Informationen, aber ich weiß, dass es unklug wäre, sie zu bedrängen. Tanny gehört zu der Sorte Mensch, die man sanft behandeln muss, wenn man etwas von ihr will. So süß und liebevoll sie normalerweise ist, so kann sie auch ein richtiger Sturschädel sein, der sich zu nichts zwingen lässt. Ihrer äußeren Erscheinung zum Trotz ist sie ziemlich tough. Es wäre also vollkommen sinnlos nachzubohren. »Natürlich nicht, nein. Entschuldige. Ich hatte jahrelang keinen Kontakt zu Kennedy, deshalb war ich neugierig. Das ist alles.«

»Sie hat sich richtig gemausert. Ich könnte wirklich nicht stolzer sein auf sie. Sie ist stärker, als es den Anschein hat. Sie ist durch die Hölle gegangen, hat aber nicht zugelassen, dass sie daran zerbricht.«

Ihre Worte wecken erst recht meine Neugier. »Was soll das bedeuten, ›sie ist durch die Hölle gegangen‹?«

Tanny schüttelt den Kopf. »Das kann ich dir nicht erzählen. Wenn du es wirklich wissen willst, musst du sie schon selbst fragen. Und ich bin mir nicht sicher, ob sie wollen würde, dass du Bescheid weißt. Aber gut, das muss sie selbst entscheiden.«

Das klingt ja alles äußerst mysteriös. Am liebsten würde ich Tanny einem regelrechten Verhör unterziehen, aber mir ist klar, dass es mir nicht das Geringste nützen würde. Loyalität ist Tanny über alle Maßen wichtig. Normalerweise gilt diese Loyalität in erster Linie mir, aber sie erstreckt sich auch auf Kennedy, wie ich von früher weiß. Tanny würde niemals einem von uns die Geheimnisse des anderen verraten.

Verdammt.

»Na ja, es wird sich bestimmt mal eine Gelegenheit finden.

Kennedy wird nämlich auf einem meiner Kreuzfahrtschiffe für mich arbeiten.«

»Ach ja?«, fragt Tanny mit einem schelmischen Lächeln.

Für den Bruchteil einer Sekunde plagen mich Zweifel. »Ja. Oder hat sie dir etwas anderes erzählt?«

Tannys Grinsen verwandelt sich in ein gütiges Lächeln. »Nein, sie hat mir nichts anderes erzählt. Ich gebe nur zu bedenken, dass du dir deiner Sache vielleicht nicht zu sicher sein solltest. Sie ist nicht mehr das kleine Mädchen von früher, Harrison.«

»Sie ist erwachsen, Tanny. Ich bin mir sicher, dass sie in der Lage ist, eigene Entscheidungen zu treffen und mit den Folgen zu leben.«

»Vielleicht ist es gar nicht *sie*, um die ich mir Sorgen mache.«

* * *

Nicht zum ersten Mal werfe ich einen Blick auf meine Armbanduhr. Neben Tanny, meinem Vater und mir sind mehrere Rechtsanwälte und Nachlassverwalter anwesend. Wir alle warten ungeduldig auf die Ankunft von Malcolms Anwalt, der bereits fast zwanzig Minuten zu spät dran ist. Wenn er nicht bald kommt, muss ich gehen, bevor er überhaupt aufgetaucht ist.

Als mein Vater, der mir gegenübersitzt, nur wenige Sekunden nach mir ebenfalls auf die Uhr sieht, unterdrücke ich den Impuls, verächtlich die Oberlippe hochzuziehen. Ich wäre gern das genaue Gegenteil von ihm, doch das bin ich nicht, und das weiß ich auch. Zu einem gewissen Grad war es unvermeidlich, dass ich wurde wie er. Ich habe ihm zugesehen und zugehört und dadurch gewisse Verhaltensmuster von ihm übernommen. Seine bloße Gegenwart hat mich geprägt. In Augenblicken wie diesem wird mir bewusst, wie ähnlich ich ihm bin, und das behagt mir ganz und gar nicht. Bis jetzt habe ich bloß noch keinen triftigen Grund gefunden, mich zu ändern, zumal Henslow Spencer äußerst erfolgreich ist. Und das ist im Augenblick meine größte Motivation – mehr zu *haben*, mehr zu *erreichen*, mehr *darzustellen* als er.

Mit einem gedämpften Geräusch geht die Tür hinter mir auf. Ich drehe mich nicht um, um zu sehen, wer da soeben eingetreten ist. Ich will mal stark hoffen, dass es der Anwalt ist, sonst bin ich hier weg.

Ein kräftiger Mann in einem Wollblazer mit Lederflicken an den Ellenbogen marschiert zum einzigen noch freien Stuhl am Mahagonitisch, stellt die Aktentasche darauf ab und nickt zum Gruß, nachdem er einen Blick in die Runde geworfen hat. Er entnimmt seiner Aktentasche einen dicken Ordner, lässt die Schlösser zuschnappen und stellt die Tasche auf den Boden. Ehe er zu sprechen beginnt, räuspert er sich.

»Entschuldigen Sie die Verspätung, Gentlemen. Es haben sich in letzter Minute einige … Details ergeben, denen ich mich widmen musste. Aber jetzt bin ich bereit, den Letzten Willen und das Testament von Malcolm Henry Spencer zu verlesen.«

Wir verfolgen schweigend, wie er den Ordner öffnet, darin blättert und schließlich ein Schriftstück auf hellblauem Papier hervorzieht.

Während der Anwalt in hoheitsvollem Tonfall beginnt, das Testament zu verlesen, kann ich nur mit Mühe einen Seufzer unterdrücken. In der ersten Hälfte meines Lebens habe ich Onkel Malcolm nähergestanden als sonst irgendjemand, und natürlich bin ich ihm dankbar für alles, was er mir vermacht hat, was auch immer es sein mag. Aber ich habe im Moment eben anderes im Kopf. Es fällt mir schwer, die Prozedur geduldig über mich ergehen zu lassen, weil ich jetzt viel lieber Kennedy gegenübersitzen würde, damit ich sie betrachten und Pläne schmieden kann, um sie möglichst rasch in mein Bett zu locken.

Doch als Mister Bingham meinen Namen erwähnt, bin ich ganz Ohr.

»Da Mister Spencer junior nicht allzu lange Zeit hat, fange ich gleich mit dem Familienanwesen an, das Ihnen allen als Bellano bekannt ist. Nach Malcolms Willen geht – ich zitiere: ›… das Anwesen zu gleichen Teilen in den Besitz meines Neffen, Harrison Ronaldo Spencer, oder seiner nächsten lebenden Verwandten sowie in den von Mary Elizabeth Spencer oder deren nächsten lebenden Verwandten über. Sämtliche Entscheidungen rund um das Anwesen, das Haus und deren Erhaltung sind gemeinsam zu fällen. Davon ausgenommen sind die von meiner Haushälterin Mrs. Judith E. Tannenbaum bewohnten Räumlichkeiten, da Mrs. Tannenbaum hiermit ein lebenslanges Wohnrecht auf Bellano eingeräumt wird‹.«

Mister Bingham legt eine kurze Pause ein, in der rund um den Tisch unterdrücktes Flüstern und Getuschel einsetzt. Wie alle anderen auch bin ich vollkommen überrascht, von der Existenz einer im Testament genannten weiblichen Verwandten zu erfahren.

Es dauert nicht lange, bis mein Vater die Frage stellt, die jeden von uns beschäftigt: »Wer, bitte schön, ist Mary Elizabeth Spencer?«

Bingham wirft einen nervösen Blick in die Runde.

»Malcolm hat diesen Nachtrag erst wenige Wochen vor

seinem Tod verfasst. Da ich zu diesem Zeitpunkt gerade nicht in der Stadt war, musste er sich dafür an meinen Partner wenden, der leider nicht mit der Familie Spencer vertraut ist und mir keinerlei Informationen über Miss Spencer liefern konnte. Deshalb bin ich immer noch damit beschäftigt, sie ausfindig zu machen.«

»Dann sehen Sie zu, dass Sie sie möglichst bald aufstöbern, Bingham«, blafft mein Vater. »Sie können sich darauf verlassen, dass ich das Testament anfechten werde, sollten Sie diese vermeintliche Erbin – eine Frau, die keiner von uns kennt – nicht auftreiben können. Bellano ist das Zuhause der Familie Spencer, und es wird im Besitz der *echten* Spencers bleiben. Wenn es sein muss, werde ich bis zum Obersten Gerichtshof gehen, damit das so bleibt.«

Ich registriere aus den Augenwinkeln eine Bewegung zu meiner Linken, und als ich zu Tanny hinüberblicke, sehe ich, wie sie den Kopf senkt und die Augen schließt. Ich wette, sie findet es unmöglich, dass sich ein erwachsener Mann kurz nach dem Tod einer geliebten Person so aufführt, noch dazu wegen einer Erbschaft. Und wieder schäme ich mich dafür, dass ich meinem Vater so ähnlich bin.

»Mister Spencer, ich versichere Ihnen …«

»Ich glaube kaum, dass Sie mir irgendetwas versichern können, *Mister Bingham*«, poltert mein Vater.

Nach einem neuerlichen Blick zu Tanny, die ganz blass geworden ist, räuspere ich mich entschlossen.

»Verzeihung, Mister Bingham, wenn Sie Mrs. Tannenbaum und mich nicht mehr benötigen, würden wir uns gern entschuldigen. Wir haben zu tun.« Tanny dieses Hickhack zu ersparen ist das Mindeste, was ich für sie tun kann.

»Bitte senden Sie Fotokopien des Testaments an meinen

Rechtsanwalt. Soweit ich weiß, haben Sie seine Adresse bereits.«

Tanny sieht mit dankbarer Miene und Tränen in den Augen zu mir herüber. Ich lächle sie an, und sie nickt mir kaum merklich zu, wohlwollend und hoheitsvoll zugleich.

»Ja, die habe ich. Und nein, Sie beide benötige ich nicht mehr. Soweit mir bekannt ist, hat Malcolm die Gegenstände, die er Mrs. Tannenbaum vermachen wollte, ihr bereits zu Lebzeiten übergeben. Ist das korrekt, Mrs. Tannenbaum?«

»Ja, das ist es«, erwidert sie leise.

Niemand im Raum erhebt Einwände, nicht einmal mein strenger, hartherziger Vater. Was auch immer Onkel Malcolm ihr vermacht hat, war vermutlich ohnehin deutlich weniger, als sie verdient hätte, nachdem sie ihm all die Jahre die Treue gehalten hat.

»Gut, dann können wir ja gehen, schätze ich.« Ich erhebe mich, gehe zu Tanny hinüber und schiebe ihren Stuhl etwas nach hinten, sobald sie aufgestanden ist. »Meine Herren …« Ich nicke den übrigen Anwesenden flüchtig zu und führe Tanny hinaus.

Kaum haben wir das Herrenzimmer und die angespannte Atmosphäre hinter uns gelassen, drehe ich mich zu Tanny um. »Weißt du, wer diese Mary Elizabeth ist? Hat Malcolm sie jemals erwähnt?«

Tanny sieht zu mir hoch. Ihr Gesicht ist aschfahl. »Harrison, würde es dir etwas ausmachen, wenn ich mich hinlege? Ich fürchte, bei mir ist eine Migräne im Anflug. Der Stress der vergangenen Tage …«

Sie berührt mit zitternden Fingern flüchtig meinen Arm, dann wendet sie sich ab und schickt sich an zu gehen, ohne meine Antwort abzuwarten.

»Warte, ich trage dich«, sage ich, hebe sie hoch und marschiere los. Ihr Schlafzimmer befindet sich am Ende des Korridors, direkt neben Onkel Malcolms Zimmer, und es sieht immer noch genauso aus wie damals, als ich vor langer Zeit zuletzt hier war. Ein paar antike Möbelstücke, mit verblassten rosaroten und elfenbeinweißen Deckchen dekoriert, auf der Kommode eine Vase mit frischen Blumen, auf dem Nachttisch ein Buch und Tannys Lesebrille. Alles in diesem Raum ist elegant, weiblich und durch und durch typisch Tanny.

Nachdem ich sie vorsichtig auf dem Bett abgesetzt habe, trete ich zu den Fenstern dahinter und ziehe die Vorhänge zu. Ehe ich gehe, beuge ich mich über Tanny, um sie auf die kühle Wange zu küssen.

»Ruh dich aus und melde dich, falls du irgendetwas brauchst. Sobald ich wieder im Lande bin, werde ich ein paar Wochen hier verbringen. Und sollte in der Zwischenzeit etwas passieren, ruf einfach an, dann komme ich, okay?«

Sie nickt.

»Versprich es mir.«

Sie lächelt schwach. »Ich verspreche es.«

»Mach dir wegen der Erbschaft keine Sorgen. Ich werde mich um alles kümmern.«

Ihr Lächeln wird breiter. »Ich mache mir keine Sorgen. Geh du nur und genieß die Zeit mit Kennedy.«

»Sie kommt also mit, meinst du?«, frage ich erleichtert. Vorhin hatte mich Tanny doch etwas verunsichert.

»Ja, ich glaube, sie kommt mit.«

»Ich werde gut auf sie aufpassen, Tanny.«

Sie kneift mir ins Kinn. »Das will ich hoffen, junger Mann.«

Ich lache. »Ich werde mich hüten, mir deinen Zorn zuzuziehen.«

»Ich hoffe, du weißt, was dir sonst blüht«, antwortet sie lächelnd, dann deutet sie auf die Tür. »Und jetzt geh. Gute Reise und viel Spaß!«

Sie winkt mir nach, und ich hüte mich wohlweislich, ihr anzuvertrauen, wie viel Spaß genau ich zu haben gedenke. Ich grinse lediglich und schließe die Tür hinter mir.

Kapitel 10

KENNEDY

Ich hätte mit dem Packen nicht bis zur letzten Minute warten sollen. Vermutlich habe ich auf ein Zeichen gewartet, irgendetwas, das mir signalisiert, dass ich das Richtige tue. Aber das Zeichen blieb aus, und so war ich bei der Entscheidungsfindung auf mich allein gestellt. Ich habe lange gezögert, aber schließlich hat mein Bauchgefühl gesiegt. Meine übrigen Gradmesser zur Beurteilung der Situation lagen miteinander im Clinch: Mein Kopf sagt mir, dass ich stark genug bin, es durchzuziehen; mein Herz sagt mir, dass es verrückt ist, mich wieder in Reeses Nähe zu wagen. Da es unmöglich ist, auf diese Weise zu einer Entscheidung zu kommen, habe ich beschlossen, mich auf mein Bauchgefühl zu verlassen, und das sagt mir, dass ich es schaffen kann. Und dass ich es versuchen muss, meinen Traum vom Tanzen zu verwirklichen. Wer weiß, womöglich ist das meine einzige Chance, ihn tatsächlich wahr werden zu lassen.

Leider ist mir mein Bauchgefühl beim Packen keine große Hilfe. Reese hat mir praktisch nichts über diese Kreuzfahrt erzählt. Ich werfe eine Reihe verschiedener Klamotten in den Koffer, dazu Toilettenartikel und ein paar Badeanzüge, nur für alle Fälle. Dann starre ich mindestens fünf Minuten lang auf den Kleiderstapel und überlege fieberhaft, was ich sonst noch brauchen könnte. Schließlich gebe ich auf, da ich ohnehin an nichts anderes denken kann als daran, wie es sich angefühlt hat, als Reese mein Gesicht berührt hat. Wahrscheinlich wäre es das Klügste, ihn einfach zu *fragen*. Doch bin ich zu feige, ihn anzurufen, also schreibe ich ihm stattdessen eine SMS:

> Was soll ich einpacken? Ich weiß nicht, wohin es geht und was ich für die Arbeit brauche.

Während ich auf die Antwort warte, schlängelt sich Bozey, mein dreifarbiger Maine-Coon-Kater, um meine Beine, als wollte er mich daran erinnern, dass ich mich noch um einen Platz für ihn kümmern muss. Ich bücke mich, um ihn hochzuheben, und er lässt es geschehen und hängt schwer über meinem Arm.

»Wie könnte ich dich vergessen, Bozey?«, murmle ich und reibe sanft die Nase an der seinen. Er wackelt mit den Ohren, ein sicheres Zeichen dafür, dass ich ihm ein bisschen zu nah auf die Pelle gerückt bin, leistet aber keine Gegenwehr. Er ist wirklich ein sehr süßer Kater, und die Tatsache, dass ich ihn so lange allein lassen muss, bereitet mir schon jetzt ein schlechtes Gewissen. »Clive wird gut auf dich aufpassen«, erkläre ich ihm. Clive ist mein Nachbar, ein älterer Herr, der Bozey fast ebenso vergöttert wie ich, und auch Bozey liebt Clive sehr.

Ich stupse Bozey noch einmal mit der Nase an, da signalisiert mein Handy mit einem Piepsen, dass ich eine SMS bekommen habe. Es ist Reese. Seine Antwort überrascht mich nicht besonders.

Für einen Mann.

Einen Mann, der die *Frauen liebt*.

Was mich angeht, musst du überhaupt keine Kleider einpacken. Meinetwegen kannst du gern nackt herumlaufen, jedenfalls in meiner Gegenwart.

Ich sehe förmlich sein breites, schelmisches Grinsen vor mir, das Funkeln in seinen aquamarinblauen Augen, und prompt schmilzt ein Teil von mir dahin. Aber nur ein klitzekleiner Teil.

Ich muss mich gegen ihn wappnen, jetzt und in den kommenden Wochen, bis ich das Thema Reese erneut hinter mir lassen kann. Diesmal vielleicht für immer.

Warmes Wetter? Kaltes Wetter? Soll ich Outfits zum Tanzen mitnehmen? Gibt es Uniformen für das Servicepersonal?

Ich bemühe mich um einen möglichst professionellen Tonfall, ob es Reese nun passt oder nicht.

Warmes Wetter. Nimm mit, worin du dich wohlfühlst. Für Arbeitskleidung ist gesorgt.

Meine knappe Antwort ist genauso professionell wie die vorherige.

Gut zu wissen, danke.

Seine Erwiderung hingegen ist alles andere als knapp und professionell.

Gern geschehen. Ich beantworte selbstredend alle deine

Fragen und werde für die Befriedigung all deiner Bedürfnisse sorgen.

Ich hadere einen Augenblick mit mir. Soll ich antworten oder nicht? Schließlich ergreife ich die Möglichkeit beim Schopf, ihm wieder klarzumachen, wohin sich unsere Beziehung entwickeln und was *nicht* passieren wird.

Meine Bedürfnisse sind für dich tabu, kapiert?

Als ich seine Antwort darauf lese, kann ich seinen lasziven Tonfall geradezu *hören*.

Dann werde ich wohl ein paar Tabus brechen müssen ...

Ich ignoriere die Gänsehaut, die meine Arme überzieht, und komme zu dem Schluss, dass es wohl das Klügste ist, es dabei zu belassen, solange ich Oberwasser habe. Wie es aussieht, genügt es nicht, Reese *verbal* in die Schranken zu weisen. Ich werde mich wohl auf das Prinzip »Taten statt Worte« verlegen müssen.

Kapitel 11

REESE

Als ich mich der Tür mit der Hausnummer sieben der kleinen Backsteinhaussiedlung nähere, bewegt sich am Fenster nebenan der Vorhang. Ich blicke nach rechts und sehe in das Gesicht eines älteren Mannes, der mich aus einer Ecke des Fensters anstarrt. Ich nicke ihm höflich zu, er grüßt zurück und beobachtet mich, bis ich vor Kennedys Tür stehe und mich somit außerhalb seiner Sichtweite befinde.

Noch ein Mann, der Kennedys Zauber erlegen ist, denke ich mit einem ironischen Grinsen. Vermutlich hat sie mehr als genug Verehrer. Kein Wunder.

Ich klopfe an die Tür und trete einen Schritt zur Seite, um mich an eine der dicken, weißen Säulen zu lehnen, die das Vordach stützen. Von drinnen ist ein dumpfes Rumpeln zu hören, dann fliegt auch schon die Tür auf, und Kennedy steht völlig außer Atem vor mir.

»Ich dachte, du schickst einen Wagen?«, keucht sie und pustet sich einige seidige Haarsträhnen aus dem Gesicht.

Ich drehe mich zu meinem glänzenden schwarzen Mercedes um, der auf einem der Parkplätze direkt vor dem Haus steht. »Also, ich würde das durchaus einen Wagen nennen, du nicht?«

»Ich meinte eigentlich … es klang so, als … ach, egal«,

winkt sie ab und greift nach einem riesigen Koffer, der direkt hinter der Tür steht. Ächzend hievt sie ihn über die Schwelle und lässt ihn wie einen Zementblock auf den obersten Treppenabsatz plumpsen. »Ich bin fast so weit. Einen Augenblick noch.«

Damit verschwindet sie wieder im Inneren, lässt jedoch die Tür offen, sodass ich sie dabei beobachten kann, wie sie im Wohnzimer hin und her flitzt, die Kissen auf der olivgrünen Couch zurechtrückt und einen Fussel oder was auch immer vom roten Teppich aufhebt. Dann hält sie inne und sieht sich um. Wahrscheinlich geht sie im Kopf noch einmal eine Art Checkliste durch. Schließlich wirft sie das, was auch immer sie da gerade aufgehoben hat, in den Abfalleimer und bückt sich zu ihrem Kater hinunter, um ihn hinter den Ohren zu kraulen und ihm zu sagen, dass er ein braver Kerl ist und dass sie ihn vermissen wird.

Ich kann nicht umhin zu bemerken, dass die Jeans ihre langen, schlanken Beine perfekt zur Geltung bringen und ihren runden Po umschmeicheln. Ich weiß, wie dieser Hintern aussieht. Den Blick, den ich neulich Abend in meinem Club darauf erhascht habe, ist für immer in mein Gedächtnis eingebrannt.

Ich spüre, wie tief aus meinem Bauch ein Ächzen aufsteigt.

An die Säule gelehnt, verfolge ich, wie sie schließlich wieder herauskommt, die Tür und das Sicherheitsschloss abschließt, am Knauf rüttelt und die Treppe ein paar Stufen hinuntergeht, bevor sie dem Nachbarn zuwinkt, der mich vorhin durch den Vorhang hindurch beobachtet hat.

Schließlich dreht sie sich zu mir um. »Bereit?«

Ihre Wangen sind gerötet, ihre Augen strahlen, und ihre

Stimme klingt atemlos, sodass es mir schwerfällt, meine Hände von ihr zu lassen.

»Oh, ich bin mehr als bereit«, teile ich ihr mit, richte mich auf und streiche ihr eine Haarsträhne, die an ihren von Lipgloss glänzenden Lippen klebt, aus dem Gesicht. »Die Frage ist eher, ob du es bist.«

Sie mustert mich prüfend, denn sie weiß genau, was ich damit meine. Ich erkenne es deutlich an der Art, wie sie das Kinn anhebt und mir direkt in die Augen sieht. Ihr Lachen überrascht mich. »Glaub mir, um *mich* brauchst du dir keine Sorgen zu machen.«

Ihre geweiteten Pupillen und das leichte Zittern ihrer Lippen verraten mir allerdings, dass sie nur so tut als ob. Sie versucht sich einzureden, dass sie alles unter Kontrolle hat und dass es ein Leichtes sein wird, mir zu widerstehen, aber insgeheim weiß sie, dass da etwas zwischen uns ist, das sich unaufhaltsam seinen Weg bahnen wird.

Ich freue mich schon unbändig darauf, sie dazu zu bringen, sich eben dies einzugestehen.

Kapitel 12

KENNEDY

Ich beobachte Reese verstohlen aus den Augenwinkeln, während er sein teures, PS-starkes Auto auf den Highway lenkt. So vieles an ihm ist noch genauso wie in meiner Erinnerung: die Farbe seiner Augen, die widerspenstigen Locken, die eine Spur zu lang sind, sein Mund und die Art, wie er die Lippen spitzt, wenn er sich konzentriert.

Auf der anderen Seite hat er sich auch sehr verändert. Er ist älter, härter und weltgewandter geworden. Er ist jetzt gewissermaßen ein Fremder für mich. Und doch hat er etwas, das sogar *ich* spüren kann. Etwas, das mich unweigerlich magisch anzieht.

Mit seinen dunklen, leicht gewellten Haaren und den langen Wimpern, die seine aquamarinblauben Augen umrahmen, ist Reese nach wie vor der attraktivste Mann, den ich je gesehen habe. Seine Haut ist samtweich und leicht gebräunt, seine Nase gerade, dazu die hohen Wangenknochen, der wohlgeformte Mund und sein kantiges Kinn ... Gott, er ist einfach umwerfend. Reich, mächtig und charmant. Schon als Jugendlicher war er anziehend, und inzwischen haben die Frauen nicht mehr die geringste Chance, ihm zu widerstehen. Der einzige Grund, weshalb *ich* eine Chance habe, ist unsere gemeinsame Geschichte – eine unschöne Geschichte.

Meine Verletzungen sorgen dafür, dass meine Aufmerksamkeit auf das Wesentliche gerichtet bleibt.

Zum größten Teil jedenfalls.

Reeses große Hände ruhen mit selbstbewusster Lässigkeit auf dem Lenkrad. Ich wende mich ab, denn der Anblick ruft Erinnerungen wach, die ich am besten schleunigst wieder verdrängen sollte. Es sind Erinnerungen, bei denen sich mein Magen schmerzhaft zusammenkrampft.

Als wir die erlaubte Höchstgeschwindigkeit erreicht haben, blickt Reese zu mir herüber und grinst, als er feststellt, dass ich ihn beobachte.

»Ich würde zu gern deine Gedanken lesen«, sagt er leise.

»Mir ist nur gerade bewusst geworden, wie sehr du dich verändert hast.«

»Na, kein Wunder, nach vierzehn Jahren, oder?« Er lacht. »Du hast dich doch auch verändert.«

Ich nicke lediglich und starre aus dem Fenster.

Da ich nichts weiter sage, ergreift Reese erneut das Wort. »Wie ist es dir ergangen, Kennedy? Erzähl doch mal, was du in den vergangenen vierzehn Jahren so getrieben hast.«

Es gäbe so viel zu erzählen … aber im Grunde geht ihn das alles nichts an. Reese konnte die vergangenen vierzehn Jahre nicht an meinem Leben teilhaben, weil er sich damals aus dem Staub gemacht hat. Daher hat er auch kein Recht darauf, etwas darüber zu erfahren. Ich denke nicht daran, meine Erinnerungen mit ihm zu teilen.

»Da gibt es nicht viel zu erzählen. Ich bin Tänzerin geworden, in einem deiner Clubs.«

Doch damit lässt sich Reese nicht abspeisen. »Wie bist du zum Tanzen gekommen?«

»Ich wollte schon immer tanzen.«

»Das hast du mir nie erzählt.«

»Es gibt eine Menge Dinge, die ich dir nie erzählt habe, Reese.«

»Dann erzähl sie mir jetzt.«

»Wozu? Was soll das für einen Sinn haben?« Ich drehe mich zu ihm um und ärgere mich über den gereizten Unterton in meiner Stimme. Ich hatte mir vorgenommen, mich nicht provozieren zu lassen. »Ich meine, es ist überhaupt nicht nötig, uns über all das zu unterhalten. Ich werde für dich arbeiten. Alles, was du über mich wissen musst, steht in meiner Personalakte.«

»Das, was ich über dich wissen möchte, steht in keiner Personalakte.«

»Dann solltest du deine Personalakten mal aktualisieren.«

Er lacht, zu meiner großen Verärgerung. Prompt läuft mir ein wohliger Schauer über den Rücken. Dieser Klang ... ich habe dieses tiefe, kehlige Lachen schon immer geliebt.

»Das ist eine hervorragende Idee, die ich auf der Stelle umsetzen werde. Also, wie bist du in meinem Club gelandet?«

Ich seufze. Ganz schön hartnäckig, der Kerl. »Ich habe eines der Mädchen kennengelernt, die dort tanzen, und erfahren, dass in diesem Club niemand strippt – oder jedenfalls nicht allzu viele – und dass wir kreativ sein können, was unser Programm angeht, solange es sexy ist. Mir gefiel die Vorstellung, tanzen zu können, wie ich will, und dabei Outfits zu tragen, in denen ich mich wohlfühle. Also hat die Betreffende beim Manager ein gutes Wort für mich eingelegt, ich durfte vortanzen und bin sofort engagiert worden. Ende der Geschichte.«

»Der Knabe war mir schon immer sympathisch«, murmelt Reese mit einem Augenzwinkern, das mir Schmetterlinge in den Bauch zaubert. Ich verfluche mich dafür, dass ich so anfällig für seinen Charme bin. »Was geht dir eigentlich durch den Kopf, wenn du das tust?«

»Wenn ich was tue?«

»Wenn du die Lippen schürzt und die Stirn runzelst. Das hast du gestern auch schon gemacht.«

Seine Frage kommt derart überraschend, dass meine Antwort ehrlicher ausfällt, als es eigentlich meine Absicht war. »Was gestern der Grund dafür war, weiß ich nicht mehr, aber gerade eben habe ich … an meinen Bauch gedacht.«

»An deinen Bauch? Wieso denn das?«

Ich bleibe ihm die Antwort schuldig, laufe aber vor Verlegenheit feuerrot an.

Du bist ihm voll auf den Leim gegangen, Dumpfbacke!

»Geht das jetzt die nächsten drei Monate so weiter?«, fragt er.

Ich sehe ihn mit ernster Miene an. »Ja, ganz recht.«

»Du weißt, dass das nicht sein müsste.«

»Doch, das muss es.«

»Warum?«

»Ich habe dir schon gesagt, dass ich dein Angebot nur angenommen habe, um bei Chance Altman vortanzen zu können. Ich werde meinen Teil der Abmachung einhalten, aber deswegen bin ich dir noch lange keine Antworten auf deine Fragen schuldig.«

»Warum bist du so wild entschlossen, mir die kalte Schulter zu zeigen?«

Ich klatsche entnervt mit der flachen Hand auf meinen Oberschenkel. »Weil wir unsere Chance hatten, Reese, und es ist nichts daraus geworden. Ende der Geschichte. Diese … diese … Vereinbarung dient einem bestimmten Zweck und erstreckt sich auf einen begrenzten Zeitraum, und ich bin nicht bereit, darüber hinaus Zugeständnisse zu machen.«

Reese verfällt ein paar Minuten lang in gedankenvolles Schweigen. Er wirkt weder verärgert noch verletzt, sondern nur nachdenklich.

»Irgendwie werde ich dich schon dazu bringen, deine Meinung zu ändern, Kennedy. Wart's nur ab.«

Bei seinen Worten krampft sich mein Magen zusammen. Ich habe nur eine vage Vorstellung davon, wie überzeugend Reese sein kann. Aber mein Entschluss steht fest. Ich darf nicht einknicken. »Du kannst dir die Mühe sparen. Es wird nicht funktionieren.«

Wieder schweigt Reese eine ganze Weile, ehe er fortfährt: »Du hattest übrigens recht«, verkündet er.

»Womit?«

Er schenkt mir sein strahlendstes Lächeln. »Ich habe mich verändert.«

»Was soll das heißen?«, hake ich nach, da er seine rätselhafte Aussage nicht weiter erläutert.

Ein verführerisches Grinsen umspielt seinen wunderschönen Mund. »Das wirst du schon sehen.«

Den Rest der Fahrt herrscht Schweigen. Ich sage nichts mehr, denn meine Bemühungen, Reese zur Einsicht zu bringen, sind offensichtlich total aussichtslos.

Kapitel 13

REESE

Ich biege in die asphaltierte Zufahrt zu dem privaten Rollfeld ein, auf dem ich mit meinem Timesharing-Jet starte und lande. Ein Servicemitarbeiter erwartet uns bereits neben der Maschine. Er gehört zu der Agentur, die ich stets beauftrage, was ich an seiner Uniform erkenne. Er ist ganz in Weiß gekleidet, angefangen von seinem schicken Hemd und dem Blazer bis zu der Hose mit messerscharfer Bügelfalte und den blitzsauberen Schuhen.

Als ich neben ihm anhalte, öffnet er die Beifahrertür für Kennedy und eilt, nachdem sie ausgestiegen ist, auf meine Seite. Ich steige aus dem Wagen und überreiche ihm den Schlüssel sowie einen zusammengefalteten Geldschein. Er nimmt beides kommentarlos, aber mit einem Nicken entgegen. Ich lege Kennedy die Hand auf den Rücken, um sie zur Gangway zu führen. Ich spüre, wie sie unter meiner Berührung leicht zusammenzuckt, doch sie weicht nicht zurück. Ich unterdrücke ein Lächeln. Ich hatte bereits vermutet, dass ich nach wie vor eine gewisse Anziehungkraft auf sie ausübe, auch wenn sie versucht, es sich nicht anmerken zu lassen. Trotzdem tut es verdammt gut, wenn sie auf diese Weise auf meine Berührungen reagiert.

Während ein Flugbegleiter sich anschickt, unsere Koffer

im Gepäckraum des Flugzeugs zu verstauen, betreten Kennedy und ich die Kabine. Hemi, Sloane und Sig sind bereits an Bord. Es überrascht mich nicht weiter, dass Kennedy auf einem der leeren Sessel Platz nimmt und nicht auf der freien Couch, wo ich ihr womöglich zu sehr auf die Pelle rücken könnte. Soll sie doch. Schon bald wird sie mir nicht mehr so leicht aus dem Weg gehen können. So lange kann ich noch warten, obwohl ich weiß Gott kein sonderlich geduldiger Mensch bin. Doch auf *sie* warte ich gern. Es könnte das, was danach kommt, sogar umso reizvoller machen.

Kapitel 14

KENNEDY

Ich lasse mich auf dem elfenbeinfarbenen Ledersitz nieder, stelle meine Tasche auf dem Boden ab und schlage die Beine übereinander, ehe ich zu unseren Mitreisenden hinübersehe. Aus den Augenwinkeln nehme ich wahr, wie Reese auf dem dick gepolsterten Zweiersofa Platz nimmt und einen Arm lässig auf der Rückenlehne ausstreckt. Ich vermeide es tunlichst, in seine Richtung zu blicken. Je weniger oft ich ihn ansehe, desto besser.

»Kennedy, das sind mein Bruder Hemi und seine Freundin Sloane, und das neben Sloane ist ihr Bruder Sig.« Ich schenke den dreien ein Lächeln, während Reese uns einander vorstellt, und sie erwidern es sogleich.

Endlich lerne ich Hemi kennen. Als wir noch Kinder waren, hat Reese zwar öfter von ihm gesprochen, aber kennengelernt habe ich ihn nie, denn Hemi hat seinen Onkel nur selten besucht. Ich würde mich garantiert an ihn erinnern, denn er ist wie sein Bruder ein richtiger Adonis. Die beiden können nicht leugnen, dass sie miteinander verwandt sind. Das gleiche dunkle Haar, die gleiche Hautfarbe und das gleiche atemberaubende Lächeln, wobei Hemis Augen dunkler sind, fast marineblau. Eine seiner Augenbrauen ist gepierct, und unter dem Ärmel seines T-Shirts lugt eine Tätowierung hervor. Er ist der Inbegriff des Bad Boy. Kein Wunder, dass Sloane sich in ihn verliebt hat, zumal er sie so ungeniert anhimmelt. Seine Augen leuchten förmlich vor Begeisterung, wenn er sie ansieht, das sehe ich selbst aus dieser Entfernung. Sloane ist auf eine junge, erfrischende Art schön, und ich verspüre unwillkürlich einen gewissen Neid in Anbetracht der Tatsache, dass Hemi sie so über alle Maßen bewundert. Die beiden verbindet etwas, das sich jede junge Frau erträumt.

Bis ihr das Herz gebrochen wird und sie erkennt, wie verheerend es ist, wenn man diese wahre, perfekte Liebe verliert. Wer so etwas einmal erlebt hat, scheut sein Leben lang davor zurück, sich noch einmal auf die Suche nach dem Glück zu begeben.

Ich lächle Sig an, der ebenfalls ein ausnehmend attraktiver Bursche ist. Mit seinen dunklen Haaren und den schokoladebraunen Augen sieht er seiner Schwester unheimlich ähnlich. Mit dem Unterschied natürlich, dass sie weibliche Rundungen hat, während er wie ein gestandener Mann wirkt, seinem süßen, sexy Grinsen zum Trotz. Er ist muskulös und durchtrainiert und dürfte so an die zwei Meter groß sein. Selbst im Sitzen wirkt er wie ein Hüne.

Alles in allem fühle ich mich alt und hässlich, verglichen mit unseren Mitreisenden, was meinem Selbstvertrauen und meiner Stimmung nicht gerade zuträglich ist. Ich merke förmlich, wie ich mich in mein Schneckenhaus zurückziehe.

»Kennedy und ich sind zusammen aufgewachsen«, verkündet Reese.

»Keine Sorge, Kennedy, wir nehmen es dir nicht übel«, sagt Sig und zwinkert mir zu. Er dreht seinen Stuhl etwas zur Seite, sodass er mich besser ansehen kann, und hebt eine seiner dunklen Augenbrauen, während sein interessierter

Blick über mich wandert. »Wirst du uns auf der Jacht Gesellschaft leisten?«

»Das werde ich. Allerdings nicht bloß zum Vergnügen.«

»Ach nein?«

»Nein. Ich bin für eure … Unterhaltung zuständig«, erkläre ich und versuche mir dabei nicht wie die Schlampe vom Dienst vorzukommen. Ich hebe selbstbewusst das Kinn an und lächle weiter, wobei ich mir sage, dass ich mich für nichts zu schämen brauche. Ich bin Tänzerin von Beruf und arbeite daran, meinen Traum zu verwirklichen. Einige Menschen müssen eben den langen, steinigen Weg gehen. Das ist alles.

»Ach, tatsächlich?« Sigs Tonfall verrät unverhohlenes Interesse. Er ist mir sofort sympathisch, und mit seiner freundlichen Art und seinem harmlosen Geflirte sorgt er dafür, dass ich mich etwas entspanne. »Und wie wird sich diese Unterhaltung gestalten?« In Anbetracht des wohlwollenden Blicks, mit dem er mich mustert, bin ich gleich bedeutend weniger befangen.

»Ich bin Tänzerin.«

Sig setzt sich aufrecht hin. Jetzt ist sein Interesse offenkundig. »Wow, dieser Reese ist echt ein verfluchter Glückspilz.«

»Wieso?«

»Na, weil sich irgendwie alle tollen Frauen um ihn reißen.«

»O nein, so ist das nicht. Wir … ähm … wir sind nur alte Bekannte, und ich tanze in einem seiner Clubs.«

»In welchem denn?«

»Im *Exotique*.«

Sig starrt mich mit offenem Mund an. »Heilige Scheiße! Du bist die heiße Braut von neulich Abend, stimmt's? Die mit dem Hemd und dem Hut? Du warst verdammt großartig!«

Mir schießt die Röte ins Gesicht angesichts dieses begeisterten Kompliments. »Danke. Aber ich werde nicht *ausschließlich* tanzen. Soweit ich es verstanden habe, werde ich auch im Service tätig sein.«

Als ich zu Reese hinüberschaue, bin ich überrascht von dem verärgerten Blick, den er mir zuwirft.

»Ich weiß noch nicht genau, in welchen Bereichen du außerdem noch eingesetzt wirst«, erwidert er schroff.

Nach einer kurzen, angespannten Stille räuspert sich Sig, und ich wende meine Aufmerksamkeit wieder ihm zu und ignoriere Reese und seine grimmige Miene. »Also, wenn du mal freihast, könntest du mir ja vielleicht ein paar Moves beibringen. Ich hätte nichts gegen etwas … ›Privatunterricht‹ einzuwenden«, säuselt er, verleiht diesem unverschämten Ansinnen mit seinem Grinsen jedoch so viel Charme, dass ich lachen muss. »Ich bin nicht *diese* Art von Tänzerin.«

»Jammerschade. Solltest du deine Meinung jemals ändern, dann stelle ich dir gern meinen … Schoß zur Verfügung oder helfe dir mit den Kostümen. Was auch immer es ist, ich helfe gern. Tief in meinem Inneren bin und bleibe ich ein Mann, der im Dienste der Öffentlichkeit steht.«

In Anbetracht seines übertrieben breiten Lächelns muss ich erneut lachen. »Ich bekomme allmählich den Eindruck, dass du ziemlich unverbesserlich bist.«

»Wenn du damit sagen willst, dass ich ein starker und verdammt attraktiver Mann mit ausgeprägtem Beschützerinstinkt bin, dann liegst du völlig richtig.«

Und so geht es munter weiter. Sig hat auf alles eine Antwort und versteht es außerdem, jede einzelne meiner Aussagen auf unglaublich charmante Art in eine sexuelle Anspielung zu verwandeln, was ich sowohl schmeichelhaft als auch äußerst unterhaltsam finde.

Seit Jahren habe ich nicht mehr so oft gelacht wie mit ihm. Ich genieße die unkomplizierte Unterhaltung und sein unverfrorenes Süßholzgeraspel, während mich praktisch jeder Wortwechsel mit Reese auf die eine oder andere Weise aufwühlt. Kein Wunder also, dass ich Sig für die Dauer unseres Flugs an die Westküste nur zu gern meine Zeit und Aufmerksamkeit schenke.

Doch jedes Mal, wenn ich zu Reese hinüberschiele – was öfter als beabsichtigt vorkommt (und öfter, als mir lieb ist) –, verspüre ich unwillkürlich Schadenfreude und Kummer gleichermaßen. Zwischendurch kommt es mir so vor, als hätte sich nichts geändert.

Dabei ist alles anders.

Kapitel 15

REESE

Als schon wieder eine Flugbegleiterin auf mich zukommt, kann ich meine schlechte Laune nur mühsam im Zaum halten.

»Möchten Sie noch etwas trinken, Mister Spencer?«, fragt sie leise.

»Momentan nicht«, lautet meine knappe Antwort.

Sie lehnt sich etwas weiter vor und fährt noch leiser fort: »Kann ich Ihnen etwas anderes bringen oder sonst irgendetwas für Sie tun?«

Ich wende kurz den Blick von Kennedys Profil ab und mustere die Stewardess eingehend. Sie ist bereits mit mir geflogen. Ich teile mir den Jet mit meinem Vater und zwei weiteren Geschäftspartnern, die ebenfalls viel unterwegs sind. Die Agentur, die die Besatzung organisiert, weiß, dass ich besondere Anforderungen an die weiblichen Crewmitglieder stelle. Meine Passagiere wissen es zu schätzen, wenn die Stewardessen hübsch anzusehen sind, und die Agentur war diesbezüglich immer sehr entgegenkommend. Alle Flugbegleiterinnen müssen sich in regelmäßigen Abständen medizinisch untersuchen lassen, genau wie sämtliche Angestellte meiner Clubs. All diese Frauen sind jung und schön und gehen ihrer Tätigkeit bisweilen nur zu gern mit weit mehr als dem üblichen Maß an Engagement nach. So wie diese hier.

Ich sehe die Leidenschaft in ihren dunkelblauen Augen, und mir entgeht nicht, wie sie sich über die Lippen leckt und die Brüste zusammenpresst, damit ihr Dekolleté noch beeindruckender wirkt. Sie ist genauso attraktiv wie jede andere junge Frau, die ich einstellen würde, hätte ich die Wahl. Aber heute interessiert mich das nicht. Heute ärgert sie mich bloß. Heute ist sie nicht das, was ich will. Sie ist nicht Kennedy.

»So vielversprechend das auch klingt, ich habe auf diesem Flug alles, was ich brauche«, teile ich ihr freundlich mit.

Sie richtet sich mit einem Nicken auf und setzt ihren Weg durch die Kabine fort, um die anderen zu fragen, ob sie etwas essen oder trinken wollen. Meine Augen wandern zu Kennedy, die mich gerade beobachtet. Zur Abwechslung amüsiert sie sich nicht über eine Bemerkung von Sig und plaudert auch nicht mit ihm, als würde sie ihn schon ewig kennen. Nein, diesmal habe ich ihre volle Aufmerksamkeit. Und sie lacht nicht.

Ich nicke ihr kurz zu, dann drehe ich mich zum Fenster um und genieße die Aussicht. Ich gebe mir keine Mühe, das Lächeln zu verbergen, das plötzlich über mein Gesicht huscht.

Ich bin, verdammt noch mal, auch sehr gut darin, dieses Spielchen zu spielen.

Mein Groll verraucht und macht einer ruhigen Entschlossenheit Platz. Wenn es etwas gibt, das mich das Leben gelehrt hat, dann, dass man nie aufgeben darf. Wenn sich die Dinge nicht nach meinen Vorstellungen entwickeln, dann muss ich eben etwas unternehmen, um das zu ändern. Wenn die erste Antwort Nein lautet, versuche ich es so lange, bis ich die richtige Antwort bekomme. Und wenn mir etwas oder jemand in die Quere kommt, dann räume ich dieses Hindernis eben aus dem Weg. Kennedy mag vielleicht noch nicht zugeben wollen, dass sie schon bald wieder mir gehört, aber das wird sich ändern. Dafür werde ich schon sorgen.

Karesh, mein Assistent auf dieser Kreuzfahrt, erwartet uns bereits am Flughafen mit der Limousine. Er ist fähig, zuverlässig und detailverliebt, eine Kombination, die ich für jemanden in seiner Position unerlässlich finde. Er kennt mich und stellt sicher, dass alles genau meinen Wünschen und Vorlieben entsprechend gemacht wird.

Auf dem Weg zum Hafen gehen wir leise die Planung durch, während die anderen sich unterhalten. Karesh hat bereits ein kleineres Boot organisiert, das uns von Marina del Rey zu der Jacht bringen wird, die weiter draußen in tieferen Gewässern ankert.

Als der Fahrer neben dem Dock anhält, bemerke ich, dass das Fährboot unser Gepäck bereits zur Jacht bringt.

Hemi postiert sich neben mir, klopft mir auf den Rücken und deutet auf das Schiff draußen in der Bucht. »Ist das die neue Jacht, Bruderherz?«

»Nein, die neue ist für die Karibik registriert. Das hier ist die zweite, die ich gekauft habe.«

Sloane gesellt sich zu uns, legt Hemi die Arme um die Taille und blickt ebenfalls zu der Jacht hinaus. »Wow! Ist sie das? Werden wir auf diesem Schiff nach Hawaii fahren?« Die Aufregung ist ihr deutlich anzuhören.

»Jep«, bestätigt Hemi. Sie dreht sich zu ihm um und sieht ihn mit glänzenden Augen an, und er gibt ihr einen schnellen Kuss.

Sie strahlt. »Das wird der Hammer, Baby!«

Hemi nickt und küsst sie auf die Stirn, und ich räuspere mich und trete ein paar Schritte zur Seite, peinlich berührt von der intimen Geste. Zum Glück kommt just in diesem Augenblick das Fährboot von der Jacht zurück, um uns zu holen. Perfektes Timing. Ich klatsche laut in die Hände. »Alle einsteigen bitte, dann können wir starten«, fordere ich meine Mitreisenden auf. Ich kann es kaum erwarten.

Karesh führt Hemi, Sloane und Sig über den Steg zu dem kleinen Fährboot, das dort bereits auf uns wartet. Ich gehe zu Kennedy, die das Schlusslicht bildet und mit gerunzelter Stirn auf das Meer hinausstarrt.

»Stimmt etwas nicht?«, erkundige ich mich.

Sie schweigt einen Augenblick, ohne den Blick von der Jacht abzuwenden. Schließlich dreht sie sich mit umwölkter Miene zu mir um. »Das ist *dein* Schiff? Das, auf dem ich den Sommer verbringen werde?«

»Ja, das ist es.«

»Ich … ich hatte keine Ahnung, was für ein Leben du führst.«

»Das ist nur eines meiner Geschäfte. Ich verbringe nicht mein gesamtes Leben hier. Ich verdiene damit lediglich mein Geld.«

Kennedy starrt mir in die Augen. »In deinem Fall ist das so ziemlich ein und dasselbe, nicht?«

Sie macht einen bedrückten Eindruck, als sie an mir vorbeigeht. Ich weiß nicht recht, was ich von ihrem Kommentar halten soll, also denke ich nicht weiter darüber nach. Es hat keinen Sinn, Zeit an Dinge zu verschwenden, die ich nicht verstehe oder die ich nicht kontrollieren kann. Besonders dann nicht, wenn ich meine Energie auf Dinge lenken muss, die ich sehr wohl kontrollieren kann.

Kapitel 16

KENNEDY

Ein sympathischer, ziemlich ruhiger Angestellter, der sich als Karesh vorstellt, zeigt uns die Jacht.

»Wir befinden uns hier auf der *Domani*, der zweiten von Mister Spencers drei Luxusjachten.«

»Was bedeutet ›Domani‹?«, erkundigt sich Sloane. Genau diese Frage habe ich mir auch schon gestellt.

»Es bedeutet ›morgen‹«, erklärt Karesh. »Mister Spencers erste Jacht heißt *Ieri*, also ›gestern‹, und das neueste Exemplar trägt den Namen *Sempre*«, beendet er seine Ausführungen.

»Immer«, flüstere ich. Ich erinnere mich, dieses italienische Wort schon einmal gehört zu haben. Vielleicht von Malcolm. Ich glaube, er hat mal erzählt, dass seine Mutter aus Sizilien stammte, was den dunklen Teint und das attraktive Aussehen der Spencer-Männer erklären würde.

Wir folgen Karesh über die Jacht, von einer beeindruckenden Ecke zur nächsten. Jenseits der Reling erstreckt sich das Meer, und dahinter der endlose Horizont. Ich habe gar nicht gemerkt, dass wir losgefahren sind. Der Hafen ist schon nicht mehr zu sehen.

Das Schiff ist feudaler als alles, was ich bisher gesehen habe, und es bietet alle nur erdenklichen Möglichkeiten der Zerstreuung, angefangen von einer Bibliothek über eine kleine Bühne bis hin zu einem Swimmingpool und einem Fitnessraum. Im Grunde gibt es hier die gleichen Annehmlichkeiten wie in einem typischen Luxushotel, wenn auch auf etwas kleinerem Raum. Mir fällt jedenfalls nichts ein, das fehlen würde.

In Anbetracht dieser Opulenz frage ich mich, wie ich – als junges Mädchen – je glauben konnte, dass Reese und ich eine wie auch immer gestaltete gemeinsame Zukunft haben könnten. Wir könnten ebenso gut von unterschiedlichen Planeten stammen. Natürlich war mir schon damals klar, dass er einer der typischen Söhne einer reichen Familie war und ich das klassische arme Mädchen. Aber das hier … ist einfach niederschmetternd. Zwischen uns liegen nicht nur Welten, sondern ganze Galaxien. Es war dumm von mir, mich mit jemandem wie Reese einzulassen. Tja, das Einzige, was ich jetzt noch tun kann, ist, denselben Fehler nicht noch einmal zu machen.

Aber das werde ich nicht tun.

Unter gar keinen Umständen.

Wir gehen unter Deck, wo Karesh uns sogleich unsere Kabinen zuteilt. Ich kann einen Blick in die Luxuskabinen erhaschen, als wir daran vorbeigehen. Sie verfügen über französische Betten mit dicken, cremefarbenen Steppdecken und superflauschig aussehende Teppichböden. Die Einrichtung ist schicker als in meinem Schlafzimmer zu Hause, auf das ich bislang ziemlich stolz war.

Während sich die anderen schon mal in ihren Kabinen einrichten, folge ich Karesh.

»Da Sie auf dieser Reise für Mister Spencer arbeiten, sind Sie hier im Personalbereich untergebracht«, erklärt er mir. Wir kommen an mehreren schmalen Türen vorbei. Eine davon steht offen, sodass ich hineinsehen kann. Ich schlucke, als ich zwei Stockbetten erblicke, eines auf der linken, eines auf der rechten Seite der Kabine. Ich liebe meine Privatsphäre, und es kam mir überhaupt nicht in den Sinn, Fragen zur Unterbringung zu stellen. Aber jetzt ist es ohnehin zu spät. Wir haben Los Angeles bereits hinter uns gelassen.

Als Nächstes kommen wir an der Crew Lounge vorbei, einem großen Raum mit einer Küchenzeile an der hinteren Wand und einem langen Tisch, der den Küchen- vom Wohnbereich trennt. Es gibt dort drei Sofas, zwei Sessel und einen großen, an die Wand montierten Fernseher. In einer Ecke haben sich ein paar Leute versammelt, um zwei Männern beim Tischfußball zuzusehen. Keiner von ihnen blickt zu uns herüber, als wir vorbeigehen, wofür ich überaus dankbar bin – ich möchte mich erst etwas umsehen, bevor ich die anderen kennenlerne.

Karesh geht an weiteren Kabinen vorbei, bis wir vor der allerletzten angelangt sind, öffnet die Tür und bedeutet mir mit einer Armbewegung einzutreten. Ich komme der Aufforderung nach.

Diese Kabine unterscheidet sich deutlich von den anderen. Sie ist heller, weil es an der hohen Außenwand ein Bullauge gibt, und verfügt im Gegensatz zu den anderen Mannschaftsunterkünften über ein normales Bett sowie einen gemütlichen runden Sessel, der offenbar am Boden festgeschraubt ist. In einer Ecke befindet sich ein kleines Waschbecken. Ich halte gespannt den Atem an und wage gar nicht zu fragen, ob das womöglich meine Kabine ist.

»Hier sind Sie untergebracht«, eröffnet mir Karesh.

»Im Ernst?«

Er schmunzelt und nickt. »Im Ernst.«

Ich kaue auf der Innenseite meiner Wange herum, während ich die Hand über die Ablagefläche gleiten lasse, in die das Waschbecken eingelassen ist. »Bitte fassen Sie das jetzt nicht als Beschwerde auf, aber warum darf gerade ich diese Kabine haben? Was ist mit den anderen?«

»Es war Mister Spencers ausdrücklicher Wunsch.«

»Hat er gesagt, warum?«

»Ich führe nur Befehle aus, Miss. Ich stelle keine Fragen.«

Ich nicke und lächle ihn an. »Ich verstehe. Tja, dann danke schön. Diese Kabine ist … ist … ist toll.«

»Freut mich, dass sie Ihnen gefällt«, erwidert Karesh freundlich. »Ihr Gepäck sollte jeden Moment geliefert werden. Falls Sie sonst etwas brauchen, geben Sie einfach Bescheid, indem Sie von jedem beliebigen Telefon auf dem Schiff aus die 300 wählen. Ich kann dann dafür sorgen, dass Sie alles Nötige bekommen, sobald wir in Hawaii angekommen sind.«

»Wir sind nach Hawaii unterwegs?«

»Ja, das ist unser erster Aufenthalt. Dort werden wir Mister Spencers Bruder und dessen Begleitung absetzen und unsere Passagiere abholen.«

»Verstehe. Und wohin fahren wir dann?«

»Nach Französisch-Polynesien, Miss«, lautet seine Auskunft.

»Oh«, gebe ich vage, aber begeistert zurück. Ich habe keine Ahnung, was man in Französisch-Polynesien erwarten kann. So ist das eben, wenn man keinen Highschool-Abschluss hat. An der Abendschule werden so einige Sachgebiete ausgeklammert. »Das klingt großartig.«

»Das ist es auch«, versichert er mir. »Sie können sich jetzt etwas frisch machen. Sollte Ihr Gepäck nicht in zehn Minuten hier sein …«

Ehe er den Satz beendet hat, erscheint ein sportlich wirkender junger Mann mit blonden Haaren. »Bin schon da, Karesh.«

»Perfektes Timing, Brian«, meint Karesh und tritt zur Seite. »Brian, das ist Kennedy. Sie wird im Bereich Unterhaltung der Gäste tätig sein und auch mal servieren, falls nötig. Kennedy, das ist Brian. Er ist unser Fitnesstrainer und wird dafür sorgen, dass Sie während Ihres Aufenhalts an Bord in Form bleiben.«

»Sehr erfreut, Brian.«

»Gleichfalls«, erwidert Brian mit einem breiten Grinsen.

Karesh nickt mir zu. »In einer Stunde gibt es Abendessen in der Rotunde.«

»Danke, Karesh.«

Er lässt uns allein, und ich drehe mich lächelnd zu Brian um. »Danke«, sage ich und greife nach meinem großen Koffer.

Doch Brian hebt ihn mühelos mit einer Hand hoch, als wäre er federleicht, während er mir mit einer Geste der anderen Hand zu verstehen gibt, dass ich mich nicht bemühen soll. »Lass nur, ich mach das schon. Um deine Muskeln kümmere ich mich noch früh genug.«

Mit einem gewinnenden Lächeln geht er an mir vorbei und deponiert den Koffer auf dem Bett. Dann dreht er sich um, wischt sich den imaginären Staub von den Händen und scherzt mit einem Augenzwinkern: »Willkommen an Bord, Dorothy. Du bist jetzt nicht mehr in Kansas.«

Auf dem Weg zur Tür küsst er mich auf die Wange, zu meiner großen Überraschung, was mir vermutlich deutlich anzusehen ist. Er geht hinaus und schließt die Tür hinter sich, und ich stehe wie versteinert in meiner Kabine und wundere mich über sein eigenartiges Benehmen.

In der nun folgenden Stille werden mir drei Dinge klar, was Brian angeht. Erstens: Ich glaube nicht, dass die Dorothy-Bemerkung abfällig gemeint war. Wahrscheinlich ist er einfach nur ein großer Fan des *Zauberers von Oz*. Zweitens: Irgendwie habe ich das dumpfe Gefühl, dass er schwul ist. Und drittens: Ich mag ihn. Diese drei Gedanken mögen unwesentlich erscheinen, aber sie bewirken, dass ich mich etwas entspanne und dem bevorstehenden Sommer schon etwas zuversichtlicher entgegensehe.

Freundschaften zu schließen ist mir seit jeher schwergefallen. Mal ganz abgesehen davon, dass mir das nötige Grundvertrauen fehlt, bin ich für gewöhnlich recht zurückhaltend, es sei denn, ich fühle mich in jemandes Gesellschaft wirklich ausgesprochen wohl. Deshalb finden es die meisten Leute schwierig, mich besser kennenzulernen und mich ins Herz zu schließen. Ich weiß das schon seit Langem und habe mich damit abgefunden. Daher bin ich ganz besonders dankbar für die wenigen Menschen, die ich zu meinen Freunden zähle. Diejenigen, die mir eine Chance gegeben haben und durchgehalten haben, bis ich aufgetaut bin. Jeder einzelne von ihnen ist ein richtiger Glücksfall, und ich schätze sie sehr, denn sie bereichern mein Leben. Wahrscheinlich ist es kein Zufall, dass sie alle bereits etwas älter sind – Tanny, Malcolm und Clive beispielsweise. Aber ich habe das Gefühl, dass ich den um einiges jüngeren Brian bald zu meiner Liste hinzufügen werde. Nichts wäre mir lieber. Wir werden sehen, wie sich die Dinge entwickeln. Jedenfalls hat er es geschafft, mir das Gefühl zu geben, dass ich hier willkommen bin, was ich nebenbei bemerkt auch dringend nötig hatte.

Als ich mich daranmache, mich in meiner Kabine häuslich einzurichten, stelle ich fest, dass jede noch so kleine Möglichkeit als Stauraum genutzt wird. So entdecke ich sowohl unter dem Bett als auch unter dem Waschbecken praktische Schubladen. Ich habe zwar *keine Berge* von Sachen mitgebracht, aber wäre ich in einer der Viererkabinen untergebracht, hätte der Stauraum wohl nie und nimmer ausgereicht, zumal mein Schrank bereits voll ist – mit brandneuen Klamotten in meiner Größe. Ich nehme mal an, dass sie für mich bestimmt sind, denn es handelt sich durchweg um Outfits, die ich zum Tanzen tragen würde. Sie sind genau mein Stil. Wer auch immer da für Reese am Werk war, hat ganze Arbeit geleistet.

Abgesehen von den Kostümen, sind auch ein paar atemberaubend schöne Abendroben und andere klassisch-elegante Outfits dabei. Ich habe keine Ahnung, wann ich diese tragen soll, aber ich schätze, das werde ich schon noch erfahren, wenn es so weit ist. Vermutlich kann Reese von seinem Servicepersonal durchaus verlangen, so etwas zu tragen. Auf einem Schiff wie diesem würde mich das nicht weiter überraschen.

Da ich jedoch heute, an meinem ersten Abend an Bord, noch keine Ahnung habe, was mich beim Dinner erwartet, ziehe ich etwas von meinen Sachen an – eine weiche, schokoladenbraune Baumwollhose und eine ärmellose, elfenbeinweiße Bluse. Ein Outfit, das für alle möglichen Anlässe passt und in dem man nicht groß auffällt.

Ich bürste mir die Haare, bis sie in seidig glänzenden Wellen auf meine Schultern herabfallen, und lege noch etwas Lipgloss nach. Das dürfte reichen. Schließlich muss ich niemanden beeindrucken.

Nachdem ich gerade mal fünf Minuten in meiner kleinen Kabine verbracht habe, in der ich nur aus dem Fenster sehen kann, wenn ich auf dem Bett stehe, bin ich bereits viel zu unruhig, um bis zum Abendessen hierzubleiben. Ich beschließe stattdessen, an Deck zu gehen und die Aussicht zu genießen.

Auf dem Weg zum vorderen Bereich des Schiffs, wo ich die Treppe zum Oberdeck vermute, biege ich gleich drei Mal falsch ab. Glücklicherweise führt mich einer meiner Irrwege über eine Treppe in die Kombüse hinauf, wo sich Brian gerade mit dem Küchenchef unterhält. Jedenfalls nehme ich an, dass es sich um den Küchenchef handelt, denn auf seinem rostroten Haarschopf sitzt eine hohe, weiße Kochhaube, und er trägt eine lange, weiße Schürze.

Brian lächelt, als ich in der Tür erscheine. Er steht an einem langen Edelstahltisch und geht eine Liste mit Gerichten durch, während der Koch lange, dünne Teigstreifen zu Spiralen dreht.

»Schick, schick«, konstatiert Brian freundlich mit Blick auf mein Outfit und schenkt mir erneut sein gewinnendes Lächeln, das auf keinerlei sexuelles Interesse an mir schließen lässt.

»Ich glaube, ich habe mich verlaufen. Eigentlich wollte ich vor dem Abendessen noch ein bisschen frische Luft schnappen.«

»Mach das. Genieße deine Freizeit, solange du kannst. Wenn erst mal die Gäste an Bord sind, wirst du nicht mehr oben abhängen können, sondern es dir mit dem restlichen Fußvolk hier unten gemütlich machen müssen.«

Hm. Keine schöne Vorstellung, die kommenden drei Monate in einer stickigen kleinen Kabine im Bug eines Schiffs zu verbringen. Doch ich kaschiere das ungute Gefühl, das sich in meiner Magengegend breitgemacht hat, mit dem gelassenen Lächeln, das ich gewohnheitsmäßig fast andauernd zur Schau trage.

»Oh. Okay …«

»Außer sie gehen in einem Hafen von Bord.«

»Okay.«

»Oder wenn deine Anwesenheit erwünscht ist. Natürlich bekommen sie, was sie wollen, auch die Gesellschaft eines oder einer bestimmten Angestellten für eine Nacht.«

»Für eine Nacht?« Bei mir klingeln sämtliche Alarmglocken. Will er damit etwa andeuten, dass …? Nein, unmöglich.

»Na ja, für den Abend. Alles, was darüber hinausgeht, ist Sache der persönlichen Entscheidung und nicht verpflichtend.«

»Oh. Okay«, sage ich ein drittes Mal und atme dabei erleichtert auf.

»Wie dem auch sei, du bist bloß einmal zu oft links abgebogen. Von deiner Kabine aus hättest du links-rechts-links gehen müssen, nicht links-links-links.«

»Heißt das, ich muss wieder runter und …«

»Nein, Missy, das ist zu umständlich. Geh einfach durch die Tür da drüben«, sagt er und deutet auf eine größere Tür am anderen Ende der Küche, »und du bist direkt in der Bar, und von dort führen mehrere Türen auf der linken Seite ins Freie.«

Ich bedanke mich mit einem Nicken und mache mich auf den Weg, wild entschlossen, den Ausblick zu genießen. Wer weiß, wann ich das nächste Mal eine Gelegenheit dazu haben werde. Ich habe noch nie eine Kreuzfahrt gemacht. Genau genommen war ich überhaupt noch nie auf einem Schiff. Das ist also das erste – und hoffentlich nicht das letzte – Mal für mich.

Ich gehe ganz zum Bug hinüber und lehne mich an die V-förmige Reling an der Spitze. Es weht eine warme Brise, die untergehende Sonne scheint mir ins Gesicht, und es ist nichts zu hören außer dem Schäumen und Sprudeln der Bugwelle, während das Schiff das Meer durchpflügt. Ich wende den Kopf weit nach links und lasse den Blick den ganzen Horizont entlangwandern, völlig geplättet von der Aussicht, bei deren Anblick ich mich winzig und unbedeutend fühle. So weit das Auge reicht, ist nichts als Wasser zu sehen. Der Anblick ist atemberaubend und irgendwie auch ein wenig einschüchternd.

Ich lehne mich ein wenig über das Geländer und blicke an der Spitze des Schiffs hinunter. Von hier oben hat es den Anschein, als würde es stillstehen. Und dann sehe ich sie.

Ich schnappe nach Luft. Direkt vor uns schwimmen sechs Delfine. Verspielt springen sie direkt vor dem Bug aus dem Wasser, als wollten sie die Jacht herausfordern, sie zu fangen, was diese im Gegenzug jedoch nicht wagt.

Ihre blassgrauen Körper reflektieren das orangerote Licht, was ihnen einen hellen Glanz verleiht, während sie ihre waghalsigen Sprünge vollführen. Mit ihren offenen Mäulern, aus denen sie einander zuquieken, wirken sie, als würden sie mir zulächeln, während sie einen Augenblick lang aus dem Wasser auftauchen und im nächsten wieder darin verschwinden. Ich bin mir meines fröhlichen Lachens kaum bewusst, das in meiner Brust hochsteigt und sich dann von meinen Lippen löst.

»Toll, nicht?«, ertönt eine tiefe, vertraute Stimme an meinem Ohr. Unvermittelt straffe ich die Schultern, mein Lächeln erstirbt, und mein Herz schlägt plötzlich doppelt so schnell.

Ich drehe den Kopf zur Seite und stelle fest, dass Reese direkt hinter mir steht, so nah, dass er beinahe meinen Rücken berührt. In der untergehenden Sonne wirkt sein Haar wie von goldenen Strähnen durchzogen, und seine Augen glitzern wie Aquamarine von höchster Reinheit. Einen Augenblick lang gerate ich in Versuchung, jede einzelne der tiefschwarzen Wimpern zu zählen, die seine außergewöhnlichen Augen umrahmen, doch sein breites, strahlendes Lächeln raubt mir den Atem und erinnert mich daran, dass ich mit dem Feuer spiele. Oder eher mit einem gefährlichen, hochexplosiven Feuerwerkskörper. Abwenden kann ich mich nicht. Mir bleibt also nichts anderes übrig, als ihn nicht zu beachten und mich wieder der Aussicht zu widmen.

Doch es ist unmöglich, Reese zu ignorieren, wenn er beachtet werden will. Er lehnt sich behutsam von hinten an mich, lässt mich seine festen Brustmuskeln, seinen flachen Bauch und seine harten Oberschenkel spüren.

»*Das* ist die unglaublichste Aussicht der ganzen Welt«, flüstert er. In seinem Tonfall spiegelt sich die Intensität seiner Berührung, und ich frage mich unwillkürlich, ob er damit mich meint und nicht die uns umgebenden Wunder der Natur.

»Ich nehme mal an, dass du so viel landschaftliche Schönheit gewohnt bist.«

»Ich habe schon so einige der herrlichsten Geschöpfe Gottes gesehen, aber dieses spezielle war immer etwas Besonderes für mich.«

Ich wage nicht zuzulassen, dass er mich mit seinem Charme einwickelt. Das hat schon mal ein schlechtes Ende für mich genommen, und ich habe noch nicht einmal eine Erklärung, geschweige denn eine Entschuldigung erhalten.

Nicht, dass er damit das, was passiert ist, wieder in Ordnung bringen könnte.

Bei diesen Gedanken kocht die Wut in mir hoch. Ich

winde mich in seinen Armen und stoße mich von der Reling ab, bis er nachgibt und einen Schritt nach hinten weicht. »Also ich sehe so etwas zum ersten Mal, und deshalb wäre es schön, wenn ich es genießen könnte, solange ich hier oben sein darf.«

Damit mache ich mich wieder auf den Weg zurück, gehe aber das Deck entlang zum anderen Ende des Schiffs und nicht wieder hinein. Ich hatte eigentlich erwartet, dass Reese mir folgen würde, doch die Stimme, die ich als Nächstes höre, ist die von Sig.

»Ich könnte nicht genau sagen, was schöner ist, diese Aussicht oder du.«

Als ich mich umdrehe, steht er hinter mir, die Hände in den Taschen seiner schwarzen Hose vergraben. Seine Haare wehen im Wind, und in Anbetracht seines lockeren, mal wieder eine Spur anzüglichen Lächelns verraucht mein Zorn im Nu.

»Wow, kannst du mit Sprüchen wie diesem tatsächlich bei Frauen Eindruck schinden?«, erkundige ich mich grinsend.

»Es ist das erste Mal, dass ich den Spruch ausprobiert habe. Und, funktioniert er?«

»Na ja, geht so«, erwidere ich mit einer entsprechenden Handbewegung.

»Dann verrate mir, oh du Unnahbare, womit ein Kerl wie ich eine Frau wie dich beeindrucken kann.«

»Warum solltest du das wollen?«

»Weil du wunderschön und mysteriös bist und weil du tanzt, als würdest du ausschließlich für mich tanzen. Du faszinierst mich. Muss ich noch mehr sagen?«

Ich fühle mich sehr geschmeichelt und weiß eigentlich nicht recht, was ich sagen soll, aber wie immer setzt sich die spröde Kennedy durch, die sehr früh gelernt hat, in den Selbstschutzmodus umzuschalten. »So tanze ich für jeden. Das ist mein Job.«

Zum Glück ist Sig nicht beleidigt, wie das bei Männern, deren Stolz verletzt wird, oft der Fall ist. »Verdammt, das ist mir schon klar«, erklärt er grinsend. »Aber musst du mir deswegen gleich meine Illusionen rauben? Ich bin ein Mann. Ein großer Mann mit einem großen Ego. Lass mich doch im Glauben, dass deine Show nur für mich war«, feixt er.

Ich lache. »Okay, okay. Sie war nur für dich.«

Er nickt und grinst erneut. »Schon besser.«

Er kommt etwas näher und sieht mir ein paar Sekunden lang tief in die Augen, dann dreht er sich zur Seite und bietet mir seinen Arm an. »Wollen wir?«

Ich verdrehe theatralisch die Augen und schüttle den Kopf, hake mich dann aber bei ihm unter und lasse mich durch eine Tür geleiten, die zur Rotunde führt. Als wir über die Schwelle treten, entdecke ich Reese, der sich am anderen Ende des Raums mit Brian unterhält und mir einen bitterbösen Blick zuwirft.

Sogar wenn er vor Wut schäumt wie jetzt, reicht sein bloßer Anblick aus, um mein Herz Purzelbäume schlagen zu lassen. Er sieht so unglaublich gut aus. Er ist eben einfach immer noch der Mann, der mein Herz erobert und meine Welt auf den Kopf gestellt hat – diese strahlenden Augen, die mich total durchschauen, die dunklen Haare, die sich am Kragen ein wenig locken, dieses Kinn, das ich am liebsten sofort streicheln würde. Und erst seine Lippen … Ich fand schon immer, dass Reese den schönsten Mund hat, den Gott jemals erschaffen hat. Tja, aber wie sich herausgestellt hat, ist er Engel und Teufel zugleich, und die teuflische Seite an ihm hat mir lauter Versprechen gegeben, die er natürlich niemals zu halten gedachte.

Wie immer, wenn ich voller Wehmut an den Reese denke, den ich vor so langer Zeit geliebt habe, kämpft sich das verletzte Mädchen an die Oberfläche, um zu verhindern, dass ich den gleichen Fehler ein zweites Mal mache. Und genau dieses Mädchen schenkt ihm jetzt ein eisiges Lächeln und widmet sich dann wieder Sig. Als ich aus den Augenwinkeln registriere, wie Reese daraufhin erbost die Stirn runzelt, wird allerdings ein echtes, aufrichtiges Grinsen daraus.

Am liebsten würde ich loskichern.

Nimm das, du Egozentriker!

Meine Stimmung hat sich deutlich gebessert, zumal ich feststelle, dass es hier keine Sitzordnung gibt. Das heißt, ich kann Platz nehmen, wo ich will, also setze ich mich kurzerhand zwischen Sloane, die *ich* sehr sympathisch finde, und Sig, der *mich* sehr sympathisch findet.

Das Essen schmeckt vorzüglich, und die Gesellschaft ist angenehm. Obwohl Reese auf diverse Bemerkungen antwortet und sich einigermaßen höflich verhält, kann ich die Anspannung hinter seiner scheinbar ungerührten Fassade förmlich spüren. Und ich freue mich ungemein darüber, auch wenn ich es nur äußerst ungern zugebe.

Reese hat mir signalisiert, dass er mich will und die Absicht hat, mich auch zu bekommen. Und ich habe klargestellt, dass ich alles in meiner Macht Stehende tun werde, um das zu verhindern. Wir sind in einen offenen Willenskampf verwickelt. Aber irgendetwas tief in mir hat erkannt, dass das erst der Anfang ist, dass sich Reese früher oder später so richtig ins Zeug legen und der Kampf ab diesem Zeitpunkt für mich viel schwieriger werden wird. Und auch viel gefährlicher.

Aber genau das macht es auch aufregend. Insgeheim, irgendwo ganz tief in meinem Herzen frage ich mich, ob ich wirklich stark genug bin, um Reese zu widerstehen. Und ob ich das wirklich will. Ich frage mich, ob es nicht einen Teil von mir gibt, der das zurückhaben möchte, was wir vor vielen Jahren hatten, als unsere Liebe noch jung, frisch, perfekt und unversehrt war. Und ob es überhaupt möglich wäre, das wiederzubekommen, und sei es nur für einen Augenblick. Oder einen Monat. Oder einen Sommer.

Eigentlich hege ich ernsthafte Zweifel daran. Auf der anderen Seite glaube ich, dass ich stark genug bin, um es auszuprobieren und diesmal nicht wieder mit einem gebrochenen Herzen dazustehen, sollte es schiefgehen. Meine zarte Seite habe ich Reese schon einmal geschenkt. Das, was jetzt noch von mir übrig ist, ist härter, rauer und stärker.

Als Reese eine seiner dunklen Augenbrauen anhebt, erwache ich jäh aus meiner Träumerei. Er beobachtet mich, und wie es aussieht, habe ich ihn, tief in Gedanken versunken, ebenfalls angestarrt.

Rasch wende ich meine Aufmerksamkeit wieder Sig zu, der lachend neben mir sitzt, und stimme in sein Lachen ein, obwohl ich keine Ahnung habe, worum es geht. Doch selbst ohne Reese anzusehen, spüre ich deutlich seine Erheiterung. Seine Erheiterung und seinen lüsternen Blick.

Kapitel 17

REESE

Den ganzen Abend über habe ich Kennedy beobachtet. Ich habe gesehen, wie sie mit Sig geflirtet hat. Ich habe bemerkt, wie sie sich mit Sloane und Hemi unterhalten hat. Mir ist nicht entgangen, dass sie versucht hat, mich zu ignorieren und gar nicht erst zu mir herüberzusehen.

Und mir ist auch nicht entgangen, dass sie gescheitert ist.

Ich habe ihre versteckten Blicke in meine Richtung sehr wohl bemerkt. Die Art, wie sie sich das Haar hinter die Ohren streicht, wenn ich rede, und die Gänsehaut auf ihren Armen, wenn sich unsere Blicke kreuzen. Ich kann spüren, wie sehr sie sich zu mir hingezogen fühlt, so deutlich, wie ich die Luftfeuchtigkeit spüre. Am liebsten würde ich sie ausziehen, sie auf den Tisch legen und die Feuchtigkeit von ihrer Haut lecken, während alle anderen zusehen und sich vor Verlangen nach ihr verzehren, sie aber nicht haben können.

Natürlich frustriert es mich, dass sie so wild entschlossen ist, mir zu widerstehen, aber es erregt mich zu einem gewissen Grad auch. Denn umso größer wird mein Triumph sein, wenn sie schließlich *doch* nachgibt, was sie zweifelsohne tun wird. Schon der Gedanke daran versetzt meine niederen Instinkte in höchste Verzückung.

Also beiße ich vorerst die Zähne zusammen und halte

durch, denn clever wie ich bin, weiß ich, dass es strategisch günstig ist, wenn sie die Zeit bis dahin noch genießt, ehe ich mich wirklich ins Zeug lege, um sie umzustimmen. Ich habe kein Problem damit, sie noch eine Weile in dem Glauben zu lassen, dass sie siegen wird. Bis ich bereit bin für den Sieg. Dann ist das Spiel aus. So einfach ist das.

Nach einem Glas Brandy in der Lounge macht sich bei allen bemerkbar, dass es ein aufregender Tag war. Einer nach dem anderen entschuldigt sich und zieht sich zurück, Kennedy eingeschlossen.

Natürlich bietet ihr Sig an, sie zu ihrer Kabine zu begleiten, was mich zwar ärgert, aber ich wünsche den beiden trotzdem lächelnd eine gute Nacht. Als Kennedy hocherhobenen Hauptes und mit gestrafften Schultern den Raum verlässt und Sig ihr eine Hand auf den Rücken legt, spüre ich unvermutet einen Stich in der Brust, und in mir regt sich etwas … etwas, das ich vor langer Zeit empfunden habe … für das Mädchen, mit dem ich mich damals im Wald getroffen habe.

Ein paar Minuten später, Minuten, in denen ich dieses nagende Gefühl in der Magengrube nicht loswurde, stehe ich auf und gehe die Treppe hinunter und den Gang entlang zum Bug des Schiffs, wo Kennedy untergebracht ist.

Auf dem Weg dorthin stelle ich mir vor, wie Sig ihr mit den Fingern durchs Haar fährt, wie er ihre verflucht verführerischen Lippen küsst und sie in die dunkle Kabine schiebt. Eine wachsende Wut beschleunigt meine Schritte und meinen Puls, und als ich mich der verschlossenen Tür nähere, verspüre ich eine Enge in der Brust und den akuten Drang, dem zukünftigen Schwager meines Bruders eine saftige Abreibung zu verpassen, sollte er den Fehler begangen haben, sich in Kennedys Kabine zu wagen.

Ich hämmere drei Mal an Kennedys Tür, bin mir dessen bewusst, wie aufgebracht und aggressiv mein Klopfen klingen muss. Eben, beim Verlassen der Lounge, hatte ich mir das alles noch ganz anders vorgestellt, aber in der Zwischenzeit bin ich so richtig auf hundertachtzig.

Das hat sie jetzt davon, verdammt noch mal.

Es fällt mir schwer, meine Wut im Zaum zu halten, als Kennedy die Tür einen Spaltbreit öffnet.

»Bist du allein?«, blaffe ich und halte gespannt die Luft an.

Kennedy legt die Stirn in Falten. »Natürlich«, antwortet sie, als wäre meine Frage total albern. Ich atme auf, wobei ich versuche, mir meine Erleichterung nicht anmerken zu lassen.

»Darf ich reinkommen?«

Sie mustert mich einen Moment lang argwöhnisch, dann nickt sie knapp und tritt einen Schritt nach hinten, um mich einzulassen.

Im gedämpften Licht kann ich sehen, dass sie sich bereits umgezogen hat. Jetzt trägt sie eine sehr kurze abgeschnittene Trainingshose und ein ausgeleiertes graues T-Shirt mit dem Aufdruck *Exotique*, das meinen Blick auf die üppigen Rundungen darunter lenkt. Ich balle die Hände zu Fäusten, um Kennedy nicht auf der Stelle an mich zu ziehen und mich von dem Gefühl ihrer Haut beruhigen zu lassen.

Sie lässt sich auf der Bettkante nieder, die Arme vor der Brust verschränkt. »Was willst du, Reese?«

Meiner Verärgerung zum Trotz gelingt es mir, sie aufzuziehen.

»Also, das nenne ich eine Fangfrage, wie sie im Buche steht.«

Sie wirft mir einen vernichtenden Blick zu, aber meine Gegenwart lässt sie nicht so kalt, wie sie mich gern glauben machen würde, was ich daran erkenne, dass sie die Fingernägel aneinander wetzt, genau wie früher, wenn sie nervös war.

Ihre nächste Frage überrascht mich. »Warum hast du mir diese Kabine zugeteilt, Reese?«

»Warum nicht?«

»Weil sie viel schöner ist als die anderen.«

»Dann hast du die Luxussuiten noch nicht gesehen.«

»Du weißt, was ich meine.«

»Was gibt es dagegen einzuwenden, wenn ich möchte, dass du es bequem hast? Dass du etwas mehr Platz und ein Fenster hast?«

»So einiges, wenn du eine Gegenleistung dafür erwartest.«

»Ich habe dir bereits gesagt, was ich will, Kennedy.«

»Und ich habe dir gesagt, dass du es dir abschminken kannst.«

Mein Lächeln verblüfft sie sichtlich. »Gott, ich liebe es, dass du dich so sträubst. Du hast dich ganz schön verändert, stimmt's?«

Sie hebt ihr Kinn ein wenig an. »Das musste ich.«

Ich trete näher, so nah, dass sich unsere Knie berühren. Ich kann nicht anders. Ich kann keine Sekunde länger warten. Ich muss sie berühren, sie spüren.

Kennedy rührt sich nicht von der Stelle, als ich direkt vor ihr stehe. Sie legt lediglich den Kopf in den Nacken und blickt zu mir hoch. Ansonsten rührt sie keinen Muskel. Ich bin mir nicht mal sicher, ob sie überhaupt atmet. Ich bin mir auch nicht sicher, ob ich atme.

Als ich eine lange, seidige Haarsträhne über ihre Schulter streiche und dabei mit den Fingerspitzen ihren Hals streife, zuckt sie zusammen, als hätte sie einen elektrischen Schlag bekommen. Kein Wunder, so heftig, wie es andauernd zwischen uns knistert.

»Aber manches ändert sich nie, oder?«, frage ich sanft. Je länger ich in ihrer Nähe bin, desto mehr fühle ich mich wie der neunzehnjährige Junge, der ich damals war.

Kennedys Blick ist wie versteinert. »Da täuschst du dich. Alles ändert sich, Reese. Alles.«

Ich lächle sie schief an. »Wahrscheinlich hast du recht. Aber das heißt nicht, dass alles schlechter wird. Manches wird nur besser.«

»Aber auf die meisten Dinge trifft das nicht zu.«

»Das stimmt nicht. Besonders nicht in unserem Fall.«

»Das kannst du gar nicht wissen.«

»Doch, das kann ich. Du kannst zwar so tun, als würdest du es nicht spüren, aber ich weiß, dass du es doch tust. Da ist etwas zwischen uns, Kennedy. Das war schon immer so.«

»Da irrst du dich«, antwortet sie forsch, aber ich höre das Zittern in ihrer Stimme, und ich sehe in ihren Augen, dass ihr Selbstbewusstsein nur gespielt ist.

»Nein, das tue ich nicht. Nicht, was das betrifft. Nicht, was uns angeht. Ich weiß, du denkst, dass du mir widerstehen solltest, dass dies ein Weg ist, den du lieber nicht einschlagen willst, aber glaub mir, du würdest Gefallen daran finden.«

»Es gibt mehr im Leben als nur Vergnügen, Reese.« Kennedy erhebt sich. Dabei streift ihr Körper den meinen, sodass ich sie am liebsten aufs Bett werfen und ihr das kleine, zerschlissene T-Shirt vom Leib reißen würde. »Und außerdem traue ich dir nicht über den Weg.«

»Wer weiß, vielleicht tust du es ja früher oder später doch. Wenn du mir gegenüber nur etwas offener wärst, würdest du erkennen, dass ich recht habe.«

»Vielleicht will ich das gar nicht.«

»Doch das tust du. Du wirst es wollen. Ich werde es dir beweisen.«

»Was?«

Ich bleibe ihr die Antwort schuldig, beuge lediglich lächelnd den Kopf und hauche ihr einen Kuss auf die Lippen. Es ist nur ein kleiner Vorgeschmack, und er weckt meinen Appetit auf mehr, doch das Schaudern, das sie dabei erfasst, erleichtert mir den Rückzug. Es bestätigt nur, was mir mein Bauchgefühl schon verraten hat: Am Ende wird sie mir gehören. Sie wird zu mir kommen. Ich werde warten.

»Hier, dein Zeitplan. Du wirst ihn bestimmt gut brauchen können.« Ich reiche ihr einen Zettel, den ich ihr mitgebracht habe. Dann drehe ich mich um und gehe hinaus. Sie steht da und sieht mir nach.

Mit Verlangen im Blick.

Kapitel 18

KENNEDY

»Also, dann erzähl mal, was läuft da zwischen dir und Prince Charming?«, fragt Brian unverblümt, während er sich an mein Bein lehnt, um es zu dehnen.

»Wovon redest du?«

Er verdreht die braunen Augen. »Ach, komm schon! Du glaubst doch nicht ernsthaft, ich hätte es nicht gemerkt, oder?«

»Was denn?«

»Die Art, wie er dich anblickt … und dass du versuchst, ihn nicht anzuschauen. Für mich musst du hier nicht das nichts ahnende Schneewittchen spielen, Missy.«

»Ich spiele niemandem etwas vor.«

»Und warum nicht? Wir befinden uns auf einer Traumreise. Möchtest du nicht auch ein wenig Märchenzauber in dein Leben bringen?«

»Das ist kein Märchenzauber, sondern eine Katastrophe.«

»Wow, du klingst ja gar nicht verbittert«, bemerkt er grinsend. »Ich nehme an, ihr zwei seid alte Bekannte?«

Ich merke, wie ich meinen inneren Schutzwall hochfahre, so wie immer.

»Ja, so etwas in der Art.«

»Vielleicht bist du dadurch im Vorteil. Und den kannst du

gut gebrauchen, denn ich habe es noch nie erlebt, dass Reese Spencer nicht bekommen hat, was er wollte. Oder *wen* er wollte.«

»Tja, dann tut ihm eine kleine Abfuhr bestimmt mal ganz gut«, sage ich und schenke Brian mein strahlendstes Lächeln, während er sich kurz zurücklehnt und dann mit dem Stretching fortfährt.

»Auf jeden Fall verspricht es interessant zu werden«, antwortet Brian. »Du musst mich unbedingt auf dem Laufenden halten.«

»Ich plaudere nie aus dem Nähkästchen«, winke ich ab. »Außerdem wird es nichts zu erzählen geben.«

»Wir haben eine lange Reise vor uns, und das Schiff ist klein. Du wirst einen Freund brauchen, glaub mir.«

Ich lächle, ohne weiter darauf einzugehen, und das ist auch gut so, denn nur Sekunden später geht die Tür auf, und Reese kommt herein. Brian und ich sehen kurz zu ihm hinüber. Er sieht appetitlicher aus denn je in seinem eng geschnittenen weißen T-Shirt und der schwarzen Shorts. Ich habe nie vergessen, was für tolle Beine er hat: muskulös, leicht gebräunt und nicht zu stark behaart.

Er nickt Brian zu und schenkt mir sein Lächeln, das nur darauf abzielt, Frauen dahinschmelzen zu lassen, und natürlich schmelze ich dahin. Dann ärgere ich mich. Ich hasse mich dafür, dass ich so auf ihn reagiere, aber ich kann nichts dagegen unternehmen, sosehr ich mich auch bemühe. Entschlossen wende ich meine Aufmerksamkeit erneut meinem Trainer zu. »Ähm, wo waren wir gerade?«, frage ich höflich, darum bemüht, Brian anzusehen, damit ich nicht in Versuchung gerate, Reese zu beobachten, der nun hinter Brian den Raum durchquert.

Brian lacht leise in sich hinein. »Keine weiteren Fragen, Euer Ehren.«

Ich verdrehe entnervt die Augen, und dann prusten wir beide los. Brian lässt mich sogar noch mehr schwitzen als der Personal Trainer im *Exotique*. Eine geschlagene Stunde lang dehnt und traktiert er schonungslos meine Muskeln, während Reese uns keine Sekunde aus den Augen lässt. Wann immer ich einen Blick in seine Richtung riskiere, sieht er zu uns herüber, und mir ist, als würde sein Blick Löcher in meine Kleidung sengen. Obwohl ich versuche, es etwas weniger auffällig zu machen, kann ich nicht anders, als Reese ebenfalls zu beobachten. Ich verfolge das Spiel der Muskeln unter seiner goldenen Haut beim Gewichtestemmen, beobachte, wie er beim Ausatmen die Lippen spitzt. Aus den Augenwinkeln registriere ich, wie er mich mit Blicken verschlingt.

Als Brian schließlich zum Cooldown übergeht, rast mein Herz, und die Schweißperlen auf meiner Stirn haben nichts mit dem Work-out zu tun. Es fühlt sich an, als hätte Reese mich eine Stunde lang berührt und liebkost, als hätte er mich ausgezogen und gevögelt.

Und das alles von der gegenüberliegenden Ecke des Fitnessraums aus.

Sobald das Training beendet ist, würde ich am liebsten aufspringen und hinausstürmen. Ich brauche dringend Abstand. Luft. Aber mir wird schlagartig klar, dass mir in nächster Zeit weder das eine noch das andere vergönnt sein wird, schließlich bin ich auf dieser Jacht gefangen, noch dazu als Angestellte von Reese.

Außerdem macht Reese keinen Hehl daraus, dass er mich ins Bett kriegen will.

Und er hat offenbar nicht vor, mir eine Verschnaufpause

zu gönnen. Nachdem ich geduscht habe, gehe ich in die Crewküche, um mir eine Schüssel Haferbrei einzuverleiben, und puste gerade mit geschürzten Lippen auf einen Löffel heißen Brei, als Karesh hereinkommt und zu mir an den Tisch tritt.

»Haben Sie alles, was Sie brauchen, Miss Moore?«

Ich nicke und lächle. »Ja, danke, das habe ich, Karesh«, antworte ich, ohne den Löffel sinken zu lassen.

»Lassen Sie sich nicht stören«, bemerkt er, ebenfalls lächelnd. »Ich wollte Ihnen nur kurz mitteilen, dass heute tagsüber Ihre Gegenwart auf dem Hauptdeck erwünscht ist. Es wird ein spätes Frühstück geben, falls Sie noch etwas essen wollen. Ziehen Sie Badesachen an. In Ihrer Kabine sollten Sie alles Nötige finden, und falls doch noch etwas fehlt, geben Sie Bescheid.«

Ich nicke einfach und lächle, frage mich insgeheim aber bereits, was das für mich zu bedeuten hat.

Warum werde ich an Deck zitiert? Wer hat meine Gesellschaft angefordert? Was wird von mir erwartet?

Karesh legt mir beruhigend eine Hand auf die Schulter, als stünden mir meine Gedanken deutlich ins Gesicht geschrieben. »Machen Sie sich keine Sorgen. Gehen Sie einfach rauf und genießen Sie es. Schließlich ist das hier eine Vergnügungsreise.«

Ehe er geht, klopft er mir noch einmal auf die Schulter und nickt mir zu, doch seine Worte machen alles nur noch schlimmer.

Eine Vergnügungsreise, soso. Fragt sich nur, für wen. Für *mich* wird diese Kreuzfahrt ganz sicher kein Vergnügen. Ich bin hier, um zu arbeiten. Nichts weiter.

Mit wachsendem Unbehagen kippe ich die restlichen

Haferflocken weg, wasche die Schüssel aus und gehe zurück in meine Kabine, um einen Blick in den überquellenden Schrank zu werfen. Erst als ich die eingebauten Schubladen ganz unten öffne, entdecke ich unter anderem die Bikinis, die mir Reese großzügigerweise zur Verfügung gestellt hat. Natürlich sind sie viel schöner als meine eigenen, die ich mitgebracht habe, obwohl zwei davon bedeutend freizügiger sind als alles, was ich mir gekauft hätte. Ich berühre die bunten, mit Pailletten bestickten Bikinis und frage mich, welchen ich tragen soll. Mein Blick kehrt immer wieder zu einem blau- und smaragdgrün gemusterten Exemplar zurück, das aussieht wie mit Pfauenfedern bestickt. Ich durchforste den Inhalt des Schranks, bis ich auf ein durchscheinendes Top mit Blumenmuster und einen dazu passenden kurzen Sarong in Grün- und Blauschattierungen stoße. Beim Anziehen stelle ich fest, dass mir alles perfekt passt. Ich stecke mir die Haare hoch, schlüpfe in schmucksteinbesetzte grüne Sandalen und setze eine der Sonnenbrillen auf, die in einer der Schubladen liegen. Damit sind zumindest meine Augen vor Reese abgeschirmt.

Dann mache ich mich auf den Weg nach oben, wobei ich mir noch einmal Brians Anweisungen (»links, rechts, links«) in Erinnerung rufe, und tatsächlich stehe ich gleich darauf direkt vor der Tür, die zum obersten Deck führt.

Reese und Hemi sitzen an der schattigen Bar, die sich hinter dem kleinen Pool und dem Whirlpool befindet, Sloane und Sig haben am anderen Ende Platz genommen.

An beiden Enden des Tresens türmen sich allerlei Leckereien auf Platten und in Schüsseln.

Reese bemerkt mich sofort, als ich an Deck komme. Auch er trägt eine Sonnnbrille, aber ich könnte schwören, dass ich spüre, wie sich unsere Blicke treffen. Mein Herz schlägt unwillkürlich schneller, als ich sehe, wie seine Mundwinkel nach oben wandern, ehe er aufsteht und auf mich zukommt.

Ich kann nicht anders – und lasse den Blick bewundernd über seinen herrlichen Körper wandern, während er gemächlich heranschlendert, mit federndem Gang wie ein Löwe. Er trägt eine aquamarinblaue Badehose, die ein bis zwei Schattierungen dunkler ist als seine Augen, und sein aufgeknöpftes weißes Hemd gibt den Blick auf seine breite Brust und sein Sixpack frei. Sein Kinn ist von Bartstoppeln überzogen, sein Haar vom Wind zerzaust. So atemberaubend attraktiv Reese als Teenager bereits war, mit dem Mann, zu dem er sich entwickelt hat, hätte er es nicht aufnehmen können. Jetzt ist er der Inbegriff körperlicher Perfektion.

Er hebt eine seiner großen Hände und ergreift meine Finger, um sie an die Lippen zu führen. »Du siehst wunderschön aus«, sagt er leise und lässt dabei ein paar Mal den Daumen zwischen meinem Zeige- und meinem Mittelfinger auf und ab gleiten. Die subtile Liebkosung lässt mich schaudern, doch ich hoffe, dass es mir nicht anzumerken ist.

In Anbetracht des verschmitzten Lächelns, das über sein Gesicht huscht, frage ich mich, woher er weiß, welche Wirkung er auf mich ausübt. Denn wissen tut er es, da bin ich mir ganz sicher.

Ich entziehe ihm meine Hand und zwinge mich zu einem Lächeln. »Wieso hast du mich herbeordert?«

»Weil ich möchte, dass du hier bist.«

»Und was soll ich hier?« Eine ziemlich heikle Frage, das ist mir klar, aber ich möchte, dass Reese es offen ausspricht. Es tut mir gut, so eigensinnig aufzutreten. Es verleiht mir das Gefühl, stark zu sein und die Situation im Griff zu haben, wenn ich den Stier bei den Hörnern packe, wie es so schön heißt.

»Mir Gesellschaft leisten.«

»Man möchte meinen, du hättest bereits mehr als genug Gesellschaft«, erwidere ich und deute mit einer Kopfbewegung auf seinen Bruder und die beiden anderen, die hinter ihm an der Bar sitzen und so tun, als würden sie uns nicht sehen.

»Aber sie sind nicht die Gesellschaft, die *ich will.*«

»Ist das Teil meines Jobs?«

»Dein Job ist es, die Passagiere auf dieser Kreuzfahrt zu unterhalten, einschließlich meiner Wenigkeit.«

Ich mustere ihn prüfend. Er genießt es, dass ich für ihn auf Abruf zur Verfügung stehe, und irgendwie gefällt es mir auch, aber zugleich schreckt tief in mir etwas zurück vor ihm und dem Schmerz, den er einst verursacht hat. Ich rufe mir erneut ins Gedächtnis, dass dieser Job für mich nur ein Mittel zum Zweck ist und mich meinem Ziel ein gutes Stück näher bringen wird. Bei dem Gedanken daran schenke ich Reese ein strahlendes Lächeln.

»Dann mal los.«

Reese sagt nichts. Er hebt lediglich eine Augenbraue und deutet mit einem Arm auf das Frühstücksbuffet, das auf dem Tresen bereitsteht. Ich hole tief Luft und marschiere vor ihm her zur Bar, ganz darauf konzentriert, weiterhin höflich zu lächeln, während mir Sig erfreut und Sloane und Hemi neugierig entgegensehen. Und die ganze Zeit über spüre ich Reeses Blick im Rücken – ein Blick, unter dem mir bis ins tiefste Innerste warm wird.

* * *

Den ganzen Tag über wurde ich wie eine Prinzessin behandelt. Ich wurde von vorn bis hinten bedient, habe unvorstellbar leckere Gerichte gegessen und die köstlichsten Cocktails der Welt geschlürft und den Spencers und den Lockes dabei zugehört, wie sie Geschichten aus ihrem Leben und aus ihrer Kindheit zum Besten gegeben haben. Und Reese ist mir die ganze Zeit über kaum von der Seite gewichen und hat mich so gut wie keine Minute aus den Augen gelassen.

Er hat es sich neben mir an Deck gemütlich gemacht, ist mit mir im Pool herumgetollt, hat sich im Whirlpool neben mich gesetzt und jede nur erdenkliche Gelegenheit genutzt, um mich zu berühren. Und mit jeder seiner Berührungen schwindet meine Immunität gegen ihn ein bisschen mehr dahin.

Nicht, dass ich je wirklich immun gewesen wäre. Es fällt mir lediglich leichter, den Jungen, in den ich mich verliebt habe, in den Augen des mächtigen Mannes zu entdecken, der er geworden ist.

Gerade haben wir einen aus Obst und reifem Käse bestehenden Nachmittagssnack beendet, zu dem ein Zitronen-Kokosnuss-Cocktail serviert wurde, von dem mir nun etwas schwindelig geworden ist. Zusammen mit den wärmenden Sonnenstrahlen sorgt er dafür, dass ich mich rundum glücklich und ein klein wenig beschwipst fühle.

Als ein Schatten über mich fällt, hebe ich etwas beduselt den Kopf von dem gepolsterten Liegestuhl. Es ist Reese, der sich kurz zuvor entschuldigt hatte und drinnen verschwunden war. Jetzt ist er wieder da.

»Wenn du in der prallen Sonne liegst, solltest du dich eincremen. Deine Haut ist schon leicht gerötet.«

»Oh«, erwidere ich, ohne allzu alarmiert zu sein. Ich habe

einen dunklen Teint, deshalb bekomme ich nicht so schnell einen Sonnenbrand. »Okay, ich kümmere mich gleich darum.«

Reese dreht sich wortlos um und geht wieder hinein. Einen Augenblick später kehrt er mit einer weißen Tube in der Hand zurück. »Ich mache das schon«, sagt er und hockt sich auf den Rand der Liege.

Hm, dieses Angebot sollte ich wohl lieber höflich ablehnen, doch mein Gehirn, das sich in eine warme, träge Masse verwandelt zu haben scheint, winkt ab. Ich verfolge, wie Reese den Verschluss der Tube aufklappt, sich einen Klecks Sonnencreme auf die Finger drückt und mit beiden Händen verreibt, ehe er mich einzucremen beginnt. Als er meine Haut berührt, stoße ich einen unhörbaren Seufzer aus, den der Wind davonträgt.

Ich schließe die Augen und lasse mich von Hemis tiefer Stimme einlullen, der sich mit seiner Freundin und deren Bruder unterhält. Reese lässt die Finger von meiner linken Schulter zum Handgelenk hinunterwandern und bedeckt meinen Arm dabei mit einer dicken Schicht Sonnencreme. Ich registriere ein leichtes Kitzeln, als er sich über mich beugt, um meinem rechten Arm dieselbe Behandlung zuteilwerden zu lassen. Nach einer kurzen Pause, während der ich hören kann, wie er die Tube erneut öffnet und schließt, spüre ich seine Hand an meiner Kehle und dann auf meinem Dekolleté.

Mit ganz langsamen Bewegungen – viel langsamer als an den Armen – verteilt er die duftende Creme auf meiner Haut. Seine Hände wandern gemächlich von meiner linken zur rechten Seite, tasten sich am oberen Rand des Bikinioberteils und immer näher an meinen Busen heran, sodass mir mehrmals die Luft wegbleibt. Als er zielstrebig die Fingerspitzen unter den Rand des dehnbaren Stoffs schiebt und flüchtig meinen Brustansatz streift, werden prompt meine Brustwarzen hart.

Ich reiße die Augen auf und stelle fest, dass Reese mich anstarrt. Wobei ihn nicht zu interessieren scheint, was seine Hände treiben oder wie mein Körper darauf reagiert, nein, sein Blick ist auf mein Gesicht gerichtet, auf meine bebenden Lippen und meine geröteten Wangen.

Ohne den Blick von mir abzuwenden, drückt Reese erneut etwas Creme in die hohle Hand und beginnt, meinen Bauch einzucremen. Wieder umspielen seine Finger die Kante meines Bikinioberteils und kitzeln die Unterseite meiner Brüste, sodass ich das Verlangen zwischen den Beinen pulsieren spüren kann. Wir sehen einander in die Augen, während er sich weiter nach unten vorarbeitet, meine Haut liebkost und meinen Nabel umkreist.

Er lässt die Hände über die Kurve meiner Taille ein Stück nach hinten wandern, über die Seiten, dann widmet er sich wieder meinem Bauch und steuert allmählich auf das knappe Bikinihöschen zu. Ich spanne sämtliche Muskeln an, als seine Fingerspitzen unter den Stoff meines Bikinis gleiten. Ich verspüre den Drang, nach links zu spähen, um mich davon zu überzeugen, dass wir unbeobachtet sind, aber ich kann den Blick nicht von seinen hypnotisierenden blaugrünen Augen losreißen. Außerdem weiß ich, dass Reese vor mir sitzt und sein Körper mich vor den Blicken der anderen abschirmt – ein Gedanke, den ich höchst erregend finde.

Ich lecke mir über die trockenen Lippen, als Reese mir ein wissendes Grinsen schenkt. Er spürt, dass ich erregt bin. Er weiß, dass *er* mich erregt.

»Wenn wir allein wären, würde ich die Sonnencreme auf jedem Zentimeter deiner seidigen Haut verteilen«, flüstert er, doch ich vernehme seine Worte so überdeutlich, als hätte ich ein Supergehör, als wären meine Ohren genau auf die Frequenz seiner Stimme eingestellt. »Aber vielleicht willst du ja, dass ich weitermache, ganz egal, wer uns zusieht.«

Seine Augen glitzern gefährlich. Ich hole zitternd Luft und ziehe eine Sekunde lang in Erwägung, ihn tatsächlich gewähren zu lassen, doch dann registriert mein benebeltes Hirn, dass es plötzlich still geworden ist. Es sind keine Stimmen mehr zu hören.

Mit purer Willenskraft wende ich den Blick ab und blicke zu dem Trio zu meiner Linken. Hemi und Sloane lächeln einander an, doch Sigs weit aufgerissene Augen sind auf mich gerichtet.

»Hey, wieso sagt mir keiner, dass da eine Sonnencreme-Orgie gefeiert wird? Ich bin als Nächster dran«, ruft er mit übertriebener Begeisterung, klatscht in die Hände und erhebt sich von seinem Liegestuhl. Hemi und Sloane lachen.

Damit ist der erotische Augenblick jäh zu Ende. Ich lege die Finger um Reeses breites Handgelenk, um ihn zu stoppen. Es fühlt sich an, als hätte ich eine dicke Eisenstange in der Hand. Mir ist klar, dass ich ihn nicht davon abhalten könnte weiterzumachen, wenn er nicht von sich aus aufhören wollen würde, was seine entschlossene Miene bekräftigt. Trotzdem hört er auf – ein Zeichen dafür, dass er mich und meine Wünsche respektiert. Doch mir entgeht nicht das Bedauern, das sich in seinen Augen und vermutlich auch in meinem Gesicht widerspiegelt. Ich nehme mir vor, künftig den Alkoholkonsum einzuschränken, wenn Reese in der Nähe ist. Ich kann es mir nicht leisten, auch nur eine Sekunde lang unvorsichtig zu sein.

»Also, wenn du dich hier zur Kaffeebohne rösten lässt,

werden wir dich wohl nicht allzu bald wieder tanzen sehen«, bemerkt Sig und zieht damit meinen Blick auf sich.

»Das dürfen wir natürlich nicht zulassen«, ergänzt Reese, der mich nicht aus den Augen lässt. »Vor allem, weil sie heute Nacht tanzen wird.«

Sig stößt einen begeisterten Freudenschrei aus, und ich grinse ihn an, ehe ich mich aufrichte und etwas von Reese abrücke, um wieder einigermaßen zur Besinnung zu kommen. Doch nicht einmal das kann die betörende Wirkung, die Reese auf mich ausübt, lindern.

»Ich hatte gar nicht damit gerechnet, dass wir in den Genuss einer Tanzshow kommen würden, weil wir ja keine zahlenden Passagiere sind.«

Reese antwortet Sig, aber ich kann spüren, dass seine Augen immer noch auf mich gerichtet sind. »Im Grunde hast du recht, und Kennedy ist im Moment die einzige Tänzerin an Bord. Aber ich bin mir sicher, dass sie bereit ist, zumindest eine Nummer für uns zu tanzen – was uns das Fehlen weiterer Künstler auf jeden Fall versüßen wird.«

»Darauf verwette ich meinen letzten Cent«, stimmt Sig ihm zu.

Ich räuspere mich. »In diesem Fall sollte ich jetzt wohl lieber runtergehen und mich umziehen.«

Reese ergreift meine Hand, um mich aufzuhalten. »Keine Eile, du sollst ja nicht *jetzt* gleich tanzen.«

»Aber ich brauche Zeit, um mich vorzubereiten«, erkläre ich und entwinde ihm meine Hand.

»Nicht *so* viel Zeit.«

Ich stehe auf und versuche, die emotionale Verwirrung abzuschütteln, die er in mir auslöst. »Es wird meine erste Vorstellung an Bord sein. Darauf muss ich mich vorbereiten.«

»Ich werde dir alles geben, was du brauchst«, antwortet Reese leise.

»Nein, bleib du ruhig bei deinen Gästen. Ich werde Karesh anrufen.«

Ehe Reese weitere Einwände erheben kann, schaltet sich Sig ein.

»Vergiss nicht, für wen du heute Abend tanzt«, neckt er mich mit einem Augenzwinkern.

Reese lässt mich nicht aus den Augen, als ich, zu Sig gewandt, antworte: »Keine Sorge, das vergesse ich schon nicht.«

Ich mache mich auf zu meiner Kabine, wobei ich diesmal den gleichen Weg nehme wie gestern, als ich das erste Mal den Crewbereich verlassen habe – den, der an der Kombüse vorbeiführt. Dort herrscht hektische Betriebsamkeit. Ich vermute mal, dass die vier Leute in Kochmützen und Schürzen bereits die Vorbereitungen für das Abendessen treffen. Der Mann, den ich gestern schon gesehen habe und von dem ich annehme, dass er der Küchenchef ist (weil seine weiße Kochhaube höher ist als die der anderen), blickt von dem Schweinebauch auf, den er gerade inspiziert, und lächelt mich an.

»Kann ich helfen?«, erkundigt er sich höflich.

»Ich würde gern eine Flasche Wasser mit auf meine Kabine nehmen. Die Sonne und die Cocktails ...« Ich verstumme und schüttle den Kopf. Der Koch wischt sich die Hände ab und kommt zu mir rüber.

»Du bist Kennedy, stimmt's?«, fragt er, noch immer lächelnd. Der Blick seiner hellbraunen Augen ist warm und freundlich.

»Richtig«, gebe ich zur Antwort. »Ich glaube, wir sind uns noch nicht vorgestellt worden.«

»Nein, aber Brian hat mir alles von dir erzählt. Ich bin Lee Howard, der Chefkoch. Freut mich, dich kennenzulernen.«

Er streckt mir die Hand hin, und ich schüttle sie kräftig. »Die Freude ist ganz meinerseits, Lee.«

Er nimmt mich zur Seite, um mir verschwörerisch aus dem Mundwinkel zuzuflüstern: »Eigentlich beziehen die Angestellten alles, was sie brauchen, aus der Kombüse am Bug, aber wenn ich mir deine roten Wangen so ansehe, habe ich den Eindruck, du brauchst heute ausnahmsweise das gute Zeug.«

»Oh, Verzeihung, ich … darüber habe ich mir noch gar keine Gedanken gemacht …« Ich komme mir vor wie ein Trottel, weil ich mich aufführe, als würde ich zu den zahlenden Passagieren an Deck und nicht zu den Arbeitsbienen hier unten gehören. »Lass mal, ich hole mir etwas aus den Crewvorräten. Tut mir leid«, protestiere ich, doch Lee hat bereits die Tür zu dem riesigen Kühlraum geöffnet.

Er winkt ab. »Ach was, kein Drama, Kennedy, ehrlich. Hier«, sagt er und reicht mir eine leuchtend blaue Glasflasche mit kohlensäurehaltigem Quellwasser. Herrje, die kostet doch garantiert zwanzig Dollar, während für Crewmitglieder wie mich vermutlich tonnenweise stilles Wasser in Plastikflaschen für fünzig Cent das Stück eingekauft wurde.

»Nein, das kann ich nicht annehmen. Ehrlich. Das wäre nicht in Ordnung.«

»Süße, genieß es, solange du kannst.« Lee drückt mir die Flasche in die Hand, dreht mich um und schiebt mich auf den Korridor hinaus. »Komm mal wieder vorbei, dann plaudern wir ein bisschen. Brians Freunde sind auch meine Freunde.«

Ich werfe einen letzten Blick über die Schulter, und er lächelt mich an und winkt, ehe er in die Küche zurückgeht, um seinen Schweinebauch zu inspizieren.

Um seinen Schweinebauch zu inspizieren, denke ich und kichere in mich hinein, während ich die Flasche Wasser aufschraube und dem Korridor bis zu meiner Kabine folge.

In der kühlen, dämmrigen Unterkunft lasse ich mich aufs Bett fallen, nehme noch ein paar Schluck Wasser und genieße den leichten Schwindel, der mich befällt, während ich den Tag noch einmal Revue passieren lasse.

Reese hat mit mir geflirtet. Er war charmant, aufmerksam und sexy und hat mich den ganzen Tag über mit Samthandschuhen angefasst. Genau so, wie er es früher getan hat.

Ich runzle die Stirn angesichts der düsteren Gedanken, die mir jetzt in den Sinn kommen. Dieser Reese war nur ein Produkt meiner Fantasie. Er hat mich nach allem, was geschehen ist, sitzen lassen, einfach so, ohne ein Wort. Ich bin noch immer hin und her gerissen zwischen dem Glücksgefühl von vorhin und den schmerzhaften Erinnerungen, da klopft es plötzlich an der Tür.

Mein Herz pocht wie wild in meiner Brust, und ein einzelner Schmetterling flattert in meiner Magengegend, als ich vom Bett aufspringe und zur Tür eile. Dort halte ich kurz inne, um tief durchzuatmen und ein ernstes Gesicht aufzusetzen, ehe ich öffne. Reese soll auf gar keinen Fall den Eindruck bekommen, dass ich mich freue, ihn zu sehen.

Aber vor mir steht gar nicht Reese, sondern Karesh. Ich schlucke mühsam meine Enttäuschung herunter und kaschiere sie hinter einem höflichen Lächeln.

»Hi, Karesh.«

Er nickt. »Darf ich eintreten, Miss Moore?«

»Natürlich.« Ich trete einen Schritt zur Seite, um ihn hereinzulassen, und überlege kurz, ob ich die Flasche teuren Wassers hinter meinem Rücken verstecken soll, aber es ist zu spät. Mir scheint, dass Karesh sie ohnehin bereits erblickt hat. Vielleicht spielt mir auch nur mein schlechtes Gewissen einen Streich.

»Die vielen Cocktails und die Sonne …«, erkläre ich ihm mit einem Lächeln und setze die Flasche an die Lippen, als hätte ich keinerlei Grund, mich dafür zu schämen. Karesh lächelt bloß.

»Soweit ich weiß, tanzen Sie heute Abend. Geben Sie Bescheid, falls Sie irgendwelche Fragen haben.«

»Oh«, sage ich und komme mir wegen des Wassers bescheuert vor. »Ist gut, danke. Ich schätze, ich werde schon alles finden, was ich benötige.«

»Der Theatersaal liegt direkt unterhalb der Lounge. Die Show beginnt um neun Uhr.«

»Das sollte zu schaffen sein.«

»Lassen Sie mich wissen, zu welchem Musikstück Sie tanzen werden, dann informiere ich Armand. Er ist für das Soundsystem auf dem gesamten Schiff zuständig.«

»Okay. Ähm, ich nehme, *Feelin' Good* von Michael Bublé, wenn Sie das haben.«

»Falls nicht, kann Armand es besorgen. Wir können so gut wie alles auftreiben, was Sie wollen oder benötigen. Wenn nicht sofort, dann innerhalb von ein oder zwei Tagen, je nachdem, wo wir uns gerade befinden.«

Ich nicke. »Ich glaube, ich habe sonst alles, was ich brauche, aber danke.«

»Gut.« Karesh räuspert sich. »Mister Spencer hat mir aufgetragen, Ihnen das hier zu geben.«

Damit hält er mir ein weißes Kuvert hin, das ich neugierig entgegennehme. »Danke.« Hm. Was könnte Reese mir auf derart förmliche Art und Weise mitteilen wollen?

Karesh nickt erneut. »Und er wünscht, dass Sie heute mit ihm zu Abend essen.«

Eine Hitzewelle erfasst mich und breitet sich in meinem Gesicht und meinen Adern aus. Es freut mich eben, dass Reese mich sehen will, sosehr mir dieser Umstand auch gegen den Strich geht.

»Und wann?«, frage ich und hoffe, dass Karesh nicht merkt, was in mir vorgeht.

»Um Punkt sieben Uhr.«

Ich nicke erneut.

»Sollten Sie doch noch irgendetwas benötigen, können Sie mich jederzeit unter der 300 erreichen. Ansonsten überlasse ich Sie jetzt Ihren Vorbereitungen.«

»Danke.«

Nun ist es wiederum Karesh, der nickt und sich dann umdreht und geht. In Anbetracht seiner Förmlichkeit komme ich mir wie eine typische Angehörige der weißen Unterschicht vor, aber ich war ja glücklicherweise in meiner Kindheit und Jugend stets von reichen Leuten umgeben, sodass Kareshs Verhalten nichts Neues für mich ist. Zumindest bin ich einen solchen Umgang gewöhnt und weiß, wie ich mich benehmen muss.

Sobald er die Tür geschlossen hat und sich seine leichten Schritte entfernen, reiße ich das Kuvert auf. Es enthält ein einziges, zusammengefaltetes Blatt Papier, auf dem *Harrison Ronaldo Spencer* steht, gefolgt vom Namen eines Arztes sowie dem Namen und der Adresse eines Labors. Darunter ist eine lange Patientennummer abgedruckt, und eine Tabelle mit einer ganzen Reihe von Untersuchungsergebnissen – links die Testbezeichnungen, rechts die Resultate.

Mir klappt die Kinnlade herunter. Reese hat sich auf alle möglichen Geschlechtskrankheiten testen lassen. Die Tests sind alle negativ ausgefallen, was an sich ja recht erfreulich sein mag, aber im Moment ist mir das schnurzpiepegal. Ich bin so wütend, dass mir ganz heiß wird und ein regelrechter Adrenalinstoß durch meinen Körper fährt.

Wie kann er es wagen? Wie kann dieser präpotente Scheißkerl es wagen, mir durch seinen Lakai eine Liste der Geschlechtskrankheiten zukommen zu lassen, auf die er sich hat testen lassen, als verstünde es sich von selbst, dass ich früher oder später in seinem Bett lande?

»Das Abendessen kann er sich abschminken«, knurre ich und stampfe zu dem Telefon neben meinem Bett. Aufgebracht tippe ich eine Drei und zwei Nullen ein.

»Karesh«, tönt es sogleich aus der Leitung.

»Hi, hier ist Kennedy. Ich wollte Ihnen nur sagen, dass ich heute Abend doch nicht mit Mister Spencer speisen kann.«

»Geht es Ihnen nicht gut?«, erkundigt er sich.

Ich unterdrücke ein verbittertes Lachen und hüte mich wohlweislich, ihm den wahren Grund für meine Absage zu erläutern. Seine Sorge gilt nicht meinem seelischen, sondern ausschließlich meinem körperlichen Wohlbefinden.

»Doch, aber ich habe einiges getrunken, und das muss ich vor meinem Auftritt noch abbauen.«

Ich würde Reese ja liebend gern ausrichten lassen, was ich von seiner unverschämten Aktion halte, aber der gute Karesh würde meine Nachricht nie und nimmer richtig rüberbringen. Nein, das sollte ich Reese schon besser persönlich sagen. Ich habe ja noch ein paar Stunden Zeit, um meine Wut zu nähren, und sollte er mich heute Abend auch nur ansatzweise schief anschauen, dann werde ich ihm ordentlich die Meinung geigen, jawohl.

»In Ordnung. Ich werde es Mister Spencer wissen lassen.«

»Danke.«

Reese will heute Abend eine Show? Die kann er haben. Eine Show für seine Gäste. Genau dafür hat er mich schließlich eingestellt. Er wird schon merken, dass ich nicht sein Eigentum bin und das auch niemals sein werde.

Kapitel 19

REESE

Es hat mich meine gesamte Willenskraft gekostet, nicht schon viel früher Kennedys Kabine zu stürmen. Es passiert mir nicht allzu oft, dass ich sehr lange auf etwas warten muss, das ich haben will. Aber Kennedy ist anders. Uns verbindet eine gemeinsame Vergangenheit. Eine lange gemeinsame Vergangenheit, und Kennedy ist wild entschlossen, diese Vergangenheit immer wieder zwischen uns zu stellen. Aber so wenig mir das auch gefällt und so schwer ich mich in Geduld üben kann, so bin ich doch bereit, zu tun, was immer ich tun muss, um sie in mein Bett zu locken. Was als simples Begehren begann, hat sich inzwischen zu purer Besessenheit gesteigert. Kennedy geht mir unter die Haut. Ich werde nicht ruhen, ehe ich spüre, dass sie mich begehrt – und zwar, während ich in ihr bin.

Als es endlich auf neun Uhr zugeht, versammeln wir uns im Theatersaal, dessen Wände mit Pannesamt ausgekleidet sind. Aus den Boxen tönen tiefe Bässe. Meine Nerven sind zum Zerreißen gespannt.

Mit gespielter Lässigkeit, die in krassem Gegensatz zu meiner inneren Erregung steht, strecke ich die Beine aus und nippe an meinem siebzig Jahre alten Scotch. Mein Blick ist auf die Bühne geheftet, auf der Kennedy jeden Moment erscheinen sollte. Dann wird zu meiner Erleichterung endlich die Hintergrundmusik leiser gedreht und das Licht gedimmt. Ich halte erwartungsvoll den Atem an.

Sobald Michael Bublés Stimme erklingt, verstummen alle und halten gespannt nach Kennedy Ausschau, doch sie lässt auf sich warten. Bublé singt die ersten Zeilen, von Kennedy keine Spur. Der dunkle Vorhang teilt sich einen Spaltbreit, dann wird ein Stuhl auf die Bühne geschoben, so schwungvoll, dass er ein ganzes Stück über den polierten Boden gleitet. Und noch immer keine Kennedy.

Mit jedem Takt des Songs steigt meine Spannung weiter, und genau in dem Augenblick, als die Musik mit dem Erklingen der Trompeten einen Höhepunkt erreicht, fliegt der Vorhang auf, und Kennedy erscheint. Sie trägt wieder einen Hut, einen hohen, schwarzen Zylinder, der ihr in einem neckischen Winkel auf dem Kopf sitzt und einen Schatten auf ihr Gesicht wirft. Der Zylinder passt perfekt zu dem Smokinghemd und dem Jackett, das sie trägt. Darunter blitzt ein glänzendes schwarzes Höschen hervor.

Jede ihrer Bewegungen ist genau auf die Musik abgestimmt. Sie streckt im Vorbeigehen den Arm nach dem Stuhl aus und zieht ihn hinter sich her zur Mitte der Bühne. Als die Trompeten verstummen, wirbelt Kennedy den Stuhl herum, hebt eines ihrer langen Beine und stellt den Fuß auf der Sitzfläche ab. Sie trägt atemberaubend hohe Stilettos, und abgesehen von dem schwarzen Höschen, ist sie von der Taille abwärts nackt. Es ist mir noch nie passiert, dass ich den Drang verspürt habe, jemandem den Smoking vom Leib zu reißen, aber jetzt ist es so weit. Und der Drang ist stärker, als ich es je zugeben würde.

Kennedy beugt den Oberkörper über ihr angewinkeltes Bein und lässt die Fingerspitzen vom Knöchel bis zum Oberschenkel gleiten, wobei sie den Saum des Jacketts gerade so weit hochschiebt, dass ich einen Blick auf ihren wohlgeformten Po erhaschen kann – ein Anblick, der mir durch Mark und Bein geht. Dann wirbelt sie erneut herum und lässt sich kurz mit sittsam geschlossenen Knien auf der Stuhlkante nieder, ehe sie sich zurücklehnt und in einem perfekten Spagat auf den Boden sinkt. Sie greift hinter sich, schwingt den Stuhl nach vorn und stellt ihn vor sich ab.

Gute drei Minuten lang verfolge ich wie gebannt, was sie alles mit diesem Stuhl anstellt. Sie erinnert mich an eine Katze, als sie ihren langen, schlanken Körper um die Stuhlbeine schlängelt, sich über die Lehne beugt und sich auf der Sitzfläche rekelt.

Als die Nummer fast vorbei ist, nimmt sie den Hut ab und wirft ihn ins Publikum, genau wie neulich im *Exotique*.

Diesmal zielt sie damit allerdings genau auf Sig.

Das Haar umspielt ihr Gesicht, verbirgt es aber nicht, sodass ich das Lächeln, das sie ihm dabei schenkt, genau sehen kann. Mir entgeht auch nicht, was für einen Blick sie ihm zuwirft, als sie sich rittlings auf den Stuhl setzt und sich nach hinten beugt. Spätestens jetzt gefriert mir das Blut in den Adern, obwohl es eben noch gekocht hat. Ich muss förmlich die Zähne zusammenbeißen, als ich Sig sagen höre: »Komm mal rüber, dann helfe ich dir beim Ausziehen der übrigen Klamotten.«

Kennedy grinst ihn an und leckt sich mit der Zungenspitze deutlich sichtbar den Mundwinkel. Einen kurzen Augenblick gerate ich in Versuchung, aufzuspringen und Sig mit meinem Stuhl zu verdreschen, bis ich seine Knochen splittern höre. Doch ich bleibe sitzen. Gott weiß, woher ich die nötige Selbstbeherrschung dafür nehme, aber ich bleibe sitzen.

Schäumend vor Wut, verfolge ich, wie Kennedy am Ende ihrer Vorführung mit dem für sie tpyischen Hüftschwung von der Bühne geht und hinter dem Vorhang verschwindet. Wenn Sig weiß, was gut für ihn ist, dann hält er jetzt die Klappe, denke ich, während ich schweigend dasitze und dem Gespräch zwischen Hemi und Sloane lausche.

»Ich wünschte, ich wäre auch so erotisch wie Kennedy«, sagt sie gerade.

»Du bist mit Abstand die erotischste Frau, die ich kenne, Baby. Wenn du da oben in nichts als einem Smokingjackett getanzt hättest, dann würdest du jetzt nackt auf der Bühne liegen, und ich auf dir drauf.«

»Würdet ihr zwei Turteltäubchen jetzt verdammt noch mal den Mund halten? Ich hatte gerade einen Heidenspaß, und dann geht ihr hin und verderbt mir die Laune!«, beschwert sich Sig.

Nun halte ich es endültig nicht mehr auf meinem Stuhl aus. Ehe jemand noch ein Wort sagen kann, springe ich auf und stürme hinter die Bühne, um mich auf die Suche nach Kennedy zu machen. Ich marschiere über das glatte, glänzende Parkett und schiebe die schweren Vorhänge auseinander. Doch wie es aussieht, hat sie den Backstagebereich bereits verlassen. Nachdem ich überall nachgesehen habe, mache ich mich auf den Weg zur Vorderseite des Schiffs, dorthin, wo die Crew untergebracht ist. Als ich bei Kennedys Kabine angelangt bin, koche ich noch immer vor Wut. Ich hebe die Faust, um an ihre Tür zu hämmern.

Kapitel 20

KENNEDY

Als Reese das erste Mal – ziemlich laut – klopft, spiele ich noch mit dem Gedanken, einfach nicht aufzumachen. Doch da er beim zweiten Mal so fest an die Tür hämmert, dass sie beinahe aus den Angeln fliegt, halte ich es für klüger, doch zu öffnen, bevor sie zu Bruch geht. Ich habe keine Lust, dafür verantwortlich gemacht zu werden, dass Reese die dünne Tür meiner Kabine kurz und klein geschlagen hat.

Ich haste zur Tür und reiße sie auf, bereit loszuzetern, doch als ich sehe, wie wütend er ist, überlege ich es mir anders.

Er packt mich an den Oberarmen, schiebt mich, an seine Brust gedrückt, rücklings in den Raum hinein und wirft die Tür hinter sich zu.

»Was, zur Hölle, sollte das da gerade eben?«

Aber ich denke nicht daran, mich von seiner Wut einschüchtern zu lassen. »Ich habe getanzt«, antworte ich ruhig, mit einer Gelassenheit, die zwar nur gespielt ist, aber immer noch besser als gar nichts. »Ich habe das Publikum unterhalten. Genau dafür hast du mich doch angestellt.«

»Ich habe dich nicht eingestellt, damit du mit jedem x-beliebigen auf dieser Jacht flirtest«, faucht Reese aufgebracht.

»Ich dachte, das gehört ebenso zu meinen Aufgaben, wie dir heute an Deck Gesellschaft zu leisten.«

Als ich das gefährliche Funkeln in seinen Augen sehe, weiß ich, dass meine Worte ins Schwarze getroffen haben. »Wenn das so ist, werde ich wohl den vollen Nutzen daraus ziehen müssen, dass du meine Angstellte bist.«

Er klingt jetzt ruhiger, doch sein Zorn ist ihm noch deutlicher anzumerken, und allmählich werde auch ich wütend. »Hast du mir deshalb diese Testergebnisse geschickt? Hast du gedacht, ich werde mit dir schlafen, weil ich für dich arbeite? Sollte das der Fall sein, dann kannst du mich gleich am nächsten Hafen absetzen. Ich finde den Weg nach Hause dann schon allein.«

»Ich habe dir die Testergebnisse durch Karesh zukommen lassen, damit du dich in jeder Hinsicht sicher fühlen kannst, wenn es so weit ist. Und eines kann ich dir versichern: *Wenn* du schließlich in meinem Bett gelandet bist, dann wird das ganz und gar nichts mit deiner Arbeit zu tun haben«, verkündet er mit Nachdruck. »Du wirst dort sein, weil du es nicht mehr aushältst, ohne meine Hände auf deinem Körper zu spüren. Weil du es nicht mehr aushältst, nicht von mir geküsst zu werden.«

»Darauf kannst du lange warten, denn ich komme sehr gut *ohne* all das aus.«

»Ach ja?« Reese mustert mich mit einem eigenartigen Ausdruck. Es dauert einen Augenblick, bis mir klar wird, was es ist: Entschlossenheit. Reese glaubt, ich hätte ihn herausgefordert. Und seinem entschlossen vorgeschobenen Kinn nach zu urteilen, ist er mehr als gewillt, die Herausforderung anzunehmen.

Er umklammert meinen Arm noch fester, wirbelt mich herum und drückt mich mit seinem gesamten Gewicht an die Tür, und als ich erschrocken nach Luft schnappe, macht er sich den Umstand zunutze, dass mein Mund offen steht, und küsst mich.

Kaum hat seine Zunge die meine berührt, kann ich nicht mehr klar denken. Ich kann nur noch fühlen, schmecken und mich an früher erinnern. Sein Angriff kommt derart überraschend und ist mir zugleich so *vertraut*, dass er all meine Sinne im Sturm erobert.

Reese schmeckt noch genau wie damals, und unter dem Duft des teuren Rasierwassers kann ich den gleichen sauberen, männlichen Geruch wie früher ausmachen. Und wie er sich anfühlt … Gott, ich habe nie vergessen können, wie es sich angefühlt hat, wenn er seinen Körper an den meinen schmiegte. Jeder harte Zentimeter, jeder kräftige Muskel ist an meine weichen Rundungen gepresst und wärmt sie, erregt sie.

Reese dreht den Kopf zur Seite und küsst mich noch eingehender, während seine Hände an meinem Arm entlang nach unten gleiten und die meinen umschließen. Dann hebt er unsere ineinander verschlungenen Hände und presst sie über unsere Köpfe an die Tür. Er lehnt sich noch stärker an mich, sodass ich seine Erektion deutlich an meinem Bauch spüren kann. In meinem Kopf dreht sich alles, und mir ist schwindelig, als er unsere Hände wieder nach unten führt und die meinen loslässt, damit er mir die Smokingjacke von den Schultern streifen kann.

Seine Lippen und seine Zunge betören mich, während er die kleinen Knöpfe an meinem Hemd öffnet. Ich habe keine Ahnung, wie lange ich ihm schon mit den Fingern durch die Haare fahre – erst jetzt registriere ich das seidige Gefühl, das mich an leidenschaftliche Küsse vor langer Zeit erinnert.

Die erste Berührung seiner Hände auf meinem nackten Bauch reißt mich fast aus meiner Verzückung, doch dann lässt Reese die Finger über meine Taille hinunter zum Po gleiten. Er hebt mich hoch, und ich schlinge ihm ganz automatisch die Beine um die Hüfte, sodass unsere Körper genau an der richtigen Stelle miteinander in Berührung kommen. Als Reese in meinen Mund stöhnt, bin ich wie elektrisiert.

Längst hat mich die Lust erfasst – ich genieße seine Küsse, die kleinen Geräusche, die er von sich gibt; die Art, wie er sich an mich schmiegt und wie es sich anfühlt. Mein Kopf sinkt ganz wie von selbst zur Seite, damit er meinen Hals küssen kann. Seine Lippen bahnen sich einen Weg von meinem Ohr zum Schlüsselbein, und dann sinke ich nach hinten und falle, falle, falle …

Ich spüre die Matratze unter meinem Rücken, und im selben Moment schiebt Reese mein Hemd auseinander und umschließt mit dem Mund eine Brustwarze. Ich stöhne laut auf und ziehe seinen Kopf an mich, als ich durch den dünnen Stoff meines BHs seine warme, feuchte Zunge spüre. Er spreizt meine Beine und schiebt sich dazwischen, reibt die Hüften an den meinen …

Und dann ist es plötzlich vorbei, genauso jäh, wie es angefangen hat. Reese hebt den Kopf und starrt auf mich herab. Sein Atem geht stoßweise, genau wie bei mir, und seine Augen kommen mir vor wie glitzernde Seen in der atemberaubenden Landschaft seines Gesichts.

»Ich habe dich nie vergessen, Kennedy. Ich habe nie aufgehört, an dich zu denken, an uns. Ich will dich. Das weißt du«, sagt er und senkt den Kopf, um mein Kinn zu küssen. »Und ich werde dafür sorgen, dass du zu mir kommen *willst*, versprochen.« Er wölbt das Becken vor, als wollte er in mich stoßen, obwohl wir beide angezogen sind. »Kämpf nicht zu lange dagegen an.«

Bevor er die Arme durchstreckt, um den Oberkörper anzuheben, streicht er mit den Lippen noch einmal über meine noch immer erregten Brustwarzen. Dann bewegt er sich vom Bett, verlässt meine Kabine und schließt leise die Tür hinter sich.

* * *

Drei Tage später laufen wir unseren ersten Hafen an – Hawaii. Die ganze Reisegesellschaft ist in heller Aufregung, nur ich für meinen Teil weiß nicht so recht, was ich tun soll.

Ich habe Reese den ganzen Tag noch nicht gesehen und auch nichts von ihm gehört. Deshalb habe ich keine Ahnung, welche Rolle mir zukommt. Bisher war er jeden Morgen vor meiner Tür gestanden, um mich zum Training abzuholen, das er zur selben Zeit wie ich machte, dann ließ er mich für den Rest des Tages an Deck kommen, und abends holte er mich zum Dinner ab.

Doch heute – nichts.

Heute habe ich noch nichts von ihm gehört.

Es ärgert mich, dass ich enttäuscht bin und dass mir sein allmorgendlicher Besuch fehlt. Ich rede mir ein, dass ich mich inzwischen einfach daran gewöhnt habe, aber ich weiß, dass es nicht nur daran liegt. Wie er es mir bereits angekündigt hat, ist es Reese gelungen, dass ich mit jeder Nacht, die vergeht, mehr Sehnsucht nach ihm habe. Seit jener Nacht, in der er in meine Kabine gekommen ist, hat er mich nicht mehr tanzen lassen. Und ich liege seither jede Nacht wach, frage mich, ob er wieder zu mir kommen wird. und überlege, was ich in diesem Fall tun würde. Doch er kam nicht, und ich wälzte mich im Bett herum, bis die Sonne über dem Meer aufging. Und er morgens zum Training vor meiner Tür stand.

Doch heute – nichts.

Ich bin gerade im Begriff, zu meinem Work-out mit Brian aufzubrechen, da klopft es an der Tür. Ich muss lächeln. Bis ich feststelle, dass nicht Reese vor meiner Tür steht, sondern Sloane.

Und sie wirkt gar nicht glücklich, ganz im Gegenteil.

»Was ist denn los?«, frage ich ein wenig besorgt.

Sie tritt zu mir, legt die Arme um mich und zieht mich an sich. »Ach, ich finde es nur so schade, dass du nicht mitkommen kannst«, sagt sie bekümmert und drückt mich an sich.

Ich schmunzle, erleichtert und geschmeichelt zugleich. »Geht mir genauso, aber ich muss arbeiten, also …«

Sloane legt den Kopf in den Nacken und mustert mich. »Na ja, zumindest bin ich *sicher*, dass wir uns wiedersehen werden.« Sie zwinkert mir zu und nimmt meine Hand. »Los, komm mit, du musst dich von Hemi und Sig verabschieden, sonst hat Sig bis zum letzten Tag unserer Reise schlechte Laune.«

Ich lache und schließe noch rasch die Tür hinter mir, ehe ich mich von ihr durch den Korridor ziehen lasse. Ich habe Sloane vom ersten Tag an ins Herz geschlossen, und sie wird mir *außerordentlich* fehlen.

Wir nehmen die Treppe, und oben angekommen, erblicke ich durch das Fenster Reese, der sich just in diesem Augenblick von Hemi und Sig abwendet und geht. Wahrscheinlich hat er sich soeben von ihnen verabschiedet. Als wir in die Sonne hinaustreten, ist mein Blick auf die Ecke gerichtet, hinter der er verschwunden ist, aber es hat nicht den Anschein, als würde er noch mal zurückkommen. Ich versuche, deswegen nicht allzu enttäuscht zu sein.

Hemi blickt uns lächelnd entgegen, als Sloane und ich uns

nähern. Sloane schmiegt sich in seine Arme, wie sie es häufig tut, und betrachtet ihn mit unverhohlener Zuneigung. »Bist du sicher, dass du dich uns nicht anschließen willst, Kennedy?«, erkundigt er sich. »Sig hätte sicher nichts dagegen einzuwenden.«

Ich sehe zu Sig, der nachdrücklich nickt. »Nein, ganz im Gegenteil.«

Ich grinse. Wirklich kein Wunder, dass mir die drei von Anfang an sympathisch waren. »Ich sollte wohl lieber an Bord bleiben. Ich kann ja nicht einfach meinen Job hinschmeißen.«

»Und Sie verrichten Ihre Arbeit wirklich ganz ausgezeichnet, wenn ich mir die Bemerkung erlauben darf, Miss Moore«, feixt Sig und zwirbelt dabei einen imaginären Schnurrbart.

»Ohne euch wird es hier bestimmt total langweilig.«

Der Blick, den Hemi und Sloane sich zuwerfen, entgeht mir nicht. »Ähm, ich glaube kaum, dass das ein Problem sein wird«, bemerkt Sloane. »Reese wird dich sicher *ordentlich* auf Trab halten.« Sie zwinkert mir übertrieben zu. Ich lache und winke ab, obwohl ich die Vorstellung insgeheim sehr verlockend finde.

»Aber sieh dich vor«, sagt Hemi mit überraschend ernster Miene. »Reese ist ein äußerst zielstrebiger Mensch.«

»Das weiß ich, und zwar nicht erst seit gestern.«

Danach herrscht einen Augenblick lang betretene Stille, bis Sig mich an sich zieht und mich kräftig umarmt. »Ruf mich an, wenn du mal Lust auf einen Trip in den Süden hast. Ich werde dich mit den Vorzügen der Südstaaten bekannt machen, wie du sie dir in deinen kühnsten Träumen nicht vorstellen kannst. Und Southern Comfort ist nur einer davon!«, sagt er gedehnt, wobei er vielsagend mit den Augenbrauen wackelt und mich loslässt, als ich ihm einen leichten Klaps auf den Arm verpasse.

Noch immer kopfschüttelnd angesichts seiner ungenierten Flirterei verfolge ich, wie die drei die Jacht verlassen. Tja, jetzt hänge ich erst mal in der Luft, bis die ersten Passagiere an Bord kommen und mir jemand sagt, was ich tun soll.

Ich ziehe mich in meine Kabine zurück, und es vergehen keine fünf Minuten, da klopft es erneut. Wieder vollführt mein Magen einen kleinen Satz, doch meine freudige Erwartung wird auch diesmal enttäuscht – jetzt steht Brian vor meiner Tür.

»Morgen, Rotkäppchen. Heute werden wir zwei ein bisschen im Wald herumtollen«, verkündet er mit einem breiten Grinsen.

Ich mustere ihn verständnislos.

»Die Passagiere treffen erst abends ein, das heißt, wir können tagsüber einen Ausflug machen. Oder hast du etwa schon Pläne?«

»Ähm, nein, nicht, dass ich wüsste.«

»Dann pack mal hurtig deinen Kram zusammen«, drängt er und fügt freudestrahlend hinzu: »Es gibt ein paar hübsche Flecken auf der Insel, die wir immer wieder gern abklappern, wenn wir die Möglichkeit dazu haben, aber Lee kann nicht mitkommen. Also wirst du mir Gesellschaft leisten. Zieh bequeme Schuhe an, und nimm dein Schwimmzeug mit, und einen Hut. Und ein Badetuch. Wir treffen uns dann in zwanzig Minuten oben.«

Damit beugt er sich zu mir herunter, küsst mich auf die Wange und macht sich vom Acker.

Ich bin unheimlich froh, dass Brian und ich uns so schnell angefreundet haben. Ich finde ihn wirklich sympathisch. Aber sosehr es mich auch freut, dass er sich um mich kümmert und mich gebeten hat, ihn zu begleiten, bin ich doch auch frustriert, weil ich noch immer nichts von Reese gehört habe.

Ich packe alles Nötige in meine Badetasche, einschließlich des Badetuchs, und rufe mir in Erinnerung, dass wir auf Hawaii sind und dass ich Reese gar nicht brauche, um den Aufenthalt auf dieser wunderschönen Insel zu genießen. Mit diesem Gedanken mache ich mich auf den Weg zum Oberdeck, wo ich mit Brian verabredet bin.

Wie sich herausstellt, ist es unmöglich, mit Brian *keinen* Spaß zu haben. Meine schlechte Laune verfliegt im Nu, und es wird ein rundum traumhafter Tag. Wir fahren mit einem gemieteten Jeep zu einem einige Kilometer entfernten Wanderweg. Die Route führt uns auf einen Vulkan namens Hualalai. Anschließend gehen wir in Kailua Kona shoppen und fahren dann eine kurze Strecke mit dem Rad durch ein Wäldchen, bis wir an einem traumhaften Privatstrand ankommen. Es ist der Himmel auf Erden.

Während wir im kristallklaren Wasser des Pazifik herumplanschen, unterhalten wir uns über alles Mögliche, wie es unter Freunden eben üblich ist – unter anderem auch über unser Liebesleben.

»Normalerweise komme ich mit Lee hierher. Hier kann man wunderbar ein bisschen traute Zweisamkeit genießen, ohne Passagiere, Arbeitgeber oder andere Mitglieder der Crew.« Er zwinkert mir verschwörerisch zu.

»Lee ist also dein … ähm …«

»Lover?«, fragt er mit einem Grinsen. »Ja, könnte man so sagen.«

»Ich wollte nicht … ich meine, ich … ich bin es nicht gewohnt, über so etwas zu reden.«

»Hast du denn zu Hause keine Freundinnen, mit denen du so etwas besprichst?«

Ich zucke die Achseln und konzentriere mich auf die Bewegung meiner Hände unter der glitzernden Wasseroberfläche. »Eigentlich nicht. Es fällt mir schwer, Leute an mich heranzulassen.«

»Dann lass uns gleich mal damit anfangen«, erklärt Brian mit einer ausladenden Geste. »Los, los, frei machen«, fordert er mich auf, packt mich an der Hand und zieht mich zum Strand zurück.

»Wie, frei machen?«, keuche ich, darum bemüht, mit ihm Schritt zu halten, was in dem hüfthohen Wasser gar nicht so einfach ist.

»Das bedeutet, dass wir uns ausziehen und uns die Sonne *überhallhin* scheinen lassen.«

Ich entwinde ihm meine Hand. »Das ist nicht dein Ernst, oder? Ich denke ja gar nicht daran, mich in aller Öffentlichkeit bis aufs Letzte auszuziehen.«

Brian beibt stehen und wirft mir einen konsternierten Blick zu. »Von ›in aller Öffentlichkeit‹ kann hier wohl kaum die Rede sein«, sagt er und deutet auf den leeren, von Bäumen gesäumten Strand.

»Aber …«

»Kein Aber. Du musst dringend ein bisschen lockerer werden. Und ich werde dir dabei helfen.«

»Das glaube ich kaum.«

Brian hält erneut inne und legt die Stirn in Falten. »Was ist denn los? Hast du dich etwa nicht sorgfältig rasiert? Versteckst du da unten einen Zopf, der Rapunzel alle Ehre machen würde?«

Angesichts seines beleidigten Gesichtsausdrucks muss ich

einfach lachen. »Du bist total gaga, das ist dir schon klar, oder? Was hat es mit deinen ständigen Märchen-Anspielungen auf sich?«

»Lenk nicht vom Thema ab. Du hast mich neugierig gemacht. Was versteckst du vor mir?«

»Gar nichts, Herrgott noch mal.«

»Okay, dann mal runter mit dem Bikini.«

Bei unseren Badetüchern angekommen, lässt er meine Hand los und beginnt, sich auszuziehen. Ich verfolge, wie er sich ungeniert aus der Badehose schält und betrachte seinen fantastischen Körper. Wie es aussieht, sonnt er sich ziemlich oft nackt – ich kann keine einzige weiße Stelle an seinem Körper entdecken.

»Das ist der Bischof«, erklärt er, als er meinen Blick bemerkt.

Ich hebe amüsiert die Augenbrauen, und meine Mundwinkel zucken. »Du nennst deinen … dein bestes Stück ›den Bischof‹?«

»Na klar! Wenn du einen solchen Schwanz hättest, würdest du ihm doch auch einen coolen Namen geben, oder?«

Ich gebe ihm kichernd recht, und er schenkt mir ein zufriedenes, entspanntes Lächeln. »Jetzt bist du dran.«

Er macht es sich auf seinem Handtuch bequem, verschränkt die Arme unter dem Kopf und schließt die Augen, als würde er ahnen, dass ich mich unwohl fühle, wenn er mir dabei zusieht. Ich betrachte ihn kurz und überlege, ob ich noch mal ins Wasser gehen oder mich einfach im Bikini auf meinem Badetuch niederlassen soll.

»Meine Augen sind zwar zu, aber ich weiß trotzdem, dass du immer noch zu viel anhast«, meldet sich Brian in singendem Tonfall zu Wort. Ich verdrehe die Augen. »Da kannst du deine großen, grünen Augen verdrehen, sooft du willst.«

Jetzt muss ich laut lachen. »Bist du sicher, dass du die Augen geschlossen hast?«

»Nun mach schon, Herrgott noch mal.«

Ich atme hörbar aus. »In Ordnung, aber versprich mir, dass du keiner Menschenseele davon erzählst.«

»Das kann ich dir nicht versprechen. Wer weiß, womöglich muss ich deine körperlichen Vorzüge ja irgendwann einem der Passagiere beschreiben.«

»Untersteh dich!«, rufe ich und greife nach den Bändern meines Bikinioberteils.

Diesmal lacht Brian. »Keine Sorge, ich werde mich hüten – es sei denn, du willst es.«

»Ganz sicher nicht«, sage ich nachdrücklich, lege blitzschnell meinen Bikini ab – erst das Oberteil, dann das Höschen – und lasse mich auf mein Badetuch fallen.

»Ich bezweifle ohnehin, dass das gut ausgehen würde.«

»Was soll das nun wieder heißen?«

»Ich schätze mal, unser furchtloser Anführer würde jeden unglückseligen Burschen, der sich auch nur in deine Nähe wagt, vierteilen und den Fischen zum Fraß vorwerfen.«

Ich drehe den Kopf zur Seite und mustere Brian, der blinzelnd zu mir herüberblickt.

»Wie kommst du denn darauf?«

»Missy, es sieht doch ein Blinder, dass er eine Schwäche für dich hat.«

»Hat er nicht.«

Brian schnaubt. »Wie du meinst.«

Er schließt die Augen und wendet das Gesicht erneut der

Sonne zu. Ich kaue kurz auf meiner Unterlippe herum, dann frage ich: »Warum hast du das überhaupt gesagt?«

Brian schmunzelt. »Ich kenne ihn. Ich weiß, wie er mit schönen Frauen umgeht und wann er eine von ihnen begehrt. Ich hab's oft genug erlebt. Glaub mir, der Mann steht auf dich.«

Das ist nicht genau die Antwort, die ich mir erhofft habe. »Dann sollte er sich mal lieber auf eine Enttäuschung gefasst machen, denn ich werde mich nicht von ihm einwickeln lassen.«

»Hm ja, schon klar«, murmelt Brian sarkastisch. »Heißes Fahrgestell übrigens.«

Ich hebe ruckartig den Kopf an. Brian grinst mich breit an. »Du solltest doch nicht gucken!«, knurre ich und verpasse ihm einen Klaps auf den muskulösen Arm.

»Ich musste mich doch davon überzeugen, dass ich kein Buschmesser mieten muss, solange wir hier sind.«

Ich verziehe lachend das Gesicht »Du bist echt krank.«

Danach schweigen wir eine Weile. Die angenehme Gesellschaft und die warmen Sonnenstrahlen wirken äußerst entspannend auf meine Muskeln, und schon bald bin ich kurz davor wegzudösen. Genau in diesem Moment habe ich plötzlich das Gefühl, beobachtet zu werden. Ich spüre, wie sich meine Nackenhaare sträuben, und halte die Arme schützend vor der Brust, ehe ich mich aufsetze und mich suchend umblicke. Doch es ist niemand zu sehen. Wir scheinen mutterseelenallein am Strand zu sein. Als ich mich wieder hinlege, frage ich mich allerdings, ob Reese sich womöglich auf die Suche nach uns gemacht hat. Bei der Vorstellung seiner Lippen auf meinem Körper stellen sich sogleich meine Brustwarzen auf.

Das war's dann mit der Entspannung.

Kapitel 21

REESE

Ich habe keine Ahnung, ob Brian und Lee klar ist, dass ich von ihrem Verhältnis weiß. Aber ich müsste schon blind sein, wenn es mir nicht längst aufgefallen wäre. Männer haben einen sechsten Sinn, was das angeht.

Ich habe nie etwas gesagt, weil es bislang kein Problem war, und ich hoffe, es bleibt dabei.

Nachdem ich heute Vormittag vergeblich an Kennedys Kabinentür geklopft habe, dauerte es nicht allzu lang, herauszufinden, dass sie mit Brian einen Ausflug unternommen hat. Lee hat mir bereitwillig erzählt, wo Brian mit ihr hingefahren ist. Keine Ahnung, ob Brian ihm erzählt hat, wo er hinwill, oder ob die beiden ein paar Lieblingsstrände haben, die sie immer frequentieren, wenn sie freihaben. Wie dem auch sei, ich habe Kennedy schließlich ausfindig gemacht.

Ich konnte schon von Weitem ihre Stimmen und ihr gedämpftes Lachen hören, als ich dem schattigen Pfad durch den dichten Wald folgte. Der vertraute Klang von Kennedys Stimme ließ keinen Zweifel daran aufkommen, dass ich hier richtig war. Obwohl ich erwartet hatte, sie am Ende des Pfades vorzufinden, war ich nicht auf den Anblick vorbereitet, den sie bot, als sie dort nackt an dem weißen Sandstrand lag, eingehüllt in den goldenen Glanz der Sonne. Und auch die

Eifersucht, die ich in Anbetracht des Mannes an ihrer Seite verspürte, traf mich unvorbereitet.

Die Tatsache, dass Brian schwul ist, macht keinen Unterschied. Ich will nicht, dass irgendein anderer Mann Kennedy so zu sehen bekommt.

Während ich die beiden beobachte und überlege, wie ich mich ihnen am besten nähern soll, wird Kennedy allmählich ruhiger. Ihr Gesicht ist der Sonne zugewandt und wirkt entspannt, gerade so, als könnte sie jeden Moment einschlafen. Ich lasse den Blick über ihre perfekte Silhouette gleiten. Hohe Wangenknochen und zarte Arme, die seitlich neben dem Körper liegen, üppiger, fester Busen, flacher Bauch, leicht hervortretende Beckenknochen und zwischen den schlanken Oberschenkeln ein kleines, kurz geschorenes Dreieck. Noch nie habe ich eine Frau so sehr begehrt, wie ich Kennedy in diesem Augenblick begehre. Noch nie.

Sie zu berühren … die Hände auf sie zu legen und die Finger in sie gleiten zu lassen … ihre zarte Haut zu küssen und ihr feuchtes Begehren zu spüren, wenn ich meinen Schwanz tief in ihr vergrabe …

Just in diesem Moment hebt sie eine Augenbraue und dreht dann den Kopf zur Seite, als könnte sie meinen Blick spüren. Sie verschränkt die Arme vor der Brust, richtet sich auf und sieht sich um. Da sie die Augen zusammengekniffen hat, kann ich nicht erkennen, wohin genau sie blickt, aber es hat ganz den Anschein, als würde sie die Umgebung nach etwas oder jemandem absuchen. Nachdem sie sich davon überzeugt hat, dass sie allein sind, legt sie sich wieder hin und lässt die Arme sinken.

Wenn ich mir vorstelle, wie ich eine ihrer kleinen rosa Knospen lecke, läuft mir regelrecht das Wasser im Mund zusammen. Ich lasse sie nicht aus den Augen, und als ich sehe, wie ihre Brustwarzen hart werden, zuckt der Schwanz in meinen Shorts.

Ich unterdrücke ein Stöhnen und kämpfe gegen den Drang an, zu Kennedy zu gehen, über ihre warme Haut zu lecken und die Feuchtigkeit zwischen ihren Beinen aufzusaugen. So wie die Dinge zurzeit zwischen uns stehen, würde sie es ohnehin nicht geschehen lassen, zumal Brian neben ihr liegt.

Außerdem will ich, dass sie mich anfleht, all das zu tun. Und das wird sie. Der Augenblick wird nicht mehr lange auf sich warten lassen. Viel kürzer, als sie denkt.

Kapitel 22

KENNEDY

Als Brian und ich zum Schiff zurückkommen, bin ich angenehm erschöpft. Inzwischen ist ein heftiger Sturm aufgezogen, was unseren Ausflug jedoch nicht nennenswert verkürzt hat – wir hätten ohnehin zurückgemusst.

Ich habe mich auf meinem Bett ausgestreckt, noch nicht bereit, mich von dem angenehm entspannten Gefühl zu verabschieden, das meinen Körper seit dem Nickerchen am Strand erfasst hat, als die Tür auffliegt, was mich jäh zusammenfahren lässt.

Selbst in dem gedämpften Licht, das durch das kleine Fenster hereindringt, kann ich erkennen, wie wunderschön die Frau ist, die da so plötzlich hereingeplatzt ist. Vor dem Hintergrund des Korridors zeichnet sich klar ihre sanduhrförmige Silhouette ab. Ihre zimtbraune Lockenmähne umrahmt ihr blasses, ovales Gesicht, ihre üppigen Lippen sind zu einem kleinen »O« geformt.

»Wer bist du denn?«

»Ich heiße Kennedy«, erwidere ich, obwohl ich mich noch nicht ganz von dem Schrecken erholt habe.

»Was machst du hier?«

»Das ist meine Kabine.«

»Seit wann?«

»Seit wir vor einer Woche in Los Angeles abgelegt haben.«

»Hm, da liegt ganz offensichtlich ein Missverständnis vor«, sagt sie lächelnd. »Ich werde das klären. Keine große Sache.«

»Was für ein Missverständnis?«

»Das hier war schon immer meine Kabine.«

»Das wusste ich nicht. Karesh meinte, Reese hätte ihm aufgetragen, mir diese Unterkunft zuzuteilen, also …«

Ich sehe, wie sie eine ihrer rotbraunen Augenbrauen hebt. »Im Eeeeernst?«

»Ja, aber wenn es deine Kabine ist, dann wird er mich sicher woanders unterbringen können.«

Schon die Vorstellung, in eine dieser winzigen Mehrbettkabinen ohne Fenster gesteckt zu werden, wirft einen dunklen Schatten über diesen bisher so schönen Tag. Aber es war nie meine Absicht, jemandem den Platz streitig zu machen. Ich habe nur getan, was man mir aufgetragen hat.

»Ich möchte dich nicht rauswerfen, aber das ist die einzige Kabine mit einem größeren Bett und … na ja … Reese kommt mich gern besuchen.«

Sie zwinkert mir vielsagend zu.

Mir wird flau.

»Oh. Verstehe.«

»Tja …«

»Dann rufe ich gleich mal Karesh an, damit er mich woanders unterbringt. Meine Sachen sind schnell gepackt.«

»Okay«, sagt sie zufrieden und rollt ihren Koffer in die Kabine. »Ich bin übrigens Amber.«

»Schön dich kennenzulernen, Amber«, erwidere ich flüchtig und versuche, wenigstens so zu tun, als wäre es ehrlich gemeint, obwohl ich alles andere als erfreut bin. Ich gehe zum

Telefon, wobei mir der Duft ihres teuren Parfüms in die Nase steigt, und wähle Kareshs Nummer.

»Was treibst du auf dem Schiff?«, erkundigt sich Amber und lehnt ihren Koffer an den Schrank.

»Ich tanze«, antworte ich und lausche dem Freizeichen.

Amber öffnet die Schranktüren und schnappt nach Luft. »Wow, gehört das alles dir?«, will sie wissen. Im selben Augenblick meldet sich Karesh.

»Hi, Karesh. Sie haben vermutlich gerade zu tun, aber könnten Sie mir bitte eine andere Kabine besorgen? Wie es aussieht, gehört die, in der ich zurzeit untergebracht bin, Amber.«

»Nein, Ma'am. Es war Mister Spencers ausdrücklicher Wunsch, dass Sie dort wohnen.«

Mir steigen Tränen in die Augen, als ich an Ambers Worte denke: *Das ist die einzige Kabine mit einem größeren Bett und... na ja... Reese kommt mich gern besuchen.* Dass ich diese komfortable Kabine mit einem Bullauge bekommen habe, war nur Teil seines Verführungsplans, mehr nicht. Es ging ihm nicht darum, mir eine Sonderbehandlung angedeihen zu lassen, weil wir vor Jahren mal etwas miteinander hatten. Er hat mir diese Unterkunft nicht zugeteilt, damit ich mehr Privatsphäre habe, sondern einzig und allein deshalb, weil es für ihn bequemer ist.

Tja, aber da hat er die Rechnung ohne den Wirt gemacht. *So nicht, mein Lieber!*

»Hören Sie, Karesh, ich möchte Ihnen keine Schwierigkeiten machen, aber wenn Sie mir keine andere Kabine organisieren, mache ich mich selbst auf die Suche nach einer neuen Unterkunft.«

»Ich werde mit Mister Spencer Rücksprache halten und

melde mich dann wieder bei Ihnen. So lange bleiben Sie bitte, wo Sie sind.«

Er legt auf, bevor ich etwas erwidern kann. Ich starre einen Moment lang das Telefon an, dann lege ich auf und drehe mich zu Amber um, die noch immer mit gerunzelter Stirn vor dem offenen Schrank steht.

»Du bist also diejenige, welche.«

»Was meinst du?«

»Du bist diejenige, der er als Nächstes den Vorzug geben wird. Ich habe das schon mal erlebt, aber es hat nicht allzu lange gedauert. Innerhalb einer Woche war ich wieder bei ihm oben.«

Ich habe keine Ahnung, ob sie ganz bewusst Salz in die Wunde streut, aber wenn, dann hat sie damit Erfolg.

»Mach dir meinetwegen mal keine Gedanken, ich habe nicht die Absicht, die nächste Kerbe an seinem Bettpfosten zu sein.« Ich verstumme schuldbewusst. Das war nicht nett. »Nichts für ungut.«

»Schon okay. Reese gehört zu den Typen, die es wert sind. Wenn dir das bis jetzt nicht klar ist, dann wirst du es schon noch merken. Und ich mache auch keinen Hehl daraus, dass ich bereit bin, für ihn zu kämpfen.«

»Das wird nicht nötig sein. Ich habe nicht das geringste Interesse an Reese, glaub mir.«

»Schätzchen, das habe ich anfangs ebenfalls gedacht, genau wie die meisten anderen auch. Ich stamme aus einer angesehenen Bostoner Familie und bin nicht auf den Kopf gefallen. Ich habe mein Studium in Stanford mit Auszeichnung abgeschlossen. Ich könnte mir ohne Weiteres ein schönes Leben *ohne* Mann machen. Sogar als Tänzerin. Aber als ich Reese kennengelernt habe … Na ja, du weißt schon. Er ist der

Typ Mann, bei dem plötzlich alles anders ist. Ich weiß, dass er früher oder später heiraten und Kinder haben wird, und ich werde sicherstellen, dass *ich* seine Auserwählte bin, wenn es so weit ist.«

»Dann viel Glück«, sage ich schlicht und kämpfe gegen den Drang an, mich auf ihr schönes lila Kleid zu übergeben. Ich schiebe mich an ihr vorbei, hole meinen Koffer aus der Luke am Ende des Betts und beginne, wahllos Schubladen zu öffnen und Kleider in den Koffer zu werfen. »Die Sachen im Schrank hole ich, sobald ich eine neue Bleibe habe.«

»Keine Eile. Ich komme mit und helfe dir bei der Suche. Vielleicht finden wir ja eine leere Kabine, die du nicht teilen musst.«

Amber schenkt mir ein freundliches Lächeln und räumt die letzte Schublade für mich leer, indem sie meine Blusen fein säuberlich in eine Ecke meines Koffers stapelt. Ich fege noch die Toilettenartikel, die neben dem Waschbecken stehen, schwungvoll in den Koffer und ziehe den Reißverschluss zu, dann hebt Amber ihn vom Bett und stellt ihn auf den Boden. »Lass ihn vorerst hier. Du kannst ihn nachher holen. Ich muss in einer Stunde zum Abendessen oben sein, und danach soll ich tanzen, aber ich habe noch genügend Zeit.«

Bei ihren Worten wird mir das Herz schwer. Ich bin weder nach oben gebeten worden, noch wurde mir gesagt, dass ich tanzen soll. Aber in Anbetracht von Ambers Ankunft erstaunt mich das nicht weiter. »Danke«, sage ich und lächle mit zitternden Lippen. Sie erwidert mein Lächeln und hakt sich bei mir unter, als wäre ich ihre beste Freundin, und so machen wir uns auf die Suche nach einer neuen Bleibe für mich.

Kapitel 23

REESE

Mit jeder Minute, die Kennedy auf sich warten lässt, werde ich noch wütender. Ich habe Karesh gebeten, sie zum Abendessen raufzuschicken, aber sie ist nicht aufgetaucht. Es fällt mir zusehends schwer, mich mit meinen Gästen zu unterhalten und meine wachsende Verärgerung zu unterdrücken.

»Meinst du nicht auch, Reese?«, fragt Amber von der gegenüberliegenden Seite des Tischs. Ich blicke in ihre veilchenblauen Augen und zermartere mir das Hirn. Worüber hatten wir uns noch gleich unterhalten? Sie lächelt und zwinkert mir zu, doch heute kann ich leider nichts damit anfangen. Die einzige Frau, an die ich denken kann, ist Kennedy.

»Verzeihung«, murmle ich, schiebe meinen Stuhl nach hinten und lege die Serviette ab, ehe ich mich erhebe.

Ich bin schon fast an der Tür, als ich eine Hand auf meinem Arm spüre. Amber ist mir gefolgt.

»Nicht jetzt, Amber«, knurre ich, ehe sie etwas sagen kann.

»Suchst du Kennedy?«, fragt sie.

Ich runzle die Stirn. »Du hast sie bereits kennengelernt?«

»Ja, vorhin.«

Mir ist klar, was das bedeutet. »Was hast du zu ihr gesagt?«, zische ich wütend. Ich weiß, wie gehässig Frauen sein können. Ich wette, Amber hat es geschafft, die Dinge in einem möglichst unvorteilhaften Licht erscheinen zu lassen. Zweifellos ist das der Grund dafür, dass Kennedy nicht erschienen ist.

Amber hebt eine Augenbraue. »Sie war in meiner Kabine, aber sie hat gleich angeboten, sich eine andere zu suchen, und ich habe ihr dabei geholfen. Das war alles. Es ging alles ganz friedlich über die Bühne, und ich habe gar nichts zu ihr *gesagt*.«

»Dazu hattest du kein Recht. Der Belegungsplan ist nicht deine Angelegenheit«, fauche ich gereizt.

»Das ist mir jetzt klar. Ich dachte, es liegt bloß ein Missverständnis vor. Und es ist weiß Gott nicht so, als hätte ich sie ausquartiert. Sie hat von sich aus vorgeschlagen, das Zimmer zu räumen.«

»O ja, das kann ich mir vorstellen.« Ich beiße so heftig die Zähne zusammen, dass mein Kiefer schmerzt. »In welcher Kabine ist sie jetzt?«

»In der Vier, direkt neben der Küche. Ich habe versucht, eine Bleibe für sie zu finden, die sie für sich allein hat, und du weißt ja, neben der Küche will niemand wohnen.«

»Und natürlich hast du sie genau dort untergebracht.« Ich balle die Hände zu Fäusten.

»Hey, ich wollte nur helfen«, verteidigt sich Amber. »Geh doch zu ihr, wenn du dir solche Sorgen um sie machst.«

»Genau das werde ich tun. Und du wirst dich in Zukunft gefälligst von ihr fernhalten.«

Amber starrt mich eine Sekunde lang an, dann nickt sie zwei Mal, dreht sich ohne ein weiteres Wort um und geht.

Schäumend vor Wut, mache ich mich auf den Weg zu der Treppe, die zum Crewbereich führt. Beim Anblick der geschlossenen Tür von Kabine vier verspüre ich jäh den Wunsch, sie mit einem kräftigen Tritt einzutreten.

Doch ich atme tief durch, klopfe an und warte ab. Dass keine Antwort kommt, facht meinen Zorn noch zusätzlich an. Ich klopfe erneut, aber wieder tut sich nichts. »Kennedy, ich weiß, dass du da drin bist!«, belle ich und klopfe ein drittes Mal an, um ihr noch eine letzte Chance zu lassen. Da sie auch darauf nicht reagiert, drehe ich kurzerhand am Knauf. Die Tür schwingt auf, und ich trete ein, bereit loszuzetern, sobald sich meine Augen an das Dämmerlicht gewöhnt haben. Doch beim Anblick der Gestalt, die in Embryostellung am Fußende des Stockbetts zu meiner Linken liegt, ist meine Wut auf einen Schlag verpufft. Kennedy hat die Augen geschlossen, und selbst im Halbdunkel ist deutlich zu erkennen, dass sie die Stirn furcht und ungewöhnlich blass ist.

Ich trete zu ihr und beuge mich über sie. »Ist alles in Ordnung?« Meine Stimme klingt ruhig und kühl, aber innerlich bin ich vor Sorge ganz aufgewühlt. Ist sie krank? Stimmt irgendetwas nicht mit ihr? Sie sieht nicht gut aus, wie sie dort auf dem Bett liegt, so unheimlich still …

»Geh«, haucht sie mit leiser Stimme.

»Kennedy, sag mir, was los ist.« Ich weiß, dass mein Ton schärfer ist als beabsichtigt, aber ich will eine Antwort hören.

»Ich glaube, ich bin seekrank«, stöhnt sie, ohne die Augen zu öffnen.

Ich hatte überhaupt nicht daran gedacht, dass der aufziehende Sturm und die damit einhergehende raue See ihr zu schaffen machen könnten. Bis jetzt hatte sie keinerlei Probleme, aber bis heute war das Meer ja auch stets spiegelglatt gewesen.

»Dagegen haben wir sicher etwas an Bord. Ich bin gleich wieder da.«

Ich gehe zu Karesh, der wie erwartet in seinem Büro anzutreffen ist.

»Wir haben doch sicher Tabletten gegen Seekrankheit an Bord, oder?«

Er erhebt sich sogleich. »Natürlich, Sir. Ist Ihnen übel?«, erkundigt er sich.

»Nein, nicht mir, sondern Kennedy.« Mein Ärger von vorhin flammt wieder auf. »Warum haben Sie mir nicht gesagt, dass sie in einer anderen Kabine ist?«

»Mir war nicht klar, dass sie umgezogen ist. Ich habe Caesar runtergeschickt, um ihr auszurichten, dass sie zum Abendessen an Deck erscheinen soll. Er hat gesagt, sie würde kommen.«

»Weiß Caesar überhaupt, wie sie aussieht? Ist er nicht erst in Hawaii an Bord gegangen?«

»Ja, das ist er, aber ich dachte … Mein Fehler, Sir. Es wird nicht wieder vorkommen.«

Ich beiße die Zähne zusammen. »Das will ich hoffen. Wie dem auch sei, jetzt braucht sie erst mal etwas gegen die Seekrankheit.«

»Ich kümmere mich darum, Sir. In welcher Kabine ist sie jetzt?«

»Geben Sie mir einfach die Tabletten, ich bringe sie ihr.«

»In Ordnung, Sir.« Karesh durchquert das Büro und öffnet die zweite Schublade an einem seiner drei Schränke. Karesh hat viele Fähigkeiten. Unter anderem kann er Erfahrung im medizinischen Bereich vorweisen und ist deshalb bei Bedarf für die Erstversorgung von Kranken und Verletzten zuständig, bis wir auf der nächsten Insel einen Arzt an Bord kommen lassen können.

Er entnimmt der Schublade eine kleine Schachtel und

reicht mir einen silbernen Blisterstreifen mit Tabletten. »Hier, davon kann sie alle vier bis sechs Stunden eine nehmen. Sie soll sie einfach behalten, für alle Fälle. Wenn sie Nachschub braucht, lassen Sie es mich bitte wissen.«

»Ist gut.« Ich wende mich zum Gehen.

»Ich entschuldige mich noch einmal für das Durcheinander, Sir.«

»Schon gut, solange es nicht noch mal vorkommt. Kennedy ist ... sie ist ... sie ist anders. Sie ist nicht wie die anderen. Ich möchte nicht, dass sie so behandelt wird, als wäre sie es.«

Karesh nickt. »Jawohl, Sir. Wie Sie wünschen.«

Noch immer wütend über die Tatsache, dass Kennedy ausquartiert wurde, kehre ich zurück zu Kabine vier, mit einem Zwischenstopp in der Crew-Kombüse, um eine Flasche Wasser aus dem Kühlschrank zu holen. Als ich die Kabine betrete, finde ich sie leer vor.

Ich eile wieder hinaus auf den Korridor. Das darf doch nicht wahr sein!, denke ich aufgebracht. *Sogar wenn sie krank ist*, versucht sie mir aus dem Weg zu gehen!

Während ich noch überlege, wo sie stecken könnte, geht die Tür zu einer der Toiletten im Korridor auf. Ich drehe mich um und sehe Kennedy herauswanken. Im selben Moment neigt sich das Schiff zur Seite, und sie verliert beinahe das Gleichgewicht. Sie lehnt sich an die Wand und kneift die Augen zu. Ihr Gesicht nimmt eine grünliche Färbung an.

»Was, zum Teufel, machst du hier draußen?«

»Ich dachte, ich müsste mich noch mal übergeben. Mein Magen ist zwar schon leer, aber ich muss trotzdem immer wieder würgen.«

Ich schiebe die Wasserflasche in die eine Hosentasche und die Tabletten in die andere und bücke mich, um Kennedy hochzuheben. Vor ihrer Kabinentür halte ich kurz inne, doch bei der Vorstellung, dass sie noch ein paar Mal aufstehen und auf dem Weg zur Toilette womöglich hinfallen könnte, gehe ich kurzerhand weiter.

»Wohin willst du? Ich bin doch jetzt hier untergebracht.«

»Nicht heute Nacht.«

»Reese, lass mich sofort runter. Ich kann gehen, und ich kann sehr wohl in meiner Kabine schlafen.«

»Natürlich kannst du das«, erwidere ich und verstärke meinen Griff.

»Reese, ich mein's ernst. Ich brauche keine Sonderbehandlung. Ich will das nicht. Ich weiß, warum du das tust, aber deine Rechnung wird nicht aufgehen. Ich werde nicht mit dir schlafen.«

Ich bleibe stehen. »Ich tue das nicht, damit du mit mir schläfst«, sage ich mit einem Blick in ihre grünen Augen, die jeglichen Glanz verloren haben. »Aber ich lasse dich ganz sicher nicht hier unten, wenn du krank bist. Darf ich mich denn nicht einfach um dich kümmern?«

»Nein.«

»Warum nicht?«

»Weil ich deine Angestellte bin. Für eine andere Angestellte würdest du das auch nicht tun. Also, keine Extratouren für mich.«

Am liebsten würde ich sie an mich drücken, sie schütteln und küssen. Alles auf einmal. »Du bist für mich weit mehr als bloß eine Angestellte, Kennedy. Gewöhn dich besser schon mal daran.«

»Genau das hast du zu Amber auch schon gesagt, stimmt's?«

Das Schiff schwankt erneut, und ich stelle mich automatisch etwas breitbeiniger hin, um nicht das Gleichgewicht zu verlieren. Kennedy birgt das Gesicht an meiner Brust und stößt einen gurgelnden Laut hervor. Ich finde es grauenhaft, sie so leiden zu sehen. Und ich finde es grauenhaft, dass sie sich mit Händen und Füßen dagegen wehrt, von mir umsorgt zu werden. Aber noch viel grauenhafter finde ich, dass sie denkt, Amber würde mir genauso viel bedeuten wie sie. Oder hätte mir einmal genauso viel bedeutet.

Ich drücke Kennedy an mich und trage sie ruhig ans andere Ende der Jacht. Ich weiß, dass sie nicht damit einverstanden wäre, die Nacht in meiner Kabine zu verbringen. Deshalb bleibe ich vor der Gästekabine daneben stehen. Karesh weiß, dass diese Kabine leer zu sein hat, wenn ich an Bord bin. Ich mag es nicht, wenn jemand nebenan schläft – selbst wenn es sich dabei um die Frauen handelt, mit denen ich Sex habe.

Doch heute Nacht mache ich eine Ausnahme. Für Kennedy. Denn ich will sie in meiner Nähe wissen, um ihretwillen genauso wie um meinetwillen. Ich möchte ein Auge auf sie haben.

Ich öffne die Tür, trete ein und setze sie behutsam auf dem Bett ab. Sie rollt sich sogleich wieder auf die Seite und zieht die Knie an.

Ich hole das Wasser und die Tabletten aus den Hosentaschen. »Hier, die sollten helfen.«

Damit schraube ich die Flasche auf, drücke eine Tablette aus der Verpackung und reiche ihr beides. Sie schiebt sich die Tablette in den Mund, spült sie mit einem Schluck Wasser hinunter und hält mir zitternd die Flasche hin. »Danke.«

»Du solltest dich bald besser fühlen.« Ich stelle das Wasser auf dem Nachttisch ab.

Wir schweigen ein, zwei Minuten lang, dann sagt sie: »Du musst nicht bleiben, Reese. Ich komme schon klar.«

»Ich werde dir nicht von der Seite weichen, ehe ich sicher bin, dass es dir besser geht.«

»Es geht mir gut. Ich bin bloß ein bisschen seekrank.«

»Mir egal, ich bleibe trotzdem hier.«

Sie seufzt, erhebt aber keine weiteren Einwände, also lasse ich mich auf dem Sessel in der Ecke nieder und verfolge, wie ihre Atemzüge allmählich tiefer werden und sich ihr Gesicht etwas entspannt. Obwohl ich weiß, dass ich das Einzige getan habe, was gegen Seekrankheit hilft, fühle ich mich hilflos. Kennedy hat recht – sie braucht mich nicht. Ich könnte ohne Weiteres gehen. Das Problem ist: Ich will nicht gehen. Und das ist *in der Tat* ein Problem.

Kapitel 24

KENNEDY

Ich fühle mich wie unter Drogen, als ich die Augenlider öffne und mich umsehe. Jemand schüttelt mich sanft an der Schulter.

Es ist Reese, der mich drängt, noch eine Tablette und einen Schluck Wasser zu nehmen. Ich tue benommen wie geheißen, dann lasse ich mich wieder nach hinten sinken und nicke schon bald ein.

Als ich einige Zeit später erneut erwache, fühle ich mich immer noch total groggy. Ich sehe mich verwirrt um und erblicke Reese auf dem Sessel in der Ecke. Er beobachtet mich. Mir gehen tausend Dinge durch den Kopf, aber ich habe keine Lust, mir Gedanken darüber zu machen. Dafür fehlt mir die Kraft.

In dem Wissen, dass sich jemand um mich kümmert und dass Reese in der Nähe ist und nicht bei Amber oben oder in ihrer Kabine, kann ich mich entspannen und schlafe wieder ein.

* * *

Ich bin wieder wach und habe keine Ahnung, wie viel Zeit vergangen ist. Mein Kopf fühlt sich schwer an, und ich sehe alles nur verschwommen, aber zumindest schwankt das Zimmer nicht mehr so heftig. Entweder das, oder mein Magen hat sich inzwischen daran gewöhnt.

Ich weiß genau, wo ich bin. Der Sessel, in dem Reese saß, als ich das letzte Mal eingeschlummert bin, ist jetzt leer. Ich bin sowohl erleichtert als auch enttäuscht, sofern das überhaupt möglich ist. Er hat versprochen, bei mir zu bleiben. Ich bin erleichtert, dass er es doch nicht getan hat, denn es ist entwürdigend, von jemandem in diesem Zustand gesehen zu werden, zumal ich Reese ja demonstrieren wollte, dass ich stärker bin, als er mich in Erinnerung hat. Zugleich bin ich auch enttäuscht, denn der Umstand, dass Reese schon wieder verschwunden ist, beweist nur, dass er noch immer durch und durch der Lügner ist, der er war, seit ich ihn kenne. Ich bin ihm so unwichtig, dass er mir nicht einmal die Wahrheit sagt, wenn ich krank bin, geschweige denn, wenn es mir gut geht.

Ich greife nach der Wasserflasche und nehme einen großen Schluck, um mir damit den Mund auszuspülen, ehe ich schlucke. Dann drehe ich mich auf den Rücken, ganz langsam und behutsam, für den Fall, dass sich diese scheußliche Übelkeit noch nicht komplett verflüchtigt hat. Wow, dieses Bett ist viel weicher und bequemer als jene in den Crew-Kabinen. Und wärmer ist es hier auch …

Dann registriere ich aus dem Augenwinkel die Ursache für die angenehme Temperatur – die Quelle befindet sich nämlich direkt *neben* mir. Ich drehe den Kopf gerade so weit zur Seite, um Reese betrachten zu können, der zu meiner Rechten liegt. Sein Atem kitzelt mich an der Wange, und sein Körper verströmt so viel Wärme, als wäre er ein kleiner Ofen. Und sosehr ich gegen das Gefühl der Rührung ankämpfe, das mich bei seinem Anblick erfasst, schmilzt mein Herz ein klein wenig dahin.

Er ist geblieben.

Wie er es mir versprochen hatte.

Er atmet tief und gleichmäßig und hat die meerblauen Augen, die mich stets aus der Fassung bringen, geschlossen. Normalerweise kann ich es nicht riskieren, ihn länger anzuschauen, doch jetzt, da er schläft, kann ich ihn betrachten, so lange ich will.

Und das will ich.

Wie er so da liegt, erinnert er mich an den Jungen von früher. Er wirkt sanfter. Süßer. Kein Wunder, dass ich mich in den neunzehnjährigen Reese verliebt habe. Er sah nicht nur verdammt gut aus – wenn auch auf eine eher jungenhafte Art –, sondern war überdies stark, klug und witzig. Außerdem hat er mich nicht wie das adopierte Pflegekind der Haushälterin behandelt. In diesen paar Wochen jenes Sommers vor einer halben Ewigkeit war ich einfach nur ein Mädchen, und er ein Junge. Zwei Menschen, die sich im Wald verabredeten, um ihrer jeweiligen Welt zu entkommen und Trost in der Gesellschaft des anderen und schließlich auch in dessen Armen zu finden.

Ich rücke ein bisschen näher an Reeses Wärme heran und schließe die Augen, und meine Gedanken wandern zurück zu unserem letzten Stelldichein, bevor er aus meinem Leben verschwand. Damals, in jenem Sommer, als mir noch nicht klar war, dass ich *niemandem* trauen kann.

* * *

Sommer vor 14 Jahren

Ich halte den Atem an und schiebe den letzten Kiefernast beiseite, der sich zwischen mir und der Lichtung befindet. Als ich sehe, dass sie leer ist, entweicht die Luft aus meinen Lungen mit einem leisen Zischton wie aus einem Ballon. Es ist alles wie immer – der saftig grüne, vom Sonnenlicht gesprenkelte Flecken Gras mit den kleinen lila Blüten, die himmlische Ruhe … Alles ist, wie es sein soll, aber ich bin allein. Reese erwartet mich nicht.

Ich beiße mir auf die zitternde Unterlippe und betrete die offene Fläche. *Du hast von vornherein gewusst, dass Reese womöglich nicht auftauchen wird*, rufe ich mir in Erinnerung. *Du hast vom bevorstehenden Besuch seines Vaters gewusst, und dass Reese Angst davor hat, weil er nicht weiß, was das für ihn und seine Zukunft bedeutet.* Aber Reese hat versprochen zu kommen. »Nichts und niemand kann mich von dir fernhalten«, hat er gesagt, und ich habe ihm geglaubt.

Niedergeschlagen spaziere ich auf der kleinen, versteckten Lichtung umher und trauere um jede zarte Blume, die ich dabei zertrete. Jede von ihnen erscheint mir wie ein Symbol für einen Traum, der nicht in Erfüllung gegangen ist. Für ein gebrochenes Versprechen. Ein gebrochenes Herz.

Dann vernehme ich das Knacksen eines Zweiges. Ich lege den Kopf schief und lausche aufmerksam. Noch nie hat sich jemand zufällig in diese Oase der Ruhe verirrt, und ich schicke ein leises Stoßgebet zum Himmel, dass es so bleiben möge.

Wieder höre ich einen Zweig knacksen, und dann das Rascheln von Blättern und Bewegungen im Gebüsch. Da nähert sich jemand, kein Zweifel.

Ich halte den Atem an und spähe voller Hoffnung in die Richtung, aus der die Geräusche kommen. Mein Herz klopft zum Zerspringen. Vielleicht hat Reese es ja doch noch geschafft?

Und dann betritt er die Lichtung. Die Sonne glänzt in den

goldenen Strähnen, die sein Haar durchziehen, weil er den Sommer über so oft hier auf Bellano mit seinem Onkel im Freien gearbeitet hat. In den Winkeln seiner blaugrünen Augen bilden sich feine Fältchen, als er mich anlächelt, und wie immer schmilzt mein Herz dahin.

»Du bist gekommen«, sagt er schlicht.

»Natürlich, wie versprochen. Aber ich dachte, dass du vielleicht ...«

Seine Schritte sind auf dem weichen Gras der Lichtung nicht zu hören, als er zu mir kommt. »Ich sagte doch, nichts kann mich von dir fernhalten.«

»Ich weiß, aber du hast erzählt, dass dein Dad heute zu Besuch kommt.«

»Noch ist er nicht da. Malcolm sagt, er erwartet ihn heute Nachmittag.«

»Dann ist das also womöglich unser letzter gemeinsamer Tag?« Ich spüre Panik in mir aufsteigen. Ich freue mich jeden Tag darauf, Reese zu sehen. Er ist der einzige Lichtblick, den ich hier habe. Ohne ihn ist die Welt für mich ein Ozean der Verzweiflung, der mich zu verschlingen droht. Reese ist mein Rettungsring, das Einzige, an das ich mich klammern kann, das Einzige, was mich nicht runterzieht.

»Nein, Kennedy. Wie oft habe ich dir schon gesagt ...«

»Ich weiß, was du gesagt hast, Reese, aber ich habe solche Angst ...«

»Du brauchst keine Angst zu haben. Er kann mich nicht zu etwas *zwingen*, das ich nicht tun will. Wie gesagt, falls ich von hier fortgehe, dann nehme ich dich mit.«

»Aber es wird noch drei Jahre dauern, ehe ich von hier weggehen kann. Hank wird mich nie und nimmer gehen lassen, ehe ich achtzehn bin.«

»Dann werde ich ihn überreden.«

Doch so einflussreich seine Familie auch sein mag, wir wissen beide, dass niemand Hank dazu *zwingen kann*, mich ziehen zu lassen. Nicht einmal Reese kann mich vor allem bewahren. Aber daran will ich im Moment nicht denken. Ich schenke ihm mein tapferstes Lächeln und nicke, denn ich will keine Sekunde mehr an derart unerfreuliche Gedanken verschwenden.

Plötzlich erfasst mich eine wilde Entschlossenheit. Ich verspüre im tiefsten Inneren meiner Seele den unbändigen Drang, so viel wie nur irgend möglich mit Reese zu teilen, und zwar auf der Stelle, bevor mir das Leben das letzte Glück nimmt, das ich habe.

»Reese, ich möchte dir heute etwas schenken.«

»Was denn?«, fragt er und streicht mir den Pony aus dem Gesicht, wie er es so oft tut.

Ich sehe ihm wortlos in die Augen, die ich so lieb gewonnen habe, und hoffe, dass er in meinem Blick die Antwort lesen kann.

Er mustert mich mehrere Sekunden lang abwartend, dann erstirbt sein Lächeln, und er legt die Hände an mein Gesicht. Ich kann deutlich den Moment erkennen, in dem ihm klar wird, was ich meine. Seine Pupillen weiten sich, und sein Blick wird irgendwie … hungrig. Es ist ein Blick, der mein Inneres augenblicklich in Brand setzt.

»Bist du dir sicher?«, flüstert er zögernd, als hätte er Angst, ich könnte es mir noch mal anders überlegen.

»Ja.«

Er senkt den Kopf und haucht mir einen so zarten Kuss auf die Lippen, dass ich beinahe in Tränen ausbreche. Als er sich von mir losmachen will, drücke ich den Mund noch fester auf den seinen, und dann stelle ich mich auf die Zehenspitzen und schlinge ihm die Arme um den Hals, um ihn festzuhalten.

Reese schiebt die Zunge zwischen meine Lippen, und ich lehne mich an ihn, schmiege meinen jungen Leib an seinen großen, starken Körper. Als seine großen Handflächen an meinen Seiten entlang nach unten wandern, bekomme ich eine Gänsehaut. Plötzlich verspüre ich das Bedürfnis, Reese noch näher zu sein. Ich bekomme gar nicht genug von seiner Wärme. Von ihm.

Mit zitternden Fingern taste ich fieberhaft nach dem Saum seines Hemds und schiebe die Hände darunter. Ich genieße das Gefühl seiner warmen, weichen Haut, seines festen Bauchs und seiner muskulösen Brust. Reese legt stöhnend die Hände auf meinen Po und zieht mich an sich, sodass mein Becken an das seine gepresst ist und ich seine Erektion spüren kann, was ich unheimlich erregend finde.

»Liebe mich, Reese«, hauche ich verzweifelt und schiebe sein Hemd nach oben.

Er beugt sich etwas nach hinten, zieht es sich über den Kopf und wirft es achtlos hinter sich auf den Boden, ehe seine Lippen erneut die meinen finden und er mich mit einer Leidenschaft küsst, die der meinen um nichts nachsteht.

In der Stille des Sommernachmittags zieht Reese mich aus und bettet mich vorsichtig auf das dichte, weiche Gras der Lichtung. Er liebkost meinen Hals und küsst meine Brüste, leckt meine Brustwarzen und umklammert meine Hüften, widmet sich hingebungsvoll jedem Zentimeter meines Körpers, bis meine Sehnsucht, ihn auf mir zu spüren, beinahe überwältigend wird.

Meine Nerven sind zum Zerreißen gespannt, als sich Reese

schließlich von mir losmacht und ein in Folie verpacktes Kondom aus dem Geldbeutel kramt, ehe er die Shorts auszieht. Jetzt steht er nackt vor mir, schlank und sonnengebräunt. Ich beobachte das Spiel seiner Muskeln am Bauch und in den Armen, während er die Verpackung mit den Zähnen aufreißt und den Gummi über seine geradezu angsteinflößend große Erektion streift.

Wie, um Himmels willen, soll dieses Riesending in mich hineinpassen? Bei dem Anblick würde ich am liebsten die Augen zukneifen vor Angst, doch ich tue es nicht. Ich will keine Sekunde verpassen. Ich will mir jeden Blick von Reese, jeden Ausdruck, der sich in seinem Gesicht spiegelt, einprägen.

Endlich kommt er wieder zu mir. Er legt sich auf mich, die Ellbogen aufgestützt, damit er mir in die Augen sehen kann und mich nicht erdrückt. Er zögert – wie lange, weiß ich nicht –, es könnte genausogut der Bruchteil einer Sekunde sein oder eine Ewigkeit. Schließlich sagt er: »Ich habe noch nie jemanden wie dich getroffen. Was auch immer geschieht, ich werde diesen perfekten Tag und diesen perfekten Sommer niemals vergessen.«

Ich schmiege das Gesicht an seine Brust, als er in mich eindringt, und er streicht mir übers Haar und flüstert mir Zärtlichkeiten ins Ohr, bis der Schmerz vorüber ist. Ich lasse ihn in dem Glauben, dass meine Tränen eine Reaktion auf den stechenden Schmerz sind, als er in mich eindringt, doch so ist es nicht. Das Gefühl wird überlagert von einer unermesslichen Traurigkeit in meinem Herzen, denn irgendwie spüre ich, dass ich Reese nicht wiedersehen werde. So gerne er auch mein Retter wäre, er wird es nicht sein. Das kann er nicht. Er ist nicht stark genug. Und ich glaube, das weiß er auch.

Kapitel 25

REESE

Ich erwache, weil neben mir jemand weint und meinen Namen ruft. Den Bruchteil einer Sekunde später weiß ich, wo ich bin und mit wem.

Es ist Kennedy, die weint.

Und sie ruft nach mir.

»Reese«, schluchzt sie erneut. Ihr Gesicht ist verzerrt, eine einzelne Träne löst sich aus dem Augenwinkel und rollt ihre zarte Wange hinunter.

»Ich bin bei dir«, murmle ich und ziehe sie an mich. Die Verzweiflung, die in ihrer Stimme mitschwingt, tut mir im Herzen weh.

Sie vergräbt das Gesicht an meiner Brust, was Erinnerungen an den Sommer vor vielen Jahren in mir weckt. Genau dasselbe hat sie getan, als sie mir ihre Jungfräulichkeit geschenkt hat. Auch damals hat sie lautlos Tränen vergossen.

Ich lege eine Hand auf ihren Hinterkopf und ziehe sie fester an mich, drücke die Lippen in ihr nach Äpfeln duftendes Haar, bis sie sich etwas beruhigt hat. Als sie plötzlich sämtliche Muskeln anspannt, weiß ich, dass sie endgültig erwacht ist.

Sekunden später spüre ich, wie Kennedy die Hand an meine Brust legt und mich von sich schiebt. Ich lasse sie los und lehne mich etwas nach hinten, sodass ich ihr ins Gesicht sehen kann.

»Alles okay?«, erkundige ich mich.

»Ja, es geht mir gut«, antwortet sie beiläufig. »Warum?«

»Weil du geweint und ein paar Mal meinen Namen gerufen hast.«

Ihre Wangen röten sich, was ihr deutlich besser steht als die kränkliche Blässe von vorhin, als ich sie hierhergebracht habe.

»Oh. Entschuldige.«

»Was hast du geträumt?« Kennedy schlägt die Augen nieder, und ihr Zögern verrät mir, dass sie mich anlügen wird. »Sag mir die Wahrheit. Bitte.«

Sie mustert mich mit gerunzelter Stirn. »Wieso? Warum ist dir das so wichtig?«

Das ist eine gute Frage, auf die ich keine Antwort habe. Ich weiß nicht, warum. Ich weiß nur, dass es so ist. »Ich muss es wissen.«

Ihr Schutzwall ist nicht so stabil wie sonst. In ihrem Blick liegt eine Verwundbarkeit, die nicht allzu oft zu erkennen ist. Vielleicht, weil sie noch etwas schlaftrunken ist oder weil es ihr vorhin so schlecht ging. Vielleicht liegt es daran, dass ich mich um sie gekümmert habe. Es kann aber auch ganz andere Gründe haben. Wie dem auch sei, ihr emotionaler Schutzwall bröckelt, und ich bin entschlossen, mir diesen Umstand zunutze zu machen.

Ich hebe die Hand und streiche ihr die Haare aus dem Gesicht, so wie ich ihr in jenem Sommer vor all den Jahren den Pony aus der Stirn gestrichen habe. Sie erinnert sich auch daran, ich sehe es in ihren Augen.

»Ich habe von unserem letzten Tag im Wald geträumt.«

»Warum hast du geweint?«

»Weil mir klar war, dass ich dich nie wiedersehen würde.«

»Ich wollte dich nicht verletzen, Kennedy. Ich war eben ein dummer Junge.«

Kennedy nickt, um ein Lächeln bemüht. »Das weiß ich. Ich hatte eben gehofft, es wäre anders.« Sie seufzt und macht Anstalten, sich aufzusetzen, doch ich will nicht, dass dieser besondere Augenblick schon vorbei ist.

»Nachdem ich fortgegangen bin, musste ich noch jahrelang an dich denken.« Sie betrachtet mich aufmerksam, sagt jedoch kein Wort. »Irgendwie wäre es mir damals lieber gewesen, wenn du deine Jungfräulichkeit an jemand anderen verloren hättest. An jemanden, der das verdient hätte.«

Ihr Lachen ist sanft, aber auch voller Bitterkeit. »Ich wollte sie aber dir schenken. Es war das Einzige von *mir*, das ich dir geben konnte, bevor er mir auch das noch nimmt.«

Mir wird flau, und ich spüre förmlich, wie das Blut aus meinem Gesicht weicht. Will sie damit etwa andeuten, dass …? Nein, das kann nicht sein. Ich schiebe den Kiefer nach vorn. »Was meinst du damit?«

Kennedys Miene ist offen und bekümmert. Von der kühlen Zurückhaltung, die sie vom ersten Augenblick unseres Wiedersehens zur Schau getragen hat, keine Spur. »Nachdem Hillary gestorben ist, hat Hank angefangen, mich zu … besuchen. Nachts, in meinem Zimmer. Deshalb bin ich so oft abgehauen und habe mich im Wald versteckt.«

Mein Magen vollführt einen Salto. »Willst du damit sagen, dass er … dass er …«

Mir ist, als hätte die Erde aufgehört, sich zu drehen, als würde sie, auf der Spitze einer Stecknadel balancierend, darauf warten, dass mir Kennedy antwortet. Ich bete zu Gott, dass ich sie falsch verstanden habe, aber irgendwie spüre ich, dass dem nicht so ist.

»Er hat es nicht gewagt, aufs Ganze zu gehen, denn dann hätte es Beweise gegeben. Aber das war der einzige Teil meiner Unschuld, den er verschont hat.«

Eine Mischung aus Wut und Abscheu erfasst mich bei dem Gedanken an das, was ihr Vater ihr angetan hat. Sie gärt in meinem Bauch, brennt wie Feuer in meinen Adern. Und zugleich habe ich überwältigende Schuldgefühle. Kennedy hätte dringend einen anständigen Mann in ihrem Leben gebraucht, nicht noch so einen beschissenen Mistkerl, der sie verletzt, wenn auch auf ganz andere Art und Weise.

Sie stößt ein herzzerreißend hohles Lachen aus und nestelt an einem meiner Knöpfe herum.

»Tja, ich dachte damals, du könntest mich vor ihm retten. Vor meinem Leben. Vor der Trauer und dem Schmerz. Aber dann habe ich erkannt, dass das niemand kann und dass niemand es tun würde. Dass es keinen Supermann gibt, der nur darauf wartet, mich zu befreien. Ich habe erkannt, dass ich mich selbst retten muss, wenn ich überleben will. Es hatte keinen Sinn, darauf zu warten, dass mir jemand dabei zu Hilfe eilt.«

Ich mache mich von Kennedy los, rapple mich auf und steige aus dem Bett. Mir ist, als müsste ich jeden Augenblick explodieren vor Wut. Ich fahre mir mit den Fingern durchs Haar.

Verloren tigere ich in der Kabine auf und ab, ohne zu wissen, wohin mit meinen Fäusten oder mit meiner Wut. Ich weiß nicht, wie ich mit dieser neuen Information umgehen soll. Ich bin derart in Gedanken vertieft, so betäubt vom Rauschen des Blutes in meinen Ohren, dass ich es zunächst gar nicht bemerke, als Kennedy fortfährt.

»Ich weiß, es ist ekelhaft. Ich konnte nicht einmal zu seinem Begräbnis gehen, weil ich mich so schmutzig gefühlt habe«, sagt sie leise.

»Ekelhaft? Es ist … ist …« Mir fehlen die Worte. Dann kommt mir ein Gedanke, und ich wirble zu ihr herum. »Warum hast du mir nichts davon erzählt?«

Kennedy setzt sich im Bett auf. Ihre Haare sind zerzaust. Ihre Augen weit aufgerissen. »Ich wollte nicht, dass sich deine Gefühle zu mir verändern«, flüstert sie mit gequälter Miene. »Ich hatte Angst. Ich wusste ja nicht, was du von mir denken würdest.«

Ihre Worte treffen mich so tief wie eine Streitaxt. »Für was für ein Ungeheuer hast du mich gehalten?«

Sie lächelt schief, und ihre großen, grünen Augen füllen sich mit Tränen. »Ich habe dich nicht für ein Ungeheuer gehalten. Ich habe dich geliebt. Ich wollte bloß nicht, dass du es weißt. Das ist alles.«

»Aber er hat dich missbraucht, Kennedy! Wenn ich das gewusst hätte, wäre ich behutsamer gewesen. Ich wäre sanfter gewesen. Ich hätte …«

»Du *warst* sanft und behutsam. Ich hätte nicht gewollt, dass du irgendetwas anders machst. Es war wundervoll. Es war alles genauso, wie ich es mir gewünscht hatte, bis …«

Ich beende den Satz an ihrer Stelle. »Bis ich verschwunden bin.«

Ich sehe den Kummer in ihren Augen, ehe sie den Blick senkt und auf ihre Hände starrt, die am Saum ihres T-Shirts herumnesteln. Ich weiß, dass ich recht habe. Sie braucht es nicht zu bestätigen. Und meine Schuldgefühle könnten wohl nicht größer sein, wenn ich Kennedy damals umgebracht hätte. Sie war noch ein halbes Kind, als ich sie verlassen habe, und ohne mich war sie der Willkür eines Scheusals ausgesetzt. Sie konnte nirgendwohin flüchten. Sie hatte niemanden, der ihr geholfen hätte. Sie hat mir vertraut, als sie niemandem sonst vertrauen konnte, und hat mir das Einzige gegeben, das sie noch zu bieten hatte; und zum Dank dafür habe ich sie behandelt wie den letzten Dreck.

Meine Kehle ist wie zugeschnürt. Ich versuche verzweifelt, ihr eine Erklärung zu liefern, obwohl ich weiß, was auch immer ich sage, es wird nichts daran ändern, was passiert ist. Es wird nicht den geringsten Unterschied machen. Aber ich möchte unbedingt, dass sie mich versteht ... »An dem Abend kam mein Vater, um mich zu holen. Er hatte seine Beziehungen spielen lassen und mir einen Studienplatz in Oxford beschafft, für das Wintersemester. Er hat gesagt, ich sei der Älteste und müsse den Familiennamen weiterführen und für die Sicherheit meiner Brüder sorgen. Und er hat behauptet, das wäre für mich die letzte Möglichkeit, meine Mutter stolz zu machen, weil er genau wusste, dass er mich mit diesem Argument umstimmen konnte, wenn alles andere vergeblich gewesen war. Er wusste, dass sie mich gehasst hat. Vielleicht kannte er sogar den Grund dafür. Und ihm war klar, dass ich alles tun würde, nur um endlich doch ein bisschen Liebe von ihr zu bekommen. Nur ein klein wenig Anerkennung.« Ich drehe mich zu Kennedy um, die auf dem Bett sitzt wie ein gefallener Engel inmitten von Kummer und Gram. »Nicht, dass irgendetwas davon jetzt noch eine Rolle spielt. Es ändert nichts an der Tatsache, dass ich schwach war. Ich wollte nie so werden wie mein Vater, und das hat er gespürt. Aber dieser manipulative Mistkerl hat mich ausgetrickst, und am Ende bin ich doch so geworden wie er.«

»Du bist nicht wie dein Vater, Reese.«

»Wie kannst du so etwas sagen?«, stoße ich hervor, ungläubig und wütend zugleich. »Nach allem, was ich dir angetan habe? Sieh doch nur, was er aus mir gemacht hat!«

»Du hast mich immer gut behandelt, Reese. Wie ein ganz normales Mädchen. Ein Mädchen, mit dem es sich lohnt, Zeit zu verbringen. Aber wenn *du* dieser Meinung bist, wenn *du* unzufrieden mit dem Mann bist, zu dem du herangewachsen bist, dann tu etwas dagegen. Du bist der Einzige, der das kann.«

Die Hoffnungslosigkeit streckt ihre eisigen Klauen nach meiner Seele aus. »Ich bin, was ich bin, ob es dir gefällt oder nicht. So es ist nun mal. So bin ich geworden.«

»Dann lerne, mit dir zufrieden zu sein, denn die Reue wird dich bei lebendigem Leib auffressen, wenn du nichts dagegen unternimmst. Wir können nur eines tun: unser Bestes geben, die Vergangenheit hinter uns lassen und nach vorn blicken. Wir haben keine andere Wahl.«

»Hast du das getan? Die Vergangenheit hinter dir gelassen und nach vorn geblickt? Hast du gelernt, mich zu hassen?«

Die Vorstellung, dass sie mich hassen könnte, ist schrecklich. Aber ich weiß, dass es sehr gut möglich ist, und ich weiß auch, dass ich die Vergangenheit nicht ändern kann.

»Ich hasse dich nicht, Reese.«

»Das solltest du aber.«

»Nein, das sollte ich nicht. Du hast recht. Wir waren beide dumme Kinder. Ich habe Heldentaten von dir erwartet, aber das war nicht fair von mir. Ich hätte dir diese Last nicht aufbürden dürfen. Ich musste lernen, meine eigene Heldin zu sein, denn im Grunde können einen andere Menschen nur verletzen, wenn man es zulässt.«

»Und deshalb lässt du jetzt niemanden mehr an dich ran, damit du nicht mehr verletzt wirst.«

»Veruteile mich nicht dafür, Reese. Du tust doch genau dasselbe.«

Ich gebe keine Antwort. Vielleicht hat sie ja recht.

Plötzlich verspüre ich das dringende Bedürfnis, ihre Wunden zu heilen, sie glücklich zu machen und sie all den Kummer, den ich verursacht habe, vergessen zu lassen. Vielleicht entspringt das Gefühl ja einer Art männlichem Instinkt, der Überzeugung, das schwache Geschlecht beschützen zu müssen. Vielleicht sind es auch die letzten Reste der Zuneigung, die ich vor langer Zeit zu ihr empfunden habe. Womöglich steckt aber auch mehr dahinter. Wer zum Teufel weiß das schon? Fakt ist, das Gefühl ist da.

Ein paar Wochen bleiben mir noch, um ihr die Schönheit des Lebens zu zeigen, ehe wir wieder auseinandergehen. Ein paar Wochen, um alte Flammen zu löschen und Dämonen auszutreiben.

Ich trete ans Bett und blicke auf Kennedys Gesicht herab, das sogar noch schöner ist, als ich es in Erinnerung habe. Es ist schöner, als es gestern war.

»Lass es mich wiedergutmachen.«

Sofort schüttelt sie den Kopf. »Nein, Reese. Ich bin nicht auf eine Entschädigung aus. Das war nicht der Grund dafür, dass ich es dir erzählt habe.«

»Das ist mir egal. Ich will es so. Du musst es nur zulassen.«

Kapitel 26

KENNEDY

Insgeheim frage ich mich, ob ich das alles bloß geträumt habe. Doch nein, ich habe Reese tatsächlich gerade mein Herz ausgeschüttet – ausgerechnet dem Mann, der es mir vor vielen Jahren gebrochen und meine Welt in Schutt und Asche gelegt hat. Und er hat mir ebenfalls einen kleinen Einblick in seine Gefühle gewährt, und jetzt bietet er mir … tja, was eigentlich? Ich weiß es, ehrlich gesagt, nicht genau.

Und vor allem kann ich nicht fassen, dass ich sein Angebot ernsthaft in Betracht ziehe. Aber die Wahrheit ist, dass ich nie aufgehört habe, Reese zu lieben. Manche Dinge vergehen nie – wie Narben oder unangenehme Erinnerungen.

»Ich kann nicht, selbst wenn ich wollte.«

»Doch, du kannst es«, beharrt Reese und lässt sich neben mir aufs Bett fallen. »Du kannst sehr wohl mit mir zusammen sein. Lass es einfach zu. Lass mich bei dir sein. Lass zu, dass ich dir das Glück schenke, das du verdienst.«

Mein Herz hüpft vor Freude über seine Worte, obwohl mir klar ist, dass sein Angebot keines für den Rest des Lebens ist. Ehrlich gesagt traue ich ihm ohnehin nicht zu, dass er dazu fähig wäre, jedenfalls nicht im Augenblick. Nun, ein paar Wochen, das wäre immerhin etwas …

Aber …

»Reese, ich arbeite für dich. Verstehst du denn nicht, dass sich das … schmutzig anfühlt? Als wäre ich eine … eine … Prostituierte, die du dafür bezahlst, dass sie …«

Reese entblößt seine perfekten weißen Zähne und schenkt mir ein Lächeln – jenes atemberaubende Lächeln, das mich jahrelang verfolgt hat. Es ist ein wenig schief und sexy und zaubert mir Schmetterlinge in den Bauch.

»Oh, *dafür* werde ich dich nicht bezahlen. Etwaige … Intimitäten zählen natürlich nicht zu deinen Aufgaben.« Er scheint mein Zögern zu spüren, denn er fügt hinzu: »*Vorausgesetzt*, du entschließt dich, mein Angebot anzunehmen.«

Sieh an, das sind ja ganz neue Töne. Noch vor einem Tag hätte das alles ganz anders geklungen. Da hätte er stattdessen »*Sobald* du dich entschlossen hast, das Angebot anzunehmen« gesagt.

»Aber …«

»Kein Aber«, unterbricht er mich ungeduldig. »Bitte, Kennedy. Sag einfach Ja. Lass mich nicht lange betteln.« Er mustert mich prüfend und fährt dann mit einem verschmitzten Grinsen fort: »Oder macht dich das etwa an?«

Ich muss wider Willen lächeln. »Herrgott noch mal, Reese!«, stoße ich hervor und verpasse ihm einen Klaps auf den Arm. Er zuckt übertrieben zusammen, als hätte ich ihm einen Schlag mit einer Elektroschockpistole versetzt.

»Okay, du steht also eher auf die harte Tour. Das habe ich auch drauf.«

Jetzt pruste ich los und verdrehe angesichts seiner Melodramatik die Augen.

»Reese, ich weiß nicht recht. Ich …«

Er ergreift meine Hand, führt sie zum Mund und streicht mit den Lippen über meine Fingerknöchel, ohne mich aus den Augen zu lassen. »Gib mir einfach eine Chance. Lass mich dir zeigen, dass ich dir die schönsten Wochen deines Lebens schenken kann. Vertrau mir.«

Diesmal zucke ich zusammen, denn damit hat er meinen einzigen sensiblen Punkt erwischt. »Ich vertraue niemandem.«

»Aber mir kannst du vertrauen. Ich bin nicht mehr der Junge, der ich einmal war, Kennedy. Ich gelobe hoch und heilig, dir die Wahrheit zu sagen. Nichts als die Wahrheit.«

Nervös beiße ich mir auf die Lippen. Da ist noch etwas, das mich davon abhält, sein Angebot anzunehmen, ohne lange darüber nachzudenken.

Mein Zögern entgeht ihm nicht. »Was ist?«, erkundigt er sich. »Was hast du?«

»Ich will nicht bloß eine von deinen zahlreichen Kreuzfahrt-Affären für dich sein, Reese.«

»Das bist du nicht. Das könntest du niemals sein.«

Ich sehe ihm in die Augen. »Das glaube ich dir nicht.«

»Dann nimm mein Angebot an, damit ich es dir beweisen kann. Das mit dir ist für mich etwas ganz anderes, und nichts, was ich gesagt oder getan habe, beweist das Gegenteil.«

»Aber …«

»Schlaf eine Nacht darüber, und gib mir noch bis morgen Abend Zeit. Nach dem morgigen Tag wirst du gar nicht mehr ›Nein‹ sagen *wollen*.«

Ich kann nicht mehr. Ich bin es leid, zu diskutieren, zu protestieren und Widerstand zu leisten. »Okay«, stimme ich zu und spüre, wie alle Anspannung von mir abfällt. Was für eine Erleichterung. Ich glaube, mir war gar nicht in vollem Umfang bewusst, wie schwer es mir gefallen ist, Reese gegenüber die Gleichgültige zu spielen und so zu tun, als wollte ich nichts mit ihm zu tun haben.

Er strahlt mich an, und plötzlich überkommt mich das Bedürfnis, ihn auf mich zu ziehen.

Reese beugt sich mit einem zufriedenen Knurren über mich. Ganz langsam nähert er sich mir. Ich weiche nicht zurück. Ich verfolge nur, wie seine glänzenden Augen näher kommen, und gestatte mir, mich in ihnen zu verlieren. Nur für einen Moment.

»Gott, ich kann den morgigen Abend kaum erwarten«, murmelt Reese. Seine Lippen sind den meinen so nahe, dass ich seinen warmen Atem spüren kann. Doch er küsst mich nicht, sosehr ich es mir auch wünsche. Er streicht lediglich mit dem Mund über meine Wange und liebkost sie, dann richtet er sich wieder auf. »Schlaf jetzt. Morgen erwartet dich ein wunderschöner Tag.«

Ich nicke, und er steht auf und geht zur Tür. An der Schwelle bleibt er stehen und wirft mir einen letzten Blick zu. Er lächelt erneut und zwinkert mir zu, dann verschwindet er und schließt die Tür hinter sich.

* * *

Ich werde wach, weil mir jemand einen Kuss in die Halsbeuge haucht. Kitzelnde Lippen, ein piksender Dreitagebart. Die Hitzewelle, die mich prompt erfasst, hat nichts mit der Wärme zu tun, die der harte, maskuline Körper hinter mir verströmt.

Verschlafen öffne ich die Augen und werfe einen Blick auf den Wecker. Es ist noch nicht einmal 6:00 Uhr. »Solltest du um diese Zeit nicht noch schlafen?«

»Nicht, wenn jemand wie du nebenan auf mich wartet. Hast du Lust auf ein Work-out?«

Ich horche kurz in mich hinein. Keine Übelkeit, kein

Schwindelgefühl, und das Schiff scheint heute auch nicht mehr so zu schwanken. »Ja, ich denke schon.«

»Gut.« Reese beißt mir sanft ins Ohrläppchen, dann verpasst er mir durch die Decke hindurch einen Klaps auf den Hintern und erhebt sich von der Bettkante. »Ich habe dir ein paar heiße Sportklamotten mitgebracht. Du hast fünf Minuten Zeit, um dich umzuziehen, dann geht es los.«

»Warte, ich brauche noch ein paar Sachen aus meiner Kabine«, protestiere ich, auf einen Ellbogen aufgestützt.

»Deinen Kosmetikbeutel habe ich auch mitgebracht. Brauchst du sonst noch etwas?« Reese wirkt unheimlich stolz auf sich.

»Ich … äh … nein, ich glaube nicht.«

»Fünf Minuten«, wiederholt er und öffnet die Tür. Bevor er geht, mustert er mich noch einmal mit seinen azurblauen Augen. »Es sei denn, du brauchst Hilfe beim Anziehen. In diesem Fall …«

»Nein, danke«, erwidere ich und versuche, ein Grinsen zu unterdrücken. »Ich bin in fünf Minuten startklar.«

Sein theatralischer Seufzer hallt durch die Kabine, und er brummelt: »Ich verstehe echt nicht, warum du dir von mir partout nicht helfen lassen willst«, ehe er die Tür schließt.

Kopfschüttelnd krieche ich unter der dicken, warmen Decke hervor und begebe mich ins angrenzende Badezimmer. Ich bin nervös. Kein Wunder – Reese wartet auf mich, und er wird heute zweifellos ordentlich seinen Charme spielen lassen (und mein Begehren damit kräftig anheizen).

Eine Sekunde lang meldet sich wieder die verbitterte Skeptikerin in mir, aber sie kommt gar nicht richtig zu Wort. Dafür bin ich viel zu happy. Als ich fünf Minuten später die Kabinentür öffne, lehnt Reese bereits draußen an der Wand, die Arme verschränkt, die Beine an den Knöcheln überkreuzt, und wartet auf mich.

Sein wohlwollender Blick wandert über mich, von den Leggings bis hinauf zu dem eng anliegenden T-Shirt mit den Fledermausärmeln, das er mir gebracht hat. Ich bleibe stehen, damit er mich ausgiebig betrachten kann, und weil ich gerade so selbstbewusst und gut drauf bin, beschließe ich, dasselbe mit ihm zu tun.

Ich beginne bei seinen weißen Turnschuhen, arbeite mich dann zu der locker sitzenden schwarzen Laufhose vor, in der seine schmalen Hüften und sein flacher, perfekt definierter Bauch so gut zur Geltung kommen. Auch seine ausgeprägten Brustmuskeln zeichnen sich unter dem ärmellosen Tanktop deutlich sichtbar ab.

Mein Blick gleitet über seine breiten Schultern und die nackten, durchtrainierten Arme und weiter über den gebräunten Hals. Als ich bei seinem Gesicht angekommen bin, ist sein verspieltes Grinsen von vorhin einem feurigen Blick gewichen. Seine Pupillen sind geweitet. »Ich sollte dich warnen«, presst er mit zusammengebissenen Zähnen leise hervor, während er sich von der Wand abdrückt und sich so dicht vor mir aufbaut, dass ich den Kopf in den Nacken legen muss, um weiterhin Augenkontakt halten zu können. »Wenn du mich noch einmal so aufreizend anstarrst, dann muss ich dich leider gleich wieder zurück in deine Kabine bugsieren und dir deinen perfekten kleinen Hintern versohlen. Verstanden?«

Seine Nähe lässt mich schaudern und versetzt sämtliche Nervenenden meines Körpers in helle Aufregung. »Verstanden.«

»Und, wie sieht es aus, willst du es gleich mal ausprobieren, um zu testen, ob ich es ernst meine?«

Er tritt noch einen Zentimeter näher, sodass seine Brust die meine streift. Augenblicklich werden meine Nippel hart. Er hat es darauf angelegt, mich anzutörnen, und aus unerfindlichen Gründen fühle ich mich dadurch nicht in die Defensive gedrängt. Im Gegenteil, mir ist ganz leicht ums Herz, und ich habe große Lust, ihn ebenfalls ein bisschen zu provozieren. Ich drücke den Rücken ein klein wenig durch und reibe kaum merklich die Nippel an seiner Brust. Im Zuge meiner Ausbildung zur erotischen Bühnentänzerin habe ich allerlei raffinierte Tricks und Kniffe gelernt, wie ich mich auf subtile Art und Weise aufreizend bewegen kann. Aber bislang habe ich sie noch nie angewendet, wenn mir ein Mann so dicht gegenüberstand.

»Himmel, dass du so gern mit dem Feuer spielst, hast du mir bisher verschwiegen«, stöhnt er.

»Wenn ich dich vorgewarnt hätte, würde es ja nur halb so viel Spaß machen«, erwidere ich grinsend.

»Ich zähle jetzt bis drei. Eins … zwei …«

Ehe er bei drei angelangt ist, spurte ich los, den Gang entlang in Richtung Fitnessraum. Als ich über die Schulter zu ihm zurückspähe, ist sein Blick auf meinen Hintern geheftet. Mit einem sexy Hüftschwung wende ich mich wieder ab und grinse in mich hinein.

Reese könnte recht behalten – das könnten die schönsten Wochen meines Lebens werden.

Aber sie haben ein Ablaufdatum.

* * *

Der Fitnessraum ist um diese Uhrzeit noch leer. »Wie es aussieht, sind wir heute früher dran als Brian«, stelle ich fest, während Reese mir die Tür aufhält.

»Brian wird nicht mehr mit dir trainieren«, sagt Reese und geht zur Stereoanlage, um die Musik aufzudrehen.

»Was? Warum?«

Er antwortet erst, als er wieder direkt vor mir steht. »Weil ich ihm gesagt habe, dass ich das in Zukunft übernehme.«

Bei seinen Worten schlagen die Schmetterlinge in meinem Bauch mit den Flügeln. »Weißt du denn überhaupt, was zu tun ist?«

»Ich habe jede einzelne Übung beobachtet, die er mit dir gemacht hat, und ich hatte keine Lust mehr, das noch länger mit anzusehen. Ich will keine anderen Hände mehr auf dir sehen. Nur noch meine eigenen.«

»Brian ist wohl kaum …« Ich verstumme gerade noch rechtzeitig, ehe ich Brians Geheimnis ausgeplaudert habe.

»Es ist mir egal, ob er schwul oder hetero ist. Es gefällt mir nicht.«

Ich unterdrücke ein erfreutes Grinsen. »Okay, dann zeig mal, was du so draufhast.«

Reese sagt nichts. Er zieht lediglich eine seiner dunklen Augenbrauen hoch, dann ergreift er meine Hand und führt mich zu einer der Matten am Boden. »Wir fangen mit dem Stretchen an.«

Als ich mich zu Reeses Füßen auf den Boden lege, dröhnen die schweren, sinnlichen Bässe des Songs *Closer* von den Nine Inch Nails aus den Boxen. Sie hallen von den Wänden und hüllen mich ein, unterstreichen das Knistern zwischen Reese und mir. Er sieht mich aufmerksam an, während er meine Beine ausstreckt und meinen linken Fuß ergreift. Er lässt mich nicht aus den Augen, während seine Handfläche über meinen Unterschenkel hinauf zur Kniekehle wandert, mein Bein ein wenig beugt und sich dann vorsichtig nach vorn lehnt, sodass mein Oberschenkel langsam gegen meine Brust gedrückt wird. Er richtet sich wieder auf und lehnt sich erneut an mich, wobei er diesmal etwas mehr Druck ausübt und in einem gemächlichen, trägen Rhythmus ein paar Mal mit dem Oberkörper vor und zurück wippt.

Der erotische Songtext hallt in sämtlichen Windungen meines Gehirns wider, während Reeses Berührungen meinen gesamten Körper zum Schwingen bringen. Er legt mir die Hände auf die Hüften, um sie zu stabilisieren, und schiebt dann eine Schulter unter mein Knie, um die Dehnung zu verstärken. Ich spüre sie jetzt im Gesäß, aber ich spüre auch noch etwas anderes – ein heißes Pochen zwischen den Oberschenkeln.

»Spürst du das?«, erkundigt er sich mit heiserer Stimme.

Ich keuche praktisch schon vor Lust. »Ja, sehr deutlich sogar.«

»Gut. Und jetzt die andere Seite.« Reese lässt mein linkes Bein los und nimmt sich das rechte vor. Wieder lehnt er sich an mich und beginnt gemächlich mit dem Oberkörper zu wippen, wobei er beim ersten Mal hörbar ächzt. Mir wird noch heißer.

Als er gegen Ende der Übung mein Bein wieder ablegt, fängt mein Herz an zu rasen. Wenn er sich an Brians Reihenfolge hält, weiß ich, was als Nächstes dran ist. Tatsächlich lässt Reese mein Bein nicht los, sondern streckt es und fährt mit der Handfläche an der Innenseite entlang nach oben, bis er bei meiner Körpermitte angekommen ist, um meine Leisten zu dehnen.

Automatisch hebe ich das andere Bein. Reese schiebt auch dieses mit der Hand nach außen, sodass meine Beine zum Spagat auseinanderfallen. Er lehnt sich an mich und nutzt einen Teil seines Körpergewichts, um den nötigen Druck für die Dehnung zu erzeugen. Dann gleiten seine Hände an den Innenseiten meiner Beine entlang bis zu den Knöcheln, um sie geradezuhalten, während er sich nach vorne beugt, um den Stretch zu halten.

O Gott!

Ich balle die Hände, die neben meinem Körper liegen, zu Fäusten. Am liebsten würde ich ihn anflehen, mich zu küssen und zu berühren, aber das tue ich nicht. Ich schließe die Augen, nicht vor Schmerz, sondern weil ich seinen Bauch zwischen meinen gespreizten Beinen spüre.

»Sieh mich an«, fordert er mich mit rauer Stimme auf.

Ich tue, was er sagt. Sein Gesicht ist wie ein Spiegel – es reflektiert all das, was ich empfinde.

»Reese …«

Er beugt sich noch tiefer über mich und presst seinen Körper an die pulsierende Stelle zwischen meinen gedehnten Oberschenkeln. »Wird dein Slip schon feucht?«, flüstert er kaum hörbar.

»Nein«, antworte ich sofort.

»Lügnerin«, sagt er mit einem spitzbübischen Funkeln in den Augen.

Ich schweige, weil ich nicht weiß, was ich sagen soll. Ich werde den Teufel tun und ihn bitten, das Feuer zu löschen, das er in mir entfacht hat.

»Wenn ich jetzt deinen Slip runterziehen und einen Finger in dich hineinschieben würde, dann würdest du kommen, stimmt's?«

Das kann ich nicht leugnen, denn ich fürchte, er hat recht.

»Ich könnte dir die unglaublichsten Genüsse bescheren, Kennedy«, sagt er und lehnt sich noch fester an mich. »Aber ich werde es erst tun, wenn du mich darum bittest.«

Ich würde am liebsten schreien und jammern und betteln, aber ich halte wohlweislich den Mund und begnüge mich damit, dass er mich mit seinen Blicken verschlingt. So schnell werde ich nicht nachgeben. Und zwar nicht etwa, weil ich mich einfach noch ein bisschen zieren will. Es ist mehr als das. Zwischen uns tobt ein Machtkampf. Reese will, dass ich ihn anflehe, und ich will, dass *er* sich erst mal ordentlich ins Zeug legt.

»Kannst du noch so lange warten?«, frage ich und lasse kaum merklich das Becken kreisen.

Ich weiß, dass er es gespürt hat, denn ich höre, wie er nach Luft schnappt. »Ich habe versprochen, dir die Wahrheit zu sagen, und die Wahrheit lautet: Ich weiß nicht, wie lange ich noch warten kann.«

Bei seinen Worten muss ich unwillkürlich lächeln. Es tut mir gut, dass er das so offen zugibt. »Dann eben nur noch ein bisschen länger«, entgegne ich, schüttle seine Hände ab, die meine Knöchel umklammert halten, und schlinge ihm die Beine um die Taille.

Das schockierte Verlangen, das sich in seinem Gesicht spiegelt, entlockt mir ein Lächeln. Gut möglich, dass ich tatsächlich gern mit dem Feuer spiele.

Reese packt blitzschnell meine Handgelenke und zieht mich an sich. Er legt die Arme um mich, hebt mich ein paar Zentimeter in die Höhe und presst mich an sich, genau über seiner deutlich spürbaren Erektion.

»Ich an deiner Stelle würde nicht zu lange warten. Es könnte ungemütlich werden.«

»Vielleicht mag ich es ja ungemütlich. Wer weiß, vielleicht fahre ich genau darauf total ab.«

Er beugt den Kopf und fährt mit der Zunge vom V-Ausschnitt meines Oberteils bis zu der Stelle hinter meinem rechten Ohr. »Du kannst von mir haben, was du willst, so oft du es willst. Brutal und schmutzig, die versautesten Sachen, die du dir nur vorstellen kannst. Für dich tue ich alles, Baby. Ich würde dich vollspritzen und dann alles ablecken, von deinem sexy Mund, von deinen leckeren Nippeln, von deinem prachtvollen Hintern. Ich würde so tief in dich reinspritzen, dass es tagelang nicht wieder herauskommt.«

Reese reibt gemächlich das Becken an mir, während er mir all das und noch mehr ins Ohr flüstert und das Feuer in mir schürt. Er weiß genau, was er tun muss, um mich so richtig heißzumachen, bis ich es vor Erregung kaum noch aushalte.

»Hmm, was ich alles mit dir anstellen würde! Mit meinen Fingern zum Beispiel ... ich würde sie in dich schieben – mal schnell und hart, dann wieder langsam und zärtlich ...« Er reibt den Unterleib noch fester an mir, sodass es mir zusehends schwerer fällt, durchzuhalten. »Und als Nächstes mit der Zunge ... ich kann mir verdammt gut vorstellen, wie süß und cremig du schmeckst – nach Vanille ... und wie sich deine süße, enge Pussy anfühlt, wenn sie sich um meinen Schwanz schmiegt, heiß und glitschig. Wenn ich die Augen schließe, sehe ich förmlich vor mir, wie du auf mir reitest, so herrlich feucht ...«, flüstert er. »Kennedy?«

»Ja?«, stöhne ich. Alle meine Sinne sind auf die Stelle konzentriert, an der er sich an mir reibt.

»Ich spüre durch deine Leggings hindurch, wie nass dein Höschen ist. Weil du schon kurz davor bist, stimmt's? So kurz davor. Vielleicht, wenn ich das hier mache ...«, murmelt er und schiebt eine Hand zwischen uns, genau an die Stelle, wo ich sie brauche, als wäre sie mit einem X markiert, das nur er sehen kann, um mit den Fingerkuppen meine sensibelste Stelle zu reiben. »Zeig's mir, Kennedy«, flüstert Reese, und seine Lippen kitzeln mein Ohr. »Ich will dir dabei zusehen, wie du kommst.«

Es gibt kein Entkommen. Sein Blick ist auf mein Gesicht gerichtet, während er mich weiter mit den Fingerknöcheln bearbeitet, vor und zurück, vor und zurück, bis ich spüre, dass ich die Kontrolle über meinen Körper verliere.

O Scheiße, Scheiße, Scheiße!

Meine Muskeln krampfen sich zusammen, und ich schnappe nach Luft, um meine Erregung nicht laut hinauszustöhnen, als ich explodiere. Ich kann nicht länger stillhalten, reibe mich, schwer atmend und nach Luft ringend, an Reese, umklammere keuchend seine breiten Schultern, während er mich weiter und weiter stimuliert, bis auch die letzte Welle der Lust verebbt ist. Seine Bewegungen werden langsamer, aber er massiert mich auch dann noch, als ich allmählich wieder zur Besinnung komme und sich mein Atem etwas beruhigt hat.

»Das war nur ein kleiner Vorgeschmack«, murmelt er schließlich und beugt sich über mich, um meinen Hals zu küssen.

O mein Gott, Reese hat mir gerade dabei zugesehen, wie ich einen Orgasmus hatte. Hier, auf dem Boden des Fitnessraums, in voller Montur.

Ich spüre, wie ich rot anlaufe, und vergrabe beschämt das Gesicht in seiner Halsbeuge. Reese richtet sich auf und legt die Hände an meine Wangen. Es fällt mir schwer, ihm in die Augen zu schauen. »Versteck das nicht vor mir. Niemals, hörst du?«

Reese drückt mir einen viel zu kurzen, süßen Kuss auf die

Lippen, dann nimmt er mich in die Arme und drückt mich an seine Brust.

Ein paar Minuten später, als meine butterweichen Glieder wieder fester geworden sind, löst sich Reese von mir. »Ich wette, ein solches Work-out hat dir Brian noch nie beschert, stimmt's?«, fragt er mit einem spitzbübischen Grinsen.

Wieder muss ich mir ein Lächeln verkneifen.

»Das wüsstest du wohl gern, hm?«

Seine Augen verengen sich, und er verpasst mir einen harten Klaps auf den Hintern. »Wie war das? Ich bin *ziemlich* sicher, dass ich mich verhört habe.«

Ich schenke ihm mein unschuldigstes Lächeln. »Ich habe kein Wort gesagt.«

»Dachte ich's mir doch«, erwidert er und gibt mir einen Kuss auf die Nasenspitze. »Wie wär's mit Frühstück? Ich bin am Verhungern.«

»Kann ich mir vorstellen«, feixe ich und stütze mich an seiner Schulter ab, um aufzustehen. Meine Beine fühlen sich noch ein klein wenig wacklig an. »Dann komm mal mit, damit die Bestie was zu beißen kriegt.«

»Oh, davon hat sie schon reichlich«, antwortet Reese und nimmt meine Hand, während wir den Fitnessraum verlassen. »Glaub mir.«

Kapitel 27

REESE

Sosehr ich mich nach einem ruhigen, intimen Frühstück in meiner Kabine mit Kennedy sehnte, so sah ich doch keinen Grund, mich dieser Qual auszusetzen. Ihre anzüglichen Kommentare und die Bilder ihres nackten Körpers, die vor meinem inneren Auge entstehen, während sie nebenan duscht, haben mich in dem Entschluss bestärkt, oben an Deck mit ihr zu frühstücken. In aller Öffentlichkeit.

Ich lächle, als ich daran denke, wie sie reagiert hat, als ich sie vorhin wieder zu der Gästekabine neben meiner brachte statt in die winzige Viererunterkunft im Crewbereich. »Ich habe Karesh aufgetragen, deine Sachen herzubringen.«

Sie hat mir einen besorgten Blick zugeworfen. »Ich will nicht, dass die anderen denken, ich wäre …«

»Es ist mir egal, was die anderen denken, und dir sollte es auch egal sein. *Ich* will, dass du hier bist. *Ich* möchte dich in meiner Nähe haben. Das ist alles, was zählt. Die anderen können zur Hölle fahren.«

Gut möglich, dass sie noch weiter protestieren wollte, aber sie sagte nichts mehr, vor allem, nachdem ich die Kabinentür geöffnet hatte. Karesh hatte bereits mehrere Veränderungen vorgenommen, um die ich ihn gebeten hatte – auf der Kommode stand eine Kristallvase mit frischen Blumen, Kennedys Kosmetikbeutel lag auf dem Waschtisch, ihr Morgenmantel war über das Bettende drapiert. Das Bett war gemacht und der Vorhang vor dem Balkon geöffnet, sodass man die herrliche Aussicht bewundern kann. Der Balkon ist sogar möbliert, damit sich Kennedy – wann immer und so lange sie Lust hat – draußen hinsetzen und die frische Luft genießen kann. Nachdem mir Karesh erzählt hatte, wie sehr sie sich über das Bullauge in ihrer ersten Kabine gefreut hat, war ich überzeugt, dass sie ihren Widerstand in Anbetracht des Balkons endgültig aufgeben würde.

Es hat funktioniert.

»Danke«, sagte sie und strahlte mich mit leuchtenden Augen an. »Die Suite ist wirklich wunderschön.«

»Dir kann sie nicht das Wasser reichen.«

Sie schnaubte. »Ich bin so begeistert, dass ich diesen Aufreißerspruch nicht kommentieren werde.«

»Ich bin sicher, das wirst du später noch nachholen.«

Sie lachte. »Vermutlich.«

Jetzt warte ich darauf, dass sie sich zu mir an den großen, gedeckten Tisch setzt. Als sie erfuhr, dass wir mit den Passagieren an Deck ein Gourmetfrühstück einnehmen würden, bat sie um ein paar Minuten, um sich »präsentabel« herrichten zu können. Also kam ich ihrem Wunsch nach, so schwer es mir auch fiel, sie allein zu lassen, damit sie sich anziehen konnte.

Eben ist der Kaffee serviert worden, und wir betreiben Small Talk, als Karesh sich nähert. »Darf es noch etwas sein, Sir?«

»Nein. Die Vorbereitungen, die Sie für Kennedy getroffen haben, waren perfekt. Danke.«

Karesh nickt. »Keine Ursache. Freut mich, dass Sie zufrieden sind.«

Ehe er geht, richtet einer der Passagiere namens Jeremy Hobbs das Wort an ihn. »Ich hätte heute Morgen gern die schöne Rothaarige an meiner Seite. Könnten Sie sie bitte raufschicken?«

Jeremy ist Mitte dreißig und hat ein Vermögen mit einer von ihm entwickelten Software gemacht.

Karesh blickt kurz zu mir herüber, dann nickt er. »Natürlich, Sir. Ich werde es sie wissen lassen.«

»Hast wohl schon die Nase voll von ihr, was, Spencer?«, bemerkt Nathan Todd, ein junger Gönner, der einige … nicht ganz salonfähige Vorlieben hat, über die er nicht gern spricht. Ich sorge dafür, dass er sie hier ausleben kann.

»Amber ist eine schöne Frau«, umgehe ich die Frage diplomatisch. Nur wenige Passagiere unternehmen zwei Mal die gleiche Reise mit demselben Schiff und derselben Crew. Nathan ist einer davon. Bei der letzten Kreuzfahrt hatte er Interesse an Amber gezeigt, die wiederum nur daran interessiert war, *mich* hinter verschlossenen Türen zu verwöhnen. Diese Wahl überlasse ich stets den Mitgliedern der Crew. Sie müssen, wie auch meine Gäste, ein ärztliches Attest vorlegen, für den Fall, dass sie beschließen, bestimmte Dinge geschehen zu lassen. Was auf unseren Kreuzfahrten auch passiert, geschieht allerdings nur in beiderseitigem Einvernehmen. Es ist kein Muss, für niemanden.

Doch Nathan ist abgelenkt. »Du liebe Zeit, wer hat denn diese *göttliche* Frau herbestellt?«, murmelt er mit einem faszinierten Blick über meine Schulter hinweg. Als ich mich umdrehe, sehe ich Kennedy auf uns zukommen. Vermutlich ist ihr gar nicht bewusst, wie atemberaubend sexy und verführerisch ihr Gang ist. Ihr Hüftschwung allein mag verdammt erotisch sein, aber sie selbst ist noch tausend Mal erotischer.

Ihre von dunklen Wimpern umrahmten Augen glühen, ihre Lippen sind in genau dem richtigen Rosarot geschminkt und wirken wie ein reifer Pfirsich, der zum Verkosten einlädt. Sie hat sich das Haar hochgesteckt, nur ein paar gelockte Strähnen fallen verspielt auf ihre nackten Schultern herab. Die Träger ihres gerade geschnittenen weißen Kleids sind über der Brust gekreuzt und im Nacken geknotet. Auf Höhe des Brustbeins bietet ein goldener Reif einen verlockenden Einblick in ihr Dekolleté. Ich würde meine Eier (oder zumindest eines davon) verwetten, dass sie keinen BH trägt.

Ich höre Stuhlbeine über den Boden schaben, und als ich mich umsehe, stelle ich fest, dass sich sämtliche Männer am Tisch erhoben haben, als Kennedy vor mir stehen bleibt. Sie nickt lächelnd in die Runde, dann sind ihre strahlenden Augen wieder auf mich gerichtet.

»Guten Morgen«, begrüßt sie mich, als hätten wir nicht bereits einen beträchtlichen Teil dieses Morgens miteinander verbracht.

»Willst du dich nicht zu mir setzen, Prinzessin?«, schlägt Eldon Crisp, ein weiterer Passagier, vor.

»Warum sollte sie, alter Knabe?«, will Nathan wissen. »Sie braucht etwas Aufregenderes.«

»Dann bist du garantiert nicht der Richtige für sie«, ätzt Jeremy und wendet sich direkt an Kennedy. »Süße, ich verspreche dir, dass ich diesen Monat zum schönsten deines Lebens mache.«

»Was, zum Teufel, soll das, Hobbs? Du hast doch eben nach einer anderen Tischdame verlangt!«, mault Eldon.

»Und die würde ich nur zu gern gegen diese hier eintauschen.«

Ich räuspere mich und unterdrücke den Drang, mir mit

den Fäusten auf die Brust zu trommeln und anschließend jeden einzelnen Kerl am Tisch windelweich zu prügeln. Ich rufe mir in Erinnerung, weshalb sie alle hier sind. Allerdings sollte ich ihnen wohl klarmachen, dass Kennedy dafür nicht zur Verfügung steht. »Gentlemen, das ist Kennedy, und sie wird mir heute beim Frühstück Gesellschaft leisten. Und auch jeden weiteren Tag«, sage ich scharf, mit einem nachdrücklichen Blick in die Runde.

Ich kann nur hoffen, dass die Botschaft angekommen ist, weil ich nämlich den dumpfen Verdacht habe, dass ich ohne Weiteres gewalttätig werden könnte, wenn es um Kennedy geht. Normalerweise dürfen sich meine Gäste an jede Frau heranmachen, an der sie Interesse haben, vorausgesetzt, sie ist ebenfalls interessiert. Bisher war noch nie eine tabu. Aber mir war auch noch nie eine derart wichtig. Tja, bei Kennedy ist eben alles anders. Es würde mir nichts ausmachen, mich mit einem oder zwei oder meinetwegen auch *mit allen* anzulegen, sollten sie auch nur einen weiteren Blick in Kennedys Richtung riskieren. Ja, ich würde mich sogar ausgesprochen gern mit ihnen anlegen. Oder ihnen sämtliche Arme und Beine einzeln ausreißen.

Es herrscht Schweigen am Tisch, als ich den leeren Stuhl neben mir für Kennedy zurückschiebe. Sie lächelt mich an und nimmt graziös darauf Platz. Der Kaffee wird eingeschenkt und der erste Gang – bestehend aus frischen tropischen Früchten – serviert, und Kennedy sitzt mit kerzengeradem Rücken auf der Stuhlkante, isst und unterhält sich mit den Gästen, gerade so, als hätte sie schon ihr ganzes Leben auf einer Jacht verbracht, umgeben von reichen Menschen. Man würde nie auf die Idee kommen, dass sie eigentlich eine Angestellte ist, die hier für ihren Lebensunterhalt schuftet.

Während die Teller abgeräumt werden, um Platz für den Hauptgang zu schaffen, erscheint Amber in einem engen, schwarzen Kleid, das ihren Kurven schmeichelt und sie sehr … sinnlich wirken lässt. Sie schenkt mir ein strahlendes Lächeln, das allerdings erstirbt, als sie Kennedy neben mir erblickt.

Ich habe schon so einige Zickenkriege miterlebt und weiß, wie gemein Frauen zueinander sein können. Deshalb erwacht sogleich mein Beschützerinstinkt. Ich werfe Amber einen warnenden Blick zu, als sie sich neben den wartenden Jeremy setzt.

Zu meiner großen Erleichterung fährt sie nicht wie befürchtet die Krallen aus, und auch die Männer scheinen sich zu benehmen. Ich muss also niemandem in den Hintern treten. Allerdings ist der Tag noch jung.

Nach dem Frühstück zerstreut sich die Runde. Einige Passagiere ziehen sich in ihre Kabinen zurück, andere begeben sich zum Work-out in den Fitnessraum, während das Oberdeck umgeräumt wird. Die männlichen Crewmitglieder rücken aus, um den Tisch und die Stühle wegzutragen. Dann wird das überdachte Podest abgebaut, auf dem wir das Frühstück eingenommen haben. Darunter kommt der Pool zum Vorschein, der sich tagsüber bei allen großer Beliebtheit erfreut.

Währenddessen führe ich Kennedy zum Bug des Schiffs, dorthin, wo sie am ersten Abend an der Reling stand, als wir aus Marina del Rey ausgelaufen sind. Ich schiebe sie zwischen das Geländer und mich und genieße es, Brust an Brust mit ihr dazustehen. Sie lässt es geschehen, mehr noch, sie schmiegt sich an mich, und ich erfreue mich daran, wie perfekt unsere Körper zueinanderpassen. Keine Ahnung, ob sich Kennedy dessen bewusst ist. Ich bin es jedenfalls.

»Ich muss doch sehr bitten, Mister Spencer!«, echauffiert sie sich mit gespielter Entrüstung. »Ich bin Ihre Angestellte!« Sie späht über meine Schulter, um sich davon zu überzeugen, dass uns niemand sieht. Ich weiß nicht, ob hinter mir jemand steht, und es ist mir auch egal. Meine ganze Aufmerksamkeit ist auf die wunderschöne, anschmiegsame Frau in meinen Armen gerichtet.

»In Ordnung, dann bekommst du eben für den Rest des Tages frei«, sage ich, neige den Kopf und drücke ihr einen Kuss auf die Lippen.

»Aber gestern hatte ich doch auch schon frei«, protestiert sie. »Und vorgestern ebenfalls. Und …«

Ich bringe sie zum Verstummen, indem ich die Zungenspitze über ihre Unterlippe in das seidige Innere ihres Munds gleiten lasse, wobei mir sogleich das Wasser im Mund zusammenläuft. Sie schmeckt einfach unheimlich lecker.

»Ich habe ja nicht von heute Abend geredet. Du wirst dafür bezahlt, dass du tanzt, also wirst du tanzen.«

Sie lehnt sich etwas nach hinten, um mich besser ansehen zu können. In ihrem Blick spiegelt sich eine Vielzahl unterschiedlichster Emotionen, aus denen ich nicht ganz schlau werde. »Ich soll tanzen?«

»Ja, du sollst tanzen. Aber bis dahin gehörst du mir«, erkläre ich. Dann drehe ich sie so herum, dass sie mit dem Rücken zu mir dasteht und ihr Becken an die Reling gedrückt wird. »Ganz und gar mir.«

Ich lege die Hände um ihre Taille und lasse sie dann zwischen ihren schweren Brüsten zum Hals hinauf wandern, wobei ich ihren Kopf etwas nach hinten drücke. Dann lecke ich vom Schlüsselbein bis zu ihrer Ohrmuschel und reibe dabei den Schwanz an ihrem Hintern.

»Ich will, dass du heute etwas Besonderes anziehst. Nur für mich. Etwas, von dem du weißt, dass es mir gefällt. Wirst du das für mich tun?«, frage ich sie.

Mir entgeht nicht, dass ihr Atem schneller geht, als meine Finger wieder in das Tal zwischen ihren Brüsten eintauchen und mein Handgelenk eine ihrer harten Brustwarzen streift. »Ja«, haucht sie atemlos.

»Nur für mich«, wiederhole ich.

»Nur für dich.«

Widerstrebend lasse ich die Arme sinken und trete einen Schritt zurück. »Geh dich schon mal umziehen. Ich bespreche inzwischen mit Karesh deinen Auftritt für heute Abend, ja?«

Kennedy dreht sich zu mir um. Ihre Wangen sind gerötet, ihre Lider halb geschlossen. »Du bist ein schlimmer Bursche, das ist dir schon klar, oder?«

Ich zwinkere ihr zu. »Du hast ja keine Ahnung, wie schlimm.«

Ich hatte nicht damit gerechnet, dass es mir so schwerfallen würde, mich umzudrehen und davonzugehen.

Kapitel 28

KENNEDY

Gleich darauf durchstöbere ich den Schrank und die Kommode meiner neuen Kabine, in denen jetzt all meine wunderschönen neuen Kleider verstaut sind, und zerbreche mir den Kopf darüber, was Reese gefallen könnte.

»Ich kann ja wohl kaum nackt raufgehen«, murmle ich halblaut vor mich hin und kichere bei der Vorstellung, wie er wohl darauf reagieren würde. Das Lachen vergeht mir allerdings ziemlich schnell, als mir einfällt, dass wir nicht allein sein werden. Schließlich bin ich keine Exhibitionistin.

Ich überlege noch immer, was ich denn am besten anziehen soll, als ich auf ein schlichtes graues Sweatshirt stoße. Es erinnert mich an etwas, das Reese mir vor vielen Jahren erzählt hat. Bestimmt wird es ihm gleich wieder einfallen, wenn er mich darin sieht, und dann wird er wissen, dass ich bei der Wahl meiner Garderobe an ihn gedacht habe. Doch für einen Tag am Pool ist das leider nicht das Richtige. Nein, es wird noch bis heute Abend warten müssen. So wie Reese.

Mit einem aufgeregten Lächeln entscheide ich mich stattdessen für einen Bikini und ein passendes Strandkleid, das meinen Teint hervorragend unterstreicht und meine Kurven genau an den richtigen Stellen betont. Obwohl ich bei der

Wahl dieses Outfits (im Gegensatz zu dem Sweatshirt, das ich abends tragen werde) nicht speziell an Reese gedacht habe, bin ich überzeugt, dass es ihm gefallen wird, vor allem, wenn er sich ausmalt, wie er es mir auszieht.

Ich schlüpfe in goldene Riemchensandalen und greife nach Sonnenbrille und Sonnencreme, bevor ich mich auf der Bettkante niederlasse, um Karesh anzurufen. Reese ist nicht der Einzige, der für seine Vorbereitungen gelegentlich etwas Unterstützung braucht.

Fünfundzwanzig Minuten später gehe ich über die polierten Holzdielen am Oberdeck auf ein paar Leute zu, die in meiner kurzen Abwesenheit mit einer Poolparty begonnen haben. Drei der vier Männer, die ich beim Frühstück kennengelernt habe, liegen am Pool, zwei weitere (die ich noch nie gesehen habe) sitzen mit zwei Mädchen, die ich ebenfalls noch nicht kenne, im Whirlpool. Auf dem schmalen Sonnendeck links neben der Bar wird die spärlich bekleidete Amber von Jeremy, einer meiner vier Frühstücksbekanntschaften, mit Sonnenöl eingerieben.

Von allen Seiten ertönen Stimmen und Gelächter und Wassergeplätscher, im Hintergrund spielt Musik. Allmählich wird mir klar, wofür diese Männer bezahlen. Sie erfüllen sich hier ein paar Wochen lang einen Traum: strahlender Sonnenschein von morgens bis abends, das offene Meer, Cocktails bis zum Abwinken und wunderschöne Frauen. Spaß ohne Ende. Zweifellos wird den Passagieren in puncto Unterhaltung an Bord viel mehr geboten als nur die abendlichen Tanzshows. Sie haben hier die Möglichkeit, mit gesunden jungen Frauen zu schlafen, und das in einer vollkommen vorurteilsfreien Umgebung und ohne irgendwelche Konsequenzen.

Erst als Reese neben mir auftaucht, wird mir bewusst, dass ich im Schatten stehen geblieben bin und auf das vor mir liegende Szenario starre. »Ist alles okay?«

Aus unerfindlichen Gründen ist mir plötzlich nach Weinen zumute. Lächerlich, ich weiß, aber trotzdem bin ich den Tränen nah.

»Damit verdienst du also dein Geld. Du lässt dich von einer Horde gelangweilter, geiler Männer, die zu viel Geld und zu viel Zeit haben, dafür bezahlen, dass du ihnen ein paar Wochen Hedonismus der feinsten Sorte bietest.«

»Ich verkaufe Fantasien, Kennedy. Es ist wie in meinen Clubs, nur in einem etwas größeren Umfang. Diese Männer sind hier, um sich an herrlichen Ausblicken und leckeren Gerichten zu erfreuen und die Gesellschaft schöner Frauen zu genießen, die für sie tanzen und mit ihnen flirten. Im Grunde sind sie hier, um sich ein bisschen zufriedener mit sich selbst zu fühlen. Sie geben mir Geld dafür, dass ich ihre Fantasien wahr werden lasse, jedenfalls bis zu einem gewissen Grad. Sie essen, trinken und sind eine Weile die tollen Kerle, die sie gern wären, bevor sie in ihr langweiliges Leben zurückkehren. Das ist alles. Du solltest da nicht zu viel hineininterpretieren.«

»Es wirkt nur so … erbärmlich.«

»Das ist es nicht. Es ist genau das, wonach es aussieht. Es sind Männer, die dafür bezahlen, dass schöne Frauen ihnen Aufmerksamkeit schenken.«

»Aber bei einigen endet es mit Sex.«

»Ja, darauf wird es hier und da wohl hinauslaufen. Aber es liegt ganz bei ihnen.«

»Du betreibst also quasi einen Luxus-Escortservice.«

»Du tust gerade so, als wäre ich ein Zuhälter.«

»Bist du das denn?«, will ich wissen und blicke ihm direkt in die Augen.

»Nein, Kennedy, das bin ich nicht. Ich verdiene meine Brötchen mit schönen Frauen, die für ihr Geld nur sehr wenig tun müssen. Jede andere Arbeit auf dieser Welt ist bedeutend anstrengender. Größtenteils müssen sie sich lediglich zeigen und lächeln. Manche tanzen, andere singen, massieren die Passagiere oder servieren in teuren Kleidern die Mahlzeiten. Es ist nur ein Job, auch nicht viel anders als der deine. Ich habe dich eingestellt, damit du tanzt und meine Gäste bedienst, und das hast du getan.«

»Ich habe noch keinen einzigen deiner Gäste *bedient*«, erwidere ich.

Reese grinst. »Und zwar deshalb, weil ich nicht gleich am Anfang unserer Reise jemanden enthaupten will.«

Ich versuche, ein Lächeln zustande zu bringen, doch meine Gedanken kreisen noch immer um das, was hier vor sich geht, und die Rolle, die Reese darin spielt.

»Und, hast du … warst du mit … den meisten dieser Mädchen … zusammen?« Ich kann Reese nicht in die Augen schauen, als ich ihm diese Frage stelle. Aber ich muss sie stellen.

»Ist das denn wichtig? Du hast doch meine Untersuchungsergebnisse gesehen.«

Ich starre ihn konsterniert an. »Natürlich ist das wichtig!«

»Das sollte es aber nicht sein. Du bist die Einzige, mit der ich Zeit verbringen will. Auf mannigfaltige Art und Weise.«

Es war mir gar nicht in den Sinn gekommen, ihn zu fragen, ob Monogamie in dieser ganzen … Scharade überhaupt ein Thema ist. Das hatte ich einfach vorausgesetzt.

»Nun komm schon.« Reese lässt die Finger an meinem Arm entlanggleiten und ergreift meine Hand. »Ich besorge dir einen Cocktail.«

»Es ist noch nicht einmal Mittag.«

»Die Uhrzeit spielt hier so gut wie gar keine Rolle. Du tust, worauf du Lust hast, und zwar, wann immer du darauf Lust hast.«

»Was, wenn ich am liebsten in meine Kabine zurückgehen würde?«

»Dann solltest du mit Gesellschaft rechnen.«

Wieder zieht er an meiner Hand. »Komm mit, ich zeige dir, wie herrlich albern das alles ist.«

Zögernd lasse ich mich von ihm in die Sonne führen. »Ja, mir ist schon klar, was genau du daran albern findest«, murmle ich sarkastisch.

Reese lacht, dann beugt er sich zu mir herunter und flüstert mir ins Ohr: »Pst, nicht so laut. Sie haben keine Ahnung.« Auf dem halben Weg zum Pool bleibt Reese stehen und dreht sich zu mir um. Er betrachtet mich von Kopf bis Fuß und schenkt mir ein verführerisches Lächeln. »Heißes Outfit übrigens.«

»Ach, dieser alte Fetzen?«, winke ich ab und klimpere dabei in gespielter Schüchternheit mit den Wimpern. »Ich habe getan, was ich konnte, allerdings hat mein Kleiderschrank nicht allzu viel hergegeben. Aber heute Abend … heute Abend werde ich etwas nur für dich tragen. Ich glaube, es wird dir sehr gefallen.«

Reese hebt eine Augenbraue. »Ach jaaaaa?«

Sein Blick lässt mich beinahe erröten. Dann leckt er sich über die Lippen wie ein hungriger Wolf. Und ich brenne darauf, seine nächste Mahlzeit zu sein.

* * *

Als ich ein paar Stunden später im Schatten auf einer Liege entspanne, wird mir bewusst, dass Reese wohl recht hat. Es ist nicht so schlimm, wie ich zunächst angenommen hatte. Ich habe die Männer beobachtet, und einige von ihnen sind wirklich einfach nur schüchtern, was im wahren Leben in der Tat ein Problem für sie darstellen könnte. Doch nicht so hier.

Die übrigen wirken ein bisschen playboy-mäßig, aber trotzdem nett. Ich glaube, sie sind tatsächlich hier, um ihre Freiheit auszuleben, wie Reese gesagt hat. Allerdings sind mir auch ein, zwei Kandidaten unangenehm aufgefallen. Besonders Nathan und Jeremy finde ich unsympathisch. Sie erinnern mich an Raubtiere auf der Pirsch, und zwar nicht im positiven Sinn. Obwohl ich bis dato nichts dergleichen gesehen habe, erwecken die beiden den Eindruck, als könnten sie eine Spur aufdringlich und ungemütlich werden. *Zu* aufdringlich. Ich bin richtiggehend froh, dass Reese ziemlich unmissverständlich Besitzansprüche angemeldet hat. Ich wäre weder mit Nathan noch mit Jeremy gern allein. Wahrscheinlich wüsste ich nicht, was ich dann tun würde. Im *Exotique* mussten wir uns mit solchen Problemen nicht auseinandersetzen. Es gab ausreichend Sicherheitspersonal, und unangenehme Gestalten wurden für gewöhnlich sehr rasch des Clubs verwiesen.

Ich betrachte Reese, der gerade in ein Gespräch über Aktien verwickelt ist. Sieht nicht so aus, als habe er es eilig, davon wegzukommen. Inzwischen weht eine leichte Brise, und mich fröstelt, deshalb beschließe ich, mich auf einem der beiden Hochdecks in der Sonne aufzuwärmen. Ich entscheide mich für das Deck rechts von der Bar – jenes, das *nicht* von Amber belegt ist. Nachdem ich eine Weile dort gedöst habe, das Gesicht der Sonne zugewandt, fällt ein Schatten über mich. Ich lächle und schlage die Augen auf, erblicke aber nicht wie erwartet Reese, sondern Nathan.

»Pass bloß auf, dass du dir keinen Sonnenbrand holst. Wäre doch jammerschade, wenn auch nur ein Zentimeter dieser wunderschönen Haut Schaden nähme.« Er beugt sich über mich, um mir mit dem Zeigefinger über den Oberschenkel zu fahren, und nimmt dann am Fußende meines Liegestuhls Platz.

Ich setze mich mit einem Ruck aufrecht hin und schenke ihm ein frostiges Lächeln. »Nett, dass du so besorgt um mich bist, aber das ist nicht nötig. Ich bin immer vorsichtig. Sehr vorsichtig«, betone ich, nur für den Fall, dass ich mein Desinteresse noch nicht ausreichend zum Ausdruck gebracht habe.

»Wie kommt es eigentlich, dass Reese die Guten immer für sich behält?«

Mir fällt keine passende Antwort darauf ein. Ich weiß nur, dass ich lieber sterben würde, als noch einmal von Nathan berührt zu werden. Nicht, dass er äußerlich so furchtbar abstoßend wäre. Eigentlich ist er sogar recht attraktiv mit seinem dunkelblonden Haar und den mandelförmigen grünen Augen. Und trotzdem hat er etwas an sich, das mir eine Gänsehaut verursacht.

Dann geht alles so schnell, dass ich kaum registriere, was eigentlich los ist. Eben saß Nathan noch neben mir, und eine Sekunde später ist er plötzlich verschwunden. Reese hat ihn kurzerhand am Schlafittchen gepackt, ihn blitzschnell hochgezogen und zur Seite geschleudert.

Es wirkt reichlich komisch, wie Nathan so zwischen den leeren Liegen herumtaumelt, darum bemüht, nicht das

Gleichgewicht zu verlieren. »Hey, was soll das, Mann?«, keucht er, heftig mit den Armen rudernd.

Reese ist sichtlich wütend – seine Lippen sind nur noch ein dünner Strich, die Hände zu Fäusten geballt. Jeder Muskel seines großen, schlanken Körpers ist angespannt wie ein Flitzebogen. »Ich habe doch gesagt, sie ist *mein* Gast.«

»Ich dachte, das dürfen die Mädchen selbst entscheiden. Du hast doch immer behauptet, das sei Teil deiner ›Philosophie‹«, ätzt Nathan und malt dabei mit den Fingern Anführungszeichen in die Luft.

»Es gehört zwar zu meiner Philosophie, aber Kennedy ist eine Ausnahme. Sie gehört mir, und du wirst gefälligst die Finger von ihr lassen. Du wirst nicht mit ihr reden. Du wirst sie noch nicht einmal *ansehen*. Du wirst dich gefälligst von ihr fernhalten, sonst werfe ich dich hier mitten im Pazifik über Bord, und du kannst allein zu den Fidschi-Inseln schwimmen.«

Nathan ist knallrot angelaufen. Er streicht sich das Hemd glatt und versucht, seine Fassung wiederzuerlangen. »Verflucht noch mal, Spencer, warum hast du das nicht gleich gesagt?«

Er wirft erst Reese und dann mir einen verärgerten Blick zu, dann verlässt er das Oberdeck und verzieht sich nach unten. Ich nehme an, er wird sich in seine Kabine verkriechen, um in aller Ruhe seine Wunden zu lecken.

Reese sieht sich um. Alle Augen sind auf ihn gerichtet. Er streckt mir die Hand hin, und ich ergreife sie, ohne zu zögern, und lasse mich von ihm hochziehen. Seine Augen sind fast schwarz vor Zorn und Verlangen, und sein Blick hat etwas Primitives, Besitzergreifendes.

»Habe ich schon erwähnt, dass du heute frei hast?«, erkundigt er sich.

»Ja«, hauche ich zögernd.

»Gut.« Damit beugt er sich zu mir hinunter und küsst mich so leidenschaftlich, dass mir Hören und Sehen vergeht. Schließlich hebt er den Kopf und zwinkert mir zu, haucht mir noch einen letzten, zärtlichen Kuss auf die Lippen und dreht sich dann zu den Umstehenden, die uns zugesehen haben, um. »Noch irgendwelche Fragen?«, fragt er laut.

Allgemeines Kopfschütteln. Einige der Männer heben sogar abwehrend die Hände, um zu signalisieren, dass sie mich in Ruhe lassen werden. Andere wenden einfach den Blick ab, als wollten sie um keinen Preis riskieren, Reeses Zorn auf sich zu ziehen.

Ich weiß, ich sollte eigentlich eingeschnappt sein. Reese hat gerade öffentlich seine Ansprüche auf mich geltend gemacht. Aber ich bin nicht eingeschnappt. Es ist offensichtlich, das Reese sich noch bei keinem anderen Mädchen so aufgeführt hat, zumindest nicht in aller Öffentlichkeit. Das lässt mich hoffen, dass er möglicherweise – nur möglicherweise – *tatsächlich* etwas für mich empfindet.

»Komm mit.« Reese nimmt mich bei der Hand. »Ich sage Arnold, dem Captain, er soll für ein paar Stunden den Anker werfen, damit wir ein bisschen Jetski fahren können.«

Und damit ist der Spuk ebenso plötzlich wieder vorbei, und Reese ist wieder ganz der Alte, ruhig und charmant, als wäre nichts geschehen.

Der Rest des Tages vergeht wie im Flug und kommt mir vor wie ein Traum, so glücklich bin ich. Wir flitzen auf unseren Jetskis über den Pazifik, und Reese flirtet mit mir und zieht mich auf und hält in regelmäßigen Abständen neben meinem Jetski an, um mich zu küssen – und zwar nicht nur flüchtig, sondern *richtig*. Lange, leidenschaftliche Küsse, die mir den Atem rauben und das Verlangen in mir wecken.

Abends ist er gegenüber seinen Gästen, denen er fast den ganzen Tag über kaum Beachtung geschenkt hat, wieder der charmante Reese, was mich sehr beruhigt. Nathan dagegen ist immer noch beleidigt. Ich sehe es an den verärgerten Blicken, die er Reese zuwirft, wenn dieser gerade wegschaut. Ansonsten tut er so, als wäre er über die Sache hinweg. Er hat um die Gesellschaft einer schönen wasserstoffblonden Servicekraft gebeten, der ich noch nicht offiziell vorgestellt worden bin. Mit ihr flirtet er auf Teufel komm raus, so wie die anderen Männer mit den von ihnen auserwählten Damen flirten, während ich es in vollen Zügen genieße, dass Reese offenbar in einer Tour das Bedürfnis hat, mich anzufassen.

Alle paar Minuten berührt er mein Haar oder meine Hand oder streift unter dem Tisch mein Bein, ganz egal, ob er sich gerade mit jemandem unterhält oder Wein trinkt oder einfach nur zuhört. Jedes Mal, wenn ich ihn ansehe, erwidert er meinen Blick. Manchmal zwinkert er mir zu, manchmal lächelt er, und manchmal betrachtet er mich bloß auf eine Art, die mein Herz augenblicklich dahinschmelzen lässt wie das Eis in der Sonne.

Alles in allem ist das einer der schönsten Tage, die ich seit Langem erlebt habe, dem unerquicklichen Vorfall mit Nathan zum Trotz. Nachdem es heute zwischen Reese und mir so harmonisch gelaufen ist, freue ich mich richtig auf meine abendliche Tanzeinlage. Und ich hoffe mal, *er* freut sich darüber, dass ich mich an ein so winziges Detail von früher erinnert habe.

Er begleitet mich zu meiner Kabine, damit ich mich fertig machen kann. An der Tür streicht er mir die Haare über die Schultern, und dann schmiegt er seine langen Finger um meinen Hals und beugt den Kopf, um mich auf die pulsierende Stelle meiner Schlagader zu küssen. Als ich spüre, wie seine Zunge über mich gleitet, überläuft mich eine Gänsehaut an den Armen.

»Ich begehre dich so sehr, dass ich kaum noch klar denken kann«, stöhnt er. »Denk daran, wenn du heute für mich tanzt. Denk daran, dass du nur für mich tanzt. Für niemanden sonst.«

»Ja«, presse ich mit rauer Stimme hervor und bohre die Finger in seine muskulösen Oberarme. Am liebsten hätte ich ihn auf der Stelle in meine Kabine gezerrt. »Denk *du* daran, dass dieser Tanz nur für dich ist. Denk … an früher.«

Reese hebt den Kopf und mustert mich fragend. Ich schenke ihm ein vielsagendes Lächeln und verpasse ihm einen Klaps auf den Hintern, dann drehe ich mich um und verschwinde in meiner Kabine. Erst als die Tür hinter mir ins Schloss fällt und ich mich von innen dagegen lehne, atmet Reese draußen hörbar aus. Ich grinse, weil mir das beweist, dass er genauso leidet wie ich. Aber vielleicht nicht mehr allzu lange. Vielleicht.

Kapitel 29

REESE

Während der ersten Stunde der sorgfältig inszenierten Show muss ich mich richtiggehend zwingen stillzusitzen. Mich interessiert eigentlich nur ein einziger Auftritt: der von Kennedy.

Dass sie als Letzte an der Reihe ist, habe ich mir selbst zuzuschreiben. Zum Teil ist es darauf zurückzuführen, dass ich Karesh so kurzfristig gebeten habe, sie noch auf die Liste zu setzen. Ich weiß, dass sie wie eine Angestellte behandelt werden möchte, und ich weiß, wie gern sie tanzt. Aber schon die Vorstellung, dass dabei die Augen anderer Männer auf sie gerichtet sind, weckt in mir einen Widerwillen, der mindestens ebenso stark ist wie meine Leidenschaft für Kennedy. Schon bei dem bloßen Gedanken an diese vier unerträglichen Minuten wird mir übel. Aber es ist für Kennedy. Das muss ich mir immer wieder in Erinnerung rufen …

Als es endlich Zeit für ihren Auftritt ist, bin ich aufgewühlt und zugleich äußerst gereizt. Ich blicke nach rechts und links, um zu prüfen, wer zusieht. Alle sehen zu. Natürlich.

Dann gehen die Lichter aus, und ich wende meine Aufmerksamkeit erneut der Bühne zu. Als die ersten Takte des Liedes erklingen, das sie gewählt hat, muss ich lächeln. Kennedy hat mir bereits prophezeit, dass mir ihre Nummer gefallen würde, und ich muss ihr schon jetzt recht geben.

Als ich jünger war, haben meine Brüder und ich regelmäßig einige von Dads alten Filmen angesehen, wenn er nicht zu Hause war, was ziemlich häufig vorkam. Es war eines dieser kleinen, verbotenen Geheimnisse, die Brüder ein Leben lang zusammenschweißen.

In einem meiner Lieblingsfilme ging es um eine junge Frau, die tagsüber als Schweißerin schuftete und nachts tanzte. Ihr größter Wunsch war es, Ballerina zu werden. Schließlich lernte sie einen Mann kennen, der ihren Traum wahr machte. Mein Vater hatte sie einmal verächtlich als *white trash,* als Angehörige der weißen Unterschicht, bezeichnet und behauptet, so etwas würde im echten Leben nie passieren, aber ich bewunderte sie trotzdem für ihre Zielstrebigkeit und natürlich auch für ihren heißen Körper und ihre Art zu tanzen. Diesem Mädchen verdanke ich mindestens ein Dutzend meiner frühesten Erektionen.

Während unseres gemeinsamen Sommers habe ich Kennedy von diesem Film erzählt, und sie sagte, sie hätte ihn auch gesehen und sei von den Tanzeinlagen der Hauptdarstellerin ebenfalls fasziniert gewesen. Ich frage mich, inwieweit dieser Film unser Leben beeinflusst hat. Inzwischen bin ich erwachsen und besitze eine Reihe von Tanzclubs, und Kennedy tanzt in einem von ihnen. Das mittellose weiße Mädchen aus der Unterschicht, das praktisch nichts besitzt, und der reiche Mann, der Träume wahr werden lassen kann. Kann es sein, dass hier die Kunst das Leben spiegelt?

Wenn wir je ein Lied hatten, das uns verbindet, dann ist es dieses hier. Und sie spielt es für mich.

Nach den ersten paar Takten schlüpft Kennedy mit gebeugtem Kopf hinter dem Vorhang hervor. Ihre schlanken Beine sind nackt bis auf ein Paar Legwarmers, und sie lässt bei jedem Schritt theatralisch die nackten Zehen über den Boden schleifen. Sie trägt einen kurzen, hautengen schwarzen Rock und ein graues Sweatshirt, dessen Halsbündchen herausgeschnitten ist und das ihr über eine Schulter hängt, sodass einer ihrer schmalen, schwarzen BH-Träger zu sehen ist. Wenn mir die Musik nicht bereits verraten hätte, was sich Kennedy bei dieser Nummer gedacht hat, dann hätte ich es spätestens dank dieses Sweatshirts gewusst.

Sie schreitet zur Mitte der Bühne, wo sie sich anmutig dreht und wiegt wie eine Ballerina. Man erkennt sofort, dass sich ihr Talent nicht auf erotische Tanznummern beschränkt, obwohl jede ihrer Bewegungen sexy ist – weil sie ganz einfach Kennedy ist. Ich glaube, sie kann gar nicht anders.

Ich beobachte sie fasziniert, registriere, wie ihre Bewegungen mit der Zeit aufreizender werden, ihr Blick immer häufiger zu mir wandert. Als sie die Beine spreizt, um einen perfekten Spagat zu machen, öffnen sich ihre Lippen, als würde sie lautlos stöhnen. Als würde sie daran denken, wie ich mich heute früh an die Stelle zwischen ihren Oberschenkeln gepresst habe. Als sie sich nach hinten beugt, wodurch ihre vollen Brüste hervorragend zur Geltung kommen, schließt sie die Augen, als könnte sie spüren, wie ich sie berühre. Alles, was sie dort oben treibt, macht meinen Schwanz nur noch härter.

Als sie auf den vereinzelten Stuhl zutanzt, der mir bisher noch gar nicht aufgefallen ist, wird mir klar, was mich erwartet. Das Licht wird gedämpft, nur noch ein einziger Scheinwerfer ist auf sie gerichtet.

Ich verfolge, wie sie die Hand hebt, um ihre zusammengebundene Mähne zu befreien, sodass sie in einer dichten, glänzenden Welle über ihre Schultern fällt, während sie sich lasziv nach hinten beugt. Wieder hebt sie die Hand, diesmal um ein Seil zu ergreifen, das ich erst jetzt bemerke.

Ich springe auf, denn ich weiß, was als Nächstes kommt. Im Zeitlupentempo zieht sie an dem Seil, und wie aus dem Nichts ergießt sich Wasser über ihre Brüste und ihren Bauch und spritzt auf die Bühne.

Kennedy drückt den Rücken durch, und ich höre, wie sie nach Luft schnappt, der Musik zum Trotz. Ich sehe, wie unter dem nassen Stoff ihres grauen Sweatshirts ihre Brustwarzen hart werden, und mein Drang, sie in den Mund zu nehmen, wird schier übermächtig. Doch in diesem Moment kann ich nur daran denken, dass auch alle anderen hier sehen, was ich sehe. *Sie.*

Und es macht mich rasend vor Wut.

»Raus!«, brülle ich laut, um die Musik zu übertönen, obwohl der Song noch gar nicht zu Ende ist. Ich hole kurz Luft und sehe mich im Raum um, dann brülle ich noch lauter: »Ich sagte, *raus!* Und zwar alle.«

Binnen Sekunden leert sich der Raum. Inzwischen dröhnt das nächste Lied aus den Boxen. Kennedy hat sich aufgerichtet und starrt mich an. Von ihren Haarspitzen tropft Wasser. Sie rührt keinen Finger, als ich zu ihr auf die Bühne stürme. Sie scheint noch nicht einmal zu atmen.

Ich auch nicht.

Kapitel 30

KENNEDY

Ich sehe, wie Reese mit einer geschmeidigen Bewegung auf die Bühne springt. Ich sehe den hungrigen Blick, mit dem er mich vom Kopf bis zu den Zehen betrachtet, als könnte er sich nicht entscheiden, welchen meiner Körperteile er sich als Erstes vornehmen soll. Und ich sehe, dass die Geduld, die er bisher an den Tag gelegt hat, rapide dahinschwindet und einer heftigen Erregung weicht. Ich sehe Begierde. Pure Leidenschaft. Wild, ekstatisch und brutal.

Als er zu mir kommt, weiß ich schon bei der ersten Berührung seiner Finger, dass das, was nun folgt, einem Raketenabschuss gleichen wird, rasend schnell, berauschend, überwältigend. Und ich bin bereit dafür.

Es ist an der Zeit.

Als Erstes fährt er mir mit den Fingern durchs Haar, packt die nassen Strähnen und hält meinen Kopf fest. Dann attackiert sein Mund den meinen. Unsere Zungen umspielen einander, unsere Lippen saugen sich aneinander fest.

Ich spüre, wie seine Hände ungeduldig an meinen Armen entlang zum Ausschnitt des Sweatshirts wandern. Er reißt es mir über den Kopf und wirft es zu Boden. Mit einem Knurren zieht er mich erneut an sich und beugt den Kopf, um an meiner Unterlippe zu saugen.

»Sag, dass du das hier genau so dringend willst wie ich«, keucht er heiser. »Sag mir, dass ich mit dir machen kann, was ich will. Hier und jetzt.«

Seine Worte sind wie ein Funke auf trockenem Reisig – sie entzünden eine Flamme tief in meinem Inneren, die sich so rasend schnell ausbreitet wie ein Buschfeuer. Hitzeschauer wallen an meiner Wirbelsäule entlang nach unten und brennen zwischen meinen Beinen.

»Ja. Ja zu allem.«

Mehr muss er nicht hören. Ich habe ihn entfesselt, das Tier in ihm befreit. Und diesmal bin ich bereit dafür.

Mit einer heftigen Bewegung reißt Reese meinen BH auf und zerrt ihn unsanft an meinen Armen entlang nach unten, um meine Brüste zu entblößen. Als er mich über seinen Arm nach hinten beugt und sich seine Lippen um eine meiner Brustwarzen schließen, presse ich die Oberschenkel zusammen, um nicht auf der Stelle zu kommen.

Ich fahre ihm mit den Fingern durchs Haar, balle in wilder Ekstase die Fäuste. Kaum hat mich Reese wieder aufgerichtet, packe ich sein Hemd und reiße die Knöpfe auf – alle auf einmal.

Auf seiner harten, von dunklem Flaum bedeckten Brust glänzt ein feiner Schweißfilm. Bei seinem Anblick läuft mir das Wasser im Mund zusammen. Ich beuge den Kopf und lasse die Zunge zwischen seinen Brustmuskeln nach oben wandern, genau in der Mitte, wobei ich kurz innehalte, um an einer seiner flachen, männlichen Brustwarzen zu saugen.

Er legt mir eine Hand in den Nacken und schnappt nach Luft, als ich zubeiße. »Verdammt, Kennedy«, faucht er, und es klingt beinahe wütend. »Ich wollte nicht, dass es so läuft, aber du machst mich wahnsinnig.«

Ich sehe ihm tief in die Augen, während ich mich aus seinem Griff befreie, und in diesem Moment wird mir klar, dass genau das meine Absicht ist. Ich *will* ihn wahnsinnig machen. Er soll dieselbe verzweifelte Begierde empfinden wie ich.

Ich sinke vor ihm auf die Knie, öffne mit geschickten Fingern den Knopf und den Reißverschluss seiner Hose und ziehe sie ein Stück nach unten, zu den Oberschenkeln.

Darunter ist er nackt, und mir bleibt schier die Luft weg, als ich mich so plötzlich Auge in Auge mit seinem gewaltigen Schwanz wiederfinde. Ich hatte vergessen, wie groß er ist. Genauso groß wie früher – mit dem Unterschied, dass nun direkt in der weichen, runden Eichel ein goldenes Piercing glänzt.

Fasziniert betrachte ich es und hebe dann die Hand, um mit der Fingerspitze darüberzufahren. Reese zuckt zusammen.

»Gefällt es dir?«, fragt er leise. »Das ist ein Prinz-Albert-Piercing.« Reese atmet aus, lange und hörbar, mit einem Zischen. »Ich kann es kaum erwarten, dir zu zeigen, wie es sich anfühlt, wenn es dich von innen stimuliert. Ich will, dass du meinen Namen schreist, wenn du kommst.« Seine Stimme ist wie rauer Samt, der über meine Haut gleitet und mich an genau den richtigen Stellen berührt.

Ich beuge den Kopf, um das Piercing mit der Zunge zu erkunden, und spüre, wie mein Slip feucht wird, als Reese aufstöhnt und die Finger in meinem Haar vergräbt.

Kaum haben sich meine Lippen um die Eichel geschlossen, beugt sich Reese zu mir herunter und zieht mich hoch. Er schließt mich in die Arme, presst die Lippen auf meinen Mund und küsst mich, bis ich das Gefühl habe, ich könnte jeden Moment in Flammen aufgehen, wenn ich nicht zufällig in einer Wasserpfütze stünde.

Reese entledigt sich seiner Hose und legt mich auf die nasse Bühne. Das kühle Wasser unter mir sorgt dafür, dass sich meine Brustwarzen noch schmerzhafter zusammenziehen und von Reese sogleich mit Lippen, Zunge und Zähnen bearbeitet werden. Er hebt den Oberkörper etwas an, und ich spüre, wie seine Hände an meinem Rock zerren, ihn an meinen Beinen entlang nach unten schieben, und das Höschen gleich mit. Sogar die Legwarmers zieht er mir aus.

Schließlich liege ich nackt vor ihm, und seine warmen Lippen arbeiten sich von meinem Bauch abwärts zum Venushügel vor. Mir ist, als bestünde meine ganze Welt nur noch aus diesem einen Punkt und aus meiner unbändigen Sehnsucht, dort liebkost zu werden. Er schmiegt kurz das Gesicht zwischen meine Beine, doch die flüchtige Berührung genügt mir nicht. Sie bringt mir keine Erleichterung.

Gerade als ich mir einen Ruck geben und ihn anflehen will, meinem Leiden ein Ende zu bereiten, rollt mich Reese auf den Bauch. Mir bleibt beinahe die Luft weg, als meine nackte Haut mit der nassen Bühne in Berührung kommt. Auch die Rückseite meines Körpers ist immer noch kühl von der Wasserpfütze, sodass es beinahe schmerzt, als Reese seinen heißen Mund auf meinen Rücken presst. Seine kitzelnde Zungenspitze am Ende meiner Wirbelsäule schickt ein Schaudern durch meinen Körper, und das Gefühl seiner sengend heißen Finger auf meinen Hüften raubt mir den Atem.

Seine Hände schieben sich unter meine Hüften, heben sie an und ziehen meinen Unterleib etwas nach hinten. Dann küsst er sich an der Falte zwischen meinen Pobacken entlang nach unten, schiebt meine Beine auseinander und kniet sich dazwischen. Mir bleibt einen Augenblick lang schier das Herz stehen, als er die Falten meines Geschlechts spreizt und ich seine Lippen an meinem Eingang spüre.

Ich bin seinem stürmischen Angriff hilflos ausgeliefert. Er bearbeitet mich mit den Lippen und der Zunge, bis ich Sterne sehe, reibt meine Klitoris und führt den Daumen in mich ein, nur um ihn gleich wieder herauszuziehen. Ich kann nichts anderes tun, als mich von ihm verwöhnen zu lassen und mich fester an seinen Mund zu pressen, als mein Höhepunkt naht.

Gerade bin ich im Begriff zu explodieren, da rollt Reese mich auf den Rücken, gerade so, als hätte er es gespürt. Er legt sich meine Beine über die Schultern und vergräbt das Gesicht zwischen meinen Oberschenkeln, und dann leckt und saugt er mich weiter und besorgt es mir dabei mit den Fingern, bis auch die letzte Welle der Lust verebbt ist.

Noch ehe sich mein Körper vollständig erholt hat, richtet sich Reese auf und hockt sich auf die Fersen. Ich sehe zu ihm hoch und weiß, dass mich noch mehr erwartet. Viel mehr. Seine Miene ist hungrig, gierig, seine Augen gleichen glühenden Kohlen.

»Dieses Piercing, das dich so fasziniert hat ...«, sagt er heiser und rutscht zwischen meine Beine. »Ich möchte, dass du mir ins Gesicht siehst, während du es in dir spürst. Und ich will sehen, wie es in dich hinein- und wieder aus dir herausgleitet. Ich will sehen, wie es von deinem Liebessaft glänzt.«

Bei seinen Worten ziehen sich meine inneren Muskeln zusammen, als könnten sie es nicht erwarten, seine Männlichkeit zu umschließen. Ich kann kaum noch einen klaren Gedanken fassen vor Leidenschaft, doch dann blitzt ein einzelner aus dem Nebel auf und versetzt mich in Panik.

»Ich habe kein Kondom für dich«, gebe ich atemlos zu bedenken.

»Du brauchst keines. Ich hatte eine Vasektomie.«

Ich weiß, dass ich später anders darüber denken werde, aber in diesem Augenblick bin ich lediglich erleichtert. Und bei seinen nächsten Worten rollt eine neue Welle der Begierde durch meinen Körper.

»Himmel, was bin ich froh darüber! Ich will jeden Zentimeter von dir spüren, jeden Tropfen. Und ich will, dass du jeden Zentimeter von mir spürst, wenn ich tief in dir stecke und mein Sperma in dir verspritze.«

»O Gott«, stöhne ich und schlinge die Beine um ihn.

Ich sehe zu, wie er mit den Fingern erneut meine Falten spreizt und meine Klitoris massiert, während er die pralle Eichel ein paar Millimeter in mich schiebt. Beim Anblick des funkelnden goldenen Piercings sammelt sich noch mehr Feuchtigkeit zwischen meinen Beinen.

»Nun mach schon, Reese«, flehe ich.

»Ich muss es langsam angehen lassen. Ich will dir nicht wehtun«, erwidert er mit gepresster Stimme und dirigiert seinen Schwanz ein Stück in mich hinein, wobei er immer noch mit meiner sensiblen Knospe spielt.

Mit offenem Mund verfolge ich, wie das Piercing ein paar Mal in mir verschwindet und wieder auftaucht, während sich Reese mit kleinen, eckigen Bewegungen vor und zurück bewegt. Ich spüre die goldenen Kugeln in mir. Sie verursachen genau die Art von Reibung, die dafür sorgt, dass sich meine Bauchmuskeln zusammenziehen und mich der Explosion einen Schritt näher bringt. Ich schiebe Reese das Becken entgegen in dem Versuch, mehr von ihm in mich aufzunehmen, doch ich stoße auf Widerstand. Er ist einfach zu groß.

»Langsam. Sobald du dich an mich gewöhnt hast, gebe ich dir, was du willst. Ich werde es dir besorgen, bis du mich anflehst aufzuhören.«

Ich keuche, und mir ist schwindelig – von dem gierigen Ausdruck auf seinem Gesicht, von dem, was er mit mir anstellt, von dem grellen Scheinwerferlicht, das mir direkt in die Augen scheint.

Ich stütze mich auf die Ellbogen auf, weil ich das Gefühl habe, es keine Sekunde länger aushalten zu können. Reese stöhnt auf und beißt die Zähne zusammen. »Kennedy«, warnt er mich, ohne sich zu bewegen. Noch immer habe ich nur ein, zwei Zentimeter in mir.

»Reese, bitte! Ich kann nicht mehr warten.«

Ich weiß, dass mir die Verzweiflung anzusehen und anzuhören ist. Mein Tonfall lässt keinen Zweifel daran aufkommen, was mein Körper braucht. Es fühlt sich an, als müsste die Welt um mich herum zerspringen, wenn Reese nicht endlich ganz in mich eindringt. Mich ganz und gar ausfüllt.

Seine Augen suchen meine. »Bist du dir sicher?«, fragt er, schwer atmend und mit Schweißperlen auf der Stirn, noch immer um Zurückhaltung bemüht.

»Ganz sicher«, antworte ich, ohne zu zögern.

Er zögert kurz, dann beugt er sich über mich, legt sich mein linkes Bein über die Schulter und dringt in mich ein. Einen Augenblick lang fürchte ich, ohnmächtig zu werden, so intensiv ist die Lust. Es ist ein überwältigendes Gefühl, ihn in mir zu haben, das durch die Reibung des Piercings noch verstärkt wird, während er sich aus mir zurückzieht und erneut in mich stößt, noch tiefer diesmal, falls das überhaupt möglich ist. Und schon komme ich ein zweites Mal.

Ich schnappe nach Luft, und Reese schiebt mit einem

erstickten Stöhnen das Becken nach vorn, während sein Schwanz von mir gemolken wird. »Ja, komm, Baby. So ist es gut!«, keucht er und stößt unerbittlich in mich, bis auch mein zweiter Orgasmus abgeklungen ist.

Danach liege ich ermattet unter ihm. Als ich spüre, wie er sich langsam aus mir zurückzieht, blicke ich zu ihm hinunter und sehe, wie Reese mit der Fingerspitze über das Piercing reibt. Sein Schwanz glänzt nass von meiner Lust, und sein Finger jetzt ebenfalls.

Er sieht mich an, mit so viel Leidenschaft im Blick, wie ich es noch nie zuvor erlebt habe. Dann steckt er sich die Fingerspitze in den Mund und schließt mit einem lustvollen Stöhnen die Augen. »Gott, das ist das Leckerste, was ich je im Mund hatte.«

Obwohl ich schon mehr als befriedigt bin, spüre ich erneut ein Kribbeln zwischen den Beinen, während er meine Falten spreizt und noch einmal in mich eindringt. »Und jetzt werde ich in dir abspritzen«, verkündet er und beginnt erneut mit der süßen Folter. Wie versprochen füllt er mich ganz und gar aus, ergießt sich in mich und hört erst auf, in mich zu stoßen, als ich spüre, wie seine Samenflüssigkeit unter mir auf den Boden tropft.

Mein dritter Orgasmus gibt mir dann endgültig den Rest.

»Oh ja, Reese!«, keuche ich, überwältigt von der intensiven Lust, die er mir bereitet, aber das wird mir erst bewusst, als ich ihn lächeln sehe.

Ich habe es getan. Ich habe seinen Namen geschrien, genau wie er mir prophezeit hatte.

Und es war mir ein außerordentliches Vergnügen, mit ihm gemeinsam den Beweis anzutreten.

Kapitel 31

REESE

Kennedy lässt sich widerspruchslos von mir anziehen, hochheben und in ihre Kabine tragen.

Sie protestiert auch nicht, als ich das Wasser in der Dusche aufdrehe und sie – komplett angezogen – in die Kabine bugsiere, um sie gleich noch einmal zu vögeln. Erst als wir schließlich nackt in ihrem Bett liegen, unter die warme Decke gekuschelt, und sie sich an mich schmiegt, frage ich mich, wie es wohl kommt, dass ich einfach nicht genug von ihr bekommen kann.

»Na, was geht dir durch den Kopf?«, erkundigt sie sich leise. Ich dachte, sie schläft schon.

»Ich habe gerade überlegt, warum ich eigentlich nie genug von dir bekommen kann«, erwidere ich wahrheitsgemäß, ehe ich es mir anders überlegen kann.

Ich höre förmlich, wie sie lächelt. »Findest du das etwa schlimm?«

Ich ziehe sie noch näher an mich heran und küsse die seidige Haut hinter ihrem Ohr. »Kein bisschen.«

»Warum bist du dann so überrascht?«

»Keine Ahnung. Es ist nur … es kommt mir so vor, als wüsste ich selbst nicht mehr, wer ich bin.«

Ich merke, wie sie die Schultern strafft, ehe sie sich auf den

Rücken dreht und den Kopf wendet, um mich anzusehen. »Du meinst, weil du mit mir zusammen bist?«

Die Trauer und Enttäuschung in ihren Augen versetzt mir einen schmerzhaften Stich in die Brust. »Gott, nein! Wie kommst du denn darauf?«

Sie zuckt beiläufig die Schultern, aber ich weiß, dass es ihr alles andere als gleichgültig ist. »Na ja, ich bin in deiner Welt ja nicht so richtig … ›akzeptabel‹.«

»Wen kümmert das schon? Ich habe mein ganzes Leben lang versucht, jemand zu sein, der ich eigentlich nicht bin. Und jetzt, nach all den Jahren, bin ich einfach nur … wütend.«

Kennedy streichelt meine Wange und mustert mich mit ihren großen, grünen Augen. Ihr Blick wirkt zärtlich, beruhigend und sehr real. »Bei mir musst du kein anderer sein. Du kannst einfach Reese sein.«

»Aber weißt du überhaupt, wer ich bin?«

Meine Frage überrascht sie. Sie hat keine Antwort darauf.

»Willst du wirklich, dass ich der Kerl bin, der dich einfach hat sitzen lassen? Denn ihn kann ich nicht besonders gut leiden.«

»Wir werden alle älter und verändern uns mit den Jahren, Reese. Du musst nicht mehr dieser Kerl sein. Du kannst sein, wer immer du willst.«

»Eines hat sich in all der Zeit nicht verändert.«

»Was denn?«, will sie wissen, während sie mit den Fingerspitzen kleine Kreise auf meine Wange malt.

»Ich habe nie aufgehört, das zu empfinden, was der neunzehnjährige Junge damals empfunden hat. Seit dem Tag, an dem ich dich verlassen habe, war ich immer nur wütend. Alles andere war lediglich eine … eine … Fassade. Eine

Maske. Ich bin in eine Rolle geschlüpft, um meine Mitmenschen davon zu überzeugen, dass ich jemand bin, der ich im Grunde nicht war.«

»Dein Vater, meinst du?«

Ich nicke. »Und andere. Ich habe ein Imperium aufgebaut, indem ich vorgegeben habe, ein rücksichtsloser, gerissener Geschäftsmann zu sein, den man nicht über den Tisch ziehen kann. Genau wie mein Vater. Dabei habe ich ein Leben lang versucht, *auf gar keinen Fall* so zu werden wie er. Und jetzt stellt sich heraus, dass ich trotzdem in seine Fußstapfen getreten bin.«

»Es ist noch nicht zu spät für einen Neuanfang, Reese. Dafür ist es nie zu spät.«

Ich sehe Kennedy in die Augen, betrachte ihr schönes Gesicht. »Ich wünschte, es wäre so einfach.«

»Das kann es sein.«

Ich lächle nur und küsse sie auf die Nasenspitze. Das würde sie vermutlich nicht sagen, wenn sie alles über mich wüsste. Nein, ganz sicher nicht.

Kapitel 32

KENNEDY

Niemand schafft es wie Reese, mir das Gefühl zu geben, eine Prinzessin zu sein. Okay, ehrlich gesagt habe ich, bevor ich ihn kennenlernte, dieses Gefühl nie gehabt. Doch er hat mir, als wir noch jünger waren, oft den Eindruck vermittelt, etwas Besonderes zu sein, und das tut er bis heute. Bei ihm kommt es mir so vor, als wäre ich das einzige Mädchen auf der ganzen Welt.

Seit jener Nacht, als er mich seekrank in meiner Kabine gefunden hat, ist er mir kaum von der Seite gewichen. Tagsüber verschwindet er für gewöhnlich ein paar Minuten, um sich mit Karesh um Geschäftliches zu kümmern oder ein paar Telefonate zu tätigen. Aber meist erledigt er all das, während ich mich für das Abendessen umziehe. Jeden Morgen, wenn ich aufwache, liegt er, an mich gekuschelt, neben mir im Bett. Beim Work-out im Fitnessraum berührt er jeden Zentimeter meines Körpers. Wenn wir am Pool liegen, behandelt er mich wie eine Königin, und nachts zieht er sich mit mir zurück, um mich zu lieben und die unglaublichsten Dinge mit mir anzustellen. Es ist die surrealste Erfahrung meines Lebens.

Er hat mich nicht noch einmal gebeten zu tanzen, aber immerhin konnte er sich am Morgen nach meinem letzten Auftritt zu einer Entschuldigung durchringen. An dem Morgen nach unserem absolut irren Zusammensein auf der Bühne.

Ich erwachte, weil mich etwas an der Seite kitzelte. Als ich danach tastete, um es wegzuwischen, stellte ich fest, dass es Reeses Hand war.

»Deine Haut ist so zart wie die kostbarste Seide der Welt«, schnurrte er mir ins Ohr und strich nun mit der Handfläche über meine Seite. »Tut mir leid, wenn ich dich gestern Abend in Verlegenheit gebracht habe.«

»In Verlegenheit gebracht? Inwiefern?«, fragte ich und wand mich, als seine Hand etwas weiter nach vorn wanderte, um flüchtig den Ansatz meines Busens zu streifen und dann bis zur Innenseite meiner Hüfte und wieder hoch zu gleiten.

»Weil ich die anderen hinauskomplimentiert habe«, antwortete er, während er die flache Hand zwischen meine Brüste legte und sie dann wieder nach unten wandern ließ. Diesmal machten seine Fingerspitzen direkt am Ansatz meiner Oberschenkel halt, was bei mir ein wohliges Schaudern hervorrief, das ich geradewegs bis in die Körpermitte spüren konnte. Als seine Hand das nächste Mal an mir auf und ab glitt, sehnte ich ihre Ankunft dort unten schon förmlich herbei, in der Hoffnung, er würde mich so berühren, wie ich es brauchte.

»Ja, echt unmöglich von dir, auf deinem eigenen Schiff das zu tun, was du tun willst. Total skandalös«, zog ich ihn auf und versuchte dabei, geduldig auf seinen nächsten Schritt zu warten.

Als seine Hand erneut den Weg zu meinem Venushügel fand, öffnete ich die Beine ein ganz klein wenig, quasi als Einladung, doch er hielt wieder kurz oberhalb der pochenden Stelle an.

»Du kannst dir gar nicht vorstellen, wie hin- und hergerissen ich war. Ich biete meinen Passagieren auf meiner Jacht eben eine bestimmte Art von Unterhaltung, aber du bist davon aus-

genommen. Ich fand es unheimlich heiß, dich dort oben zu sehen. Aber zu wissen, dass auch alle anderen Männer dir zugesehen haben …« Er brach ab, seine Berührungen wurden fester, rauer und fordernder, als seine Hand erneut über meinen Bauch wanderte und sich schließlich um meine Brust schmiegte. »Zu wissen, dass sie sehen konnten, wie deine Brustwarzen vom kalten Wasser hart wurden …« Im selben Augenblick kniff er mich in die Knospe und zog daran, als würde die Erinnerung daran ihn immer noch wütend machen. Ich schnappte nach Luft und wartete ab, obwohl es mich alle Kraft kostete, nicht den Rücken durchzudrücken und den Hintern an seinem Unterleib zu reiben. »Zu wissen, dass sie sich danach sehnten, dich zu berühren …«, fuhr er fort und bewegte die Hand zu meiner schmerzenden Körpermitte hinunter, »… ihre Finger und ihren Schwanz in dich zu schieben …«

Plötzlich, als hätte er erneut das dringende Bedürfnis, seine Besitzansprüche auf mich geltend zu machen, hob Reese eines meiner Beine an und legte es über seines, sodass ich mit weit gespreizten Oberschenkeln dalag. Er führte einen Finger in mich ein und stieß zu, hart und tief, und stöhnte dabei auf, wohl, weil ich schon so unglaublich feucht war. Und dann rutschte er noch näher und drang mit einem schnellen, harten Stoß in mich ein.

Wir schnappten beide nach Luft und atmeten gleichzeitig wieder aus, weil dieses herrliche Gefühl für uns beide noch so neu war. Unsere Unterhaltung war nun endgültig zu Ende. Reese spreizte meine Falten mit den Fingern und rieb meine Klitoris, bis ich nur noch seinen Namen stöhnte. Diesmal kamen wir gleichzeitig. Immer und immer wieder stieß er in mich, und dann spürte ich, wie er hinter mir sämtliche Muskeln anspannte und sein heißes Sperma in mich ergoss, während ich ermattet in seinen Armen lag.

Danach zog er sich aus mir zurück, ließ aber mein Bein auf dem seinen liegen. Er küsste mich auf die Schulter, liebkoste meinen Hals, streichelte mich zärtlich und flüsterte mir dabei wunderbare Dinge ins Ohr.

»Ich liebe es, wie du dich anfühlst, wenn ich komme. So weich und so feucht«, sagte er und begann erneut, mich mit dem Finger zu verwöhnen. »Am liebsten würde ich für immer in dir bleiben.«

Und genau das wünschte ich mir ebenfalls.

So ist es seither jeden Morgen gegangen – einfach spektakulär. Und die Nächte sind sogar noch schöner.

Heute werden wir die Marquesas-Inseln erreichen, über die ich absolut gar nichts weiß. Es ist unser erster Hafen seit Hawaii, und es ist der erste Morgen, an dem Reese nicht neben mir im Bett lag, als ich erwachte. Allerdings dauert es nicht allzu lange, bis ich das Quietschen der Kabinentür vernehme und er ins Zimmer huscht.

Ich stelle mich schlafend, um zu sehen, was er macht. Er hat die herrlichsten Methoden entwickelt, um mich aufzuwecken, deshalb möchte ich mich auf keinen Fall um dieses Vergnügen bringen, nur weil ich schon wach bin.

Ich spüre sein Gewicht, als er über die Matratze auf mich zukriecht, und meine inneren Muskeln ziehen sich in freudiger Erwartung zusammen. Zuerst küsst er mich auf den Hals, dann saugt er an meinem Ohrläppchen. »Aufstehen, meine Schöne«, flüstert er und beschreibt mit der Hand sanfte Kreise auf meinem Hintern.

Ich recke und strecke mich und schenke ihm ein verschlafenes Lächeln, als wäre ich eben erst aufgewacht. Reeses Augen funkeln vor freudiger Erregung.

Ich lege den Kopf zur Seite, um ihn besser ansehen zu können. »Du wirkst ja schon ganz schön munter.«

»Ich kann es kaum erwarten, an Land zu gehen. Das ist alles«, erwidert er und küsst mich gerade lange genug, um das Begehren noch weiter in mir zu wecken.

Dann klettert er behände aus dem Bett, ergreift meine Hand und zieht mich hoch. Als die Decke von meinem nackten Oberkörper gleitet, starrt er fasziniert auf meinen entblößten Busen. Seine Pupillen weiten sich, und sein Gesicht nimmt diesen hungrigen Ausdruck an, der mir allmählich ziemlich vertraut wird.

Ich mache mir nicht die Mühe, mich zu bedecken, hauptsächlich deshalb, weil mir unser morgendliches Liebesspiel schon jetzt fehlt. Unter dem begierigen Blick, mit dem er meine Brüste betrachtet, werden meine Nippel hart, als wollten sie ihr Bestes geben, um ihn wieder ins Bett zu locken.

»Du liebe Güte«, seufzt er und schüttelt den Kopf. »Eigentlich sollte man dich in mindestens dreißig Ländern für illegal erklären. Du machst süchtig wie eine Droge.«

Ich lache. »Willst du dir jetzt deinen Schuss setzen?«, frage ich mit einem vielsagenden Lächeln und lehne mich auf die Ellbogen zurück.

Doch diesmal hat Reese keine geistreiche Erwiderung auf Lager, und er macht auch keine Anstalten, sich auf mich zu stürzen. Stattdessen tritt er gemächlich zum Bett und greift nach einer Haarsträhne, die über meiner Brust liegt. »Ein Schuss wird mir nie genügen. Leider«, murmelt er, ohne mich aus den Augen zu lassen. Es klingt ruhig und ernst und ein wenig rätselhaft.

Er legt mir eine Hand an die Wange und betrachtet mich ein, zwei Sekunden lang, dann erhellt sich seine Miene wieder, und es klingt schon wieder fast so fröhlich wie vorhin, als er sagt: »Zieh deinen Bikini an, und Shorts. Wir machen einen Ausflug.«

»Okay.« Ich steige lächelnd aus dem Bett und gebe mir Mühe, meine Enttäuschung zu verbergen – und die Sorge wegen seiner Bemerkung von eben. Was ist schon so schlimm daran, wenn Reese süchtig nach mir ist? Aber er scheint nicht allzu erfreut darüber zu sein, und ich weiß nicht recht, was ich von seiner Reaktion halten soll. Ich beschließe, mir nicht den Kopf darüber zu zerbrechen, wie ich es in letzter Zeit mit allen unangenehmen Angelegenheiten getan habe. Meine Probleme werden mich früh genug wieder einholen, und dann werde ich mich mit ihnen auseinandersetzen.

Eine knappe Stunde später brechen Reese und ich zu einer kleinen Wanderung auf der Insel Nuku Hiva auf. Reese war schon oft hier und erzählt mir nebst allerlei Legenden, die sich um diesen Ort ranken, auch Geschichten über verschiedene Begegnungen von früheren Ausflügen. Er hilft mir bei den steilen Stellen und hält meine Hand, wenn wir stehen bleiben, um die Aussicht zu genießen.

Am Gipfel erwartet uns zu meiner großen Überraschung Sven, einer der Kellner, den ich bereits kennengelernt habe. Er hat eine strahlend weiße Decke im Gras ausgebreitet und öffnet einen großen Picknickkorb.

»Das Frühstück ist serviert, Mylady«, sagt Reese mit einer förmlichen Verbeugung und bedeutet mir mit einer ausholenden Armbewegung, auf der Decke Platz zu nehmen.

Sprachlos lasse ich mich auf dem weichen Stoff nieder, und Reese gesellt sich sogleich zu mir.

Sven packt schweigend das Frühstück aus, das aus leckeren Burritos mit Ei und Wurst sowie aus frischem Obst, Orangensaft und Mineralwasser besteht.

Während wir essen, verschwindet er unbemerkt. Erst eine Stunde später fällt mir auf, dass er nicht mehr da ist.

»Er kommt nachher wieder her, um alles zur Jacht hinunterzutragen«, erklärt Reese, als ich mich suchend umsehe, gerade so, als hätte er meine Gedanken gelesen.

»Behandelst du alle deine … Frauen so?«, frage ich und nippe an meinem Organgensaft, während ich ihn betrachte. Er erscheint mir wie ein fleischgewordener Adonis, wie er dort sitzt, in tropisches Sonnenlicht getaucht. Er fasziniert mich mehr als all die tollen Ausblicke, die wir vorhin genossen haben.

»Du bist keine von meinen ›Frauen‹«, entgegnet er leichthin und betrachtet mich nun seinerseits, den Kopf etwas zur Seite geneigt. »Ich möchte nicht, dass du das denkst.«

Ich weiß nicht, was ich darauf sagen soll, also schweige ich.

»Ich möchte dir alles zeigen. Ich möchte dir alles kaufen. Ich möchte dich mit all dem Schönen verwöhnen, was jemand wie du verdient.«

»Ich weiß es zu schätzen, Reese, aber verdient habe ich das alles ganz sicher nicht.«

Er zuckt mit den Achseln. »Meiner Meinung nach schon. Ich möchte, dass du das Beste von allem bekommst.«

»Das brauche ich gar nicht. Ich bin nicht diese Sorte Frau.«

»Aber du könntest es sein.«

»Nein, ich werde nie so sein. Ich bin ein einfaches, schlichtes, durchschnittliches Mädchen, Reese.«

»An dir ist nichts einfach, schlicht oder durchschnittlich. Ich verstehe nicht, warum dir das nicht klar ist.«

Diesmal bin ich es, die mit den Achseln zuckt. »Weil es eben so ist.«

»Vielleicht kann ich das ja ändern«, antwortet er und gibt

mir einen flüchtigen Kuss auf die Wange, bevor er aufsteht und mir die Hand hinstreckt. »Komm mit, heute gibt es noch viel zu sehen.«

Ich nehme an, Sven wird alles wegräumen, sobald wir uns an den Abstieg gemacht haben. Am Fuß des Bergs angekommen, bringt Reese mich wieder zur Küste, wo bereits ein kleines Boot auf uns wartet.

Wir fahren ein kleines Stück zu einer der Inseln namens Hiva Oa, wo wir das Boot an einem kleinen Dock festmachen. Dann besuchen wir die letzte Ruhestätte von Paul Gauguin und ein Museum, das Gauguins Kunst gewidmet ist. Hand in Hand gehen wir die Straße entlang und unterhalten uns, als wären wir schon eine Ewigkeit zusammen. Dabei waren wir all die Jahre getrennt. Ein bittersüßes Erlebnis für mich, weil ich weiß, dass das alles früher oder später enden wird und wir bald wieder Fremde sein werden.

Nachdem wir uns mit einem kleinen Snack gestärkt haben, der in der Kühlbox des Bootes verstaut war, legen wir wieder ab, um eine weitere kurze Fahrt nach Fatu Hiva zur sogenannten Jungfrauenbucht zu machen.

Reese steuert das Boot zwischen gewaltigen Felsformationen hindurch, die ringsum aus dem Wasser ragen. Die Sonne scheint hell auf die Gipfel und verleiht der Wasseroberfläche einen goldenen Glanz. Etwa zehn Meter von dem Punkt entfernt, wo die Felsen zusammenlaufen, hält Reese das Boot an und wirft den Anker aus. Wir sind umgeben von steilen Klippen, zwischen denen sich ein kleiner Wasserfall ins Meer ergießt.

»Hast du Lust, schwimmen zu gehen?«, fragt Reese und schlüpft aus den Schuhen.

Das muss er mich nicht zweimal fragen. Es ist heiß, und

das Wasser sieht verlockend kühl und erfrischend aus. Reese zieht sich bis auf die Shorts aus und springt hinein. Er taucht genau in dem Augenblick wieder auf, als ich neben ihm hineinspringe. Zusammen schwimmen wir zu den Felsen hinüber, und dort, im seichten, warmen Wasser der Bucht, schließt Reese mich ohne ein weiteres Wort in die Arme, sieht mir tief in die Augen und liebt mich.

So läuft es dann bei jeder Inselgruppe, die wir besuchen. Reese zeigt mir eine Handvoll atemberaubender Orte, kauft mir schöne Dinge und liebt mich an einer ungewöhnlichen Stelle, als wollte er sie irgendwie markieren. Keine Ahnung, ob das tatsächlich seine Absicht ist, aber zumindest fühlt es sich für mich so an. Auch in meinem Herzen. Ich werde wohl nie wieder an diesen Teil der Erde denken können, ohne eine endlose Sehnsucht zu verspüren.

In einigen Häfen bleiben wir etwas länger. Reese hat stets eine absolut überwältigende Unterkunft organisiert. In Bora Bora übernachten wir in einer kleinen Hütte mit Meeresblick. Wir liegen in einem von Moskitonetzen umhüllten Bett und lieben uns die ganze Nacht, während der Schein des Lagerfeuers direkt vor der offenen Tür unsere Haut in ein warmes goldgelbes Licht taucht.

Auf Tahiti wohnen wir in einer *Bure*, was Hütte bedeutet und sich als eine Art Bungalow am Ende eines Piers – mitten im Wasser – entpuppt. Das Frühstück wird uns von einem Mann in einem Kanu serviert. Wir vergnügen uns bis in den späten Nachmittag damit, Bagels und Frischkäse zu essen und uns gegenseitig frischen Kokosnusssaft vom Körper zu lecken.

Trotz unseres Gesprächs besteht Reese darauf, mich mit teuren Kleidern, glitzerndem Schmuck und edlem Parfüm zu überhäufen. Mir fehlt es an nichts und das Einzige, was ich wirklich will, ist Reese.

Nach Tahiti ist eine längere Fahrt nach Fidschi geplant. Heute früh hat Reese mir mitgeteilt, dass wir spät am Abend einen Hafen angelaufen haben würden und dass er mich zur Abwechslung zur Show mitnehmen will. Es wird die letzte für die nächsten paar Tage sein, weil alle Passagiere an Land gehen und die Insel erkunden werden. Dies ist unser letzter Aufenthalt, ehe wir die Heimreise antreten.

Ich bin schon den ganzen Tag total aufgeregt. Aus irgendeinem Grund fühlt es sich so an, als hätten Reese und ich heute Abend ein Date. Obwohl wir seit Wochen jede freie Minute zusammen verbracht haben, schirmt Reese mich vor allem an Bord ab. Es fühlt sich an wie eine Art Statement. Ich bin mir nur noch nicht ganz darüber im Klaren, was es bedeutet.

Ich habe noch den Morgenmantel an und bin gerade dabei, Make-up aufzulegen, als jemand klopft. Ich mache auf, erblicke vor der Tür jedoch nicht wie erwartet Reese, sondern Karesh.

Er begrüßt mich wie immer mit einem kaum wahrnehmbaren Kopfnicken und einem Lächeln. »Miss Moore.«

Ich nicke ihm ebenfalls zu und erwidere das Lächeln, wie immer. »Mister Karesh.« Sein Lächeln wird wie üblich etwas breiter. Ich habe keine Ahnung, wie er mit Nachnamen heißt. Oder ob Karesh sein Nachname ist. Wie dem auch sei, in den vergangenen paar Wochen ist das zu einer Art Spiel zwischen uns geworden.

Er überreicht mir eine schlichte weiße Schachtel, um die ein breites, goldenes Band zu einer perfekten Schleife gebunden ist.

»Ein Geschenk von Mister Spencer. Er lässt ausrichten, dass Sie es heute Abend tragen mögen. Er erwartet Sie am Bug des Schiffs oben an Deck. Pünktlich um sieben.«

Damit nickt er noch einmal, dreht sich um und geht. Ich lehne mich zur Tür hinaus und rufe ihm ein »Danke!« nach. Ich sehe, wie er den Kopf leicht nach hinten neigt und höre ein leises: »Gern geschehen«, das mir ein Lächeln entlockt. Sieh an. Könnte es sein, dass er eventuell – aber nur eventuell – ein klein wenig auftaut?

Ich schließe die Tür und haste zum Bett, um die Schachtel zu öffnen, und finde darin unter einem Berg aus weichem, weißem Seidenpapier ein Kleid. Ein wunderschönes Kleid. Noch eines von Tausenden schönen Dingen, die Reese mir gekauft hat.

Die Farbe des Kleids – ein intensives, dunkles Grün – erinnert an einen Smaragd, und als ich es an den Trägern aus der Schachtel hebe, stelle ich fest, dass es erstaunlich schwer ist.

Es ist bodenlang und leicht tailliert, und der Stoff fühlt sich samtig an und fällt in klaren Linien. Unterhalb der Brust laufen ein paar Falten zu einem mit Edelsteinen besetzten Medaillon in der Mitte zusammen. Der Ausschnitt ist tief und asymmetrisch, und der linke Träger ist um einiges breiter als der rechte, sodass es den Anschein hat, als hätte das Kleid überhaupt nur einen Träger. Als ich es umdrehe, sehe ich, dass es auch hinten asymmetrisch geschnitten ist. Der Stoff ergießt sich auf Rippenhöhe von der linken Seite bis zur Taille, woraus sich ein atemberaubendes Rückendekolleté ergibt.

Das Kleid ist umwerfend. Es ist gewagt und elegant zugleich. Und Reese hat es mir bringen lassen, damit ich es heute Abend trage.

Das Preisschild wurde entfernt, aber das mit dem Schriftzug einer Boutique versehene Etikett hängt noch dran, und außerdem ein weiteres Schild, auf dem, wie ich annehme, der Name des Kleids steht.

Ich lege meine Abendrobe vorsichtig auf dem Bett ab und hole die passenden Schuhe aus der Schachtel. Es sind offene, mit Schmucksteinen besetzte High Heels, die zum Medaillon des Kleides passen. Ich bin es nicht gewohnt, so außergewöhnliche Geschenke wie dieses zu erhalten, und ich kann nur hoffen, dass Reese die Luft wegbleibt, wenn er mich darin erblickt.

Als ich angezogen bin und mich im Spiegel betrachte, frage ich mich, was Reese wohl sehen wird. Wird er die großen, salbeigrünen, von dunklen Wimpern und Lidschatten umrahmten Augen sehen? Oder die sonnengebräunten Wangen und die rubinroten Lippen? Wird er das Funkeln in meinen Augen bemerken, das ihm verrät, dass ich nie aufgehört habe, ihn zu lieben? Dass ich ihn jetzt sogar noch mehr liebe, als ich es als Mädchen getan habe?

Es fällt mir weniger schwer als erwartet, mir diese Erkenntnis einzugestehen. Wahrscheinlich wusste ich bereits in dem Moment, als ich beschlossen habe, Reese eine Chance zu geben, was passieren würde. Irgendwie muss ich mich schon damals damit abgefunden haben, ehe ich den ersten Schritt gemacht habe. Damals wie heute war mir vollauf bewusst, dass Reese mich schon einmal fast zerstört hat und dass er das durchaus wieder tun könnte. Aber ich kann nicht anders. Ich werde ihn lieben, bis nichts mehr übrig ist – und auch noch lange danach. Es ist unvermeidbar. *Er ist* unvermeidbar.

Ich wende mich von meinem Spiegelbild ab und gehe zur Tür. Man kann ohnehin immer nur nach vorne blicken. Bereits vor langer Zeit habe ich gelernt, dass es kein Zurück gibt.

An Deck ist es praktisch windstill, die Luft ist trocken und warm, und abgesehen von ein paar Gesprächsfetzen, die aus dem Speisesaalfenster herüberwehen, herrscht Ruhe. Meine Absätze klappern leise auf den Holzdielen, als ich zum Bug gehe. Auf den letzten drei Schritten zur Plattform sehe ich Reese, an die Reling gelehnt, dastehen. Eine leichte Brise zerzaust sein dunkles Haar, und der organgefarbene Schein der untergehenden Sonne erhellt eine Hälfte seines Gesichts, sodass seine Augen diesen blassen, unergründlichen Glanz von tropischen Gewässern bekommen.

Obwohl er sich auch vorher nicht bewegt hat, scheint er zu erstarren, sobald er mich sieht, und sogar den Atem anzuhalten, genau wie ich. Sein Blick wandert über meine Erscheinung, angefangen von den Locken, die ich kunstvoll aufgesteckt habe, bis hinunter zu den rot lackierten Zehennägeln, die aus meinen glitzernden High Heels hervorblitzen. Das gibt mir ein wenig Zeit, um mich an seinem Anblick zu erfreuen. In seinem schwarzen Anzug und dem schneeweißen Hemd sieht er besser aus als James Bond. In einer Hand hält Reese ein Glas, in der anderen eine schmale, längliche Schachtel.

»Du siehst atemberaubend aus«, stellt er mit rauer Stimme fest, als ich ein paar Zentimeter vor ihm stehen bleibe.

Mein Lächeln fühlt sich für mich so an, als könnte es die Sonne überstrahlen. »Auf diese Worte hatte ich gehofft, aber ich hatte sie völlig vergessen, als ich dich hier stehen sah.«

Reese richtet sich auf und senkt den Kopf, um mir einen Kuss auf die Lippen zu hauchen, so sanft, als stünde zu befürchten, dass ich zerbreche. Sogar diese zarte Berührung entfacht wie immer ein Feuer der Erregung in mir. Seine Gegenwart, seine Aufmerksamkeit, seine Berührungen sorgen dafür, dass jede Zelle meines Körpers ausschließlich auf ihn fokussiert ist. Es ist, als würde der Rest der Welt gar nicht existieren, und ich brauche auch nichts außer ihm.

Reese stellt das Glas auf einem kleinen, mit weißem Leinen bedeckten Tisch ab, den ich erst jetzt bemerke, dann richtet er sich auf und öffnet die Schachtel, die er in den Händen hält.

»Für dich. Es ist zwar nur halb so schön wie du, aber ich wollte es dir trotzdem geben.«

In dem langen, schmalen Etui liegt ein breites, mit Edelsteinen besetztes Armband, dessen Juwelendesign der Verzierung an meinem Kleid und meinen Schuhen ähnelt, allerdings vermute ich, dass diese Steine echt sind: Rubine, Saphire, Smaragde und ein paar Diamanten glitzern um die Wette.

Reese nimmt das Armband aus dem Etui, legt es mir an und lässt den Verschluss zuschnappen, bevor er meine Hand an seinen Mund führt und meine Fingerknöchel küsst. »Danke, dass du mich auf dieser Reise begleitet hast. Mir ist erst klar geworden, wie sehr ich dich brauche, seit du wieder in mein Leben getreten bist.«

Mein Herz hämmert wie verrückt in meiner Brust. »Danke, dass du mich mitgenommen hast. Ich … ich …«

Das schiefe, sexy Lächeln, das ich so liebe, umspielt seine Lippen. »Kein Grund, mir zu danken. Das Vergnügen ist ganz auf meiner Seite, das kann ich dir versichern.«

Sofort sprühen zwischen uns die Funken. Es fällt mir schwer, die Hände von ihm zu lassen, als er mich zum Tisch führt und den Stuhl für mich nach hinten schiebt. Und seinem hungrigen Blick nach zu urteilen, geht es ihm genau wie mir. Aber aus irgendeinem Grund hat er für diesen Abend offensichtlich einiges geplant. Für mich? Für uns? Ich weiß es nicht, aber ich werde tun, was er will. Alles, jederzeit und überall.

Sven ist wieder unser Kellner. Er bringt uns die köstlichsten Speisen, die ich je gegessen habe, einen Gang nach dem anderen. Reese und ich genießen jeden einzelnen Bissen. Wir füttern einander, lachen, wenn er statt der Gabel die Finger benutzt, und genießen zwischendurch einfach die tolle Aussicht und die noch bessere Gesellschaft. Ich komme mir vor wie in einem Film oder einem Märchen und verdränge die aufkeimende Angst, die sich immer wieder in meiner Magengegend breitmacht, um für die Katastrophe gerüstet zu sein, die einen meist genau dann ereilt, wenn alles so perfekt ist wie jetzt.

Nach dem Essen trinken Reese und ich noch ein Glas Wein, dann geht er mit mir zum Theater hinunter und führt mich an einen kleinen Tisch für zwei direkt an der Bühne. Gemeinsam genießen wir die Vorstellung. Unter anderem hat auch Amber zwei gewagte Auftritte. Danach wird ein glänzendes Klavier auf die Bühne geschoben.

Ich bin gespannt, wer es spielen wird. Zu meinem großen Erstaunen lässt sich niemand anderes als Brian daran nieder und gibt so professionell wie ein klassischer Pianist einige Lieder zum Besten, die allen Anwesenden sehr zu gefallen scheinen.

Als es vorbei ist, gehen die Lichter wieder an, und das Publikum steht auf, um den Saal zu verlassen. Da Reese keine Anstalten macht, sich zu erheben, bleibe auch ich sitzen, bis er so weit ist. Von seinem Stuhl zu meiner Rechten betrachtet er mich gute fünf Minuten lang einfach nur. Als sich der Raum geleert hat und das Licht bis auf einen einzelnen Scheinwerfer, der auf das Klavier gerichtet ist, gedimmt wird, steht er schließlich auf und reicht mir die Hand. Ich ergreife sie und lasse mich von ihm die drei Stufen zur Bühne hinaufführen.

Beim Klavier angelangt, dreht sich Reese zu mir um, legt mir beide Hände um die Taille und hebt mich hinauf, sodass ich zusehen kann, wie er sich auf der Bank niederlässt und zu spielen beginnt – und zwar mindestens genauso professionell wie Brian zuvor.

»Du spielst Klavier?«, frage ich überrascht.

»Ja, ich spiele Klavier«, antwortet er lächelnd.

Nach ein paar Takten erkenne ich den Song: *Fever*. Der sinnliche Klang umfängt uns wie der Duft einer Droge, die mich augenblicklich berauscht. Ich kann fast körperlich wahrnehmen, wie er durch die Poren meiner Haut in meinen Körper eindringt und mich hypersensibel macht für sämtliche Sinneswahrnehmungen. Plötzlich erscheint mir das Licht des Scheinwerfers wärmer und der schwarze Lack des Klaviers kühler. Jede Zelle meines Körpers sehnt den Augenblick herbei, in dem Reese die Arme nach mir ausstreckt und mich berührt. Es zieht mich magisch zu ihm hin.

Doch dann beginnt Reese zu singen.

Ich höre den Song nicht zum ersten Mal von einem Mann, aber noch nie klang er so gut, noch nie *fühlte er sich so gut an*. Reeses tiefe Stimme erinnert mich an geschmolzene Schokolade: sinnlich, faszinierend und verführerisch, dekadent und verlockend.

Ich beobachte ihn, während er spielt. Und er beobachtet mich.

Mitten in der zweiten Strophe hört er zu spielen auf, packt mich stattdessen an den Hüften und zieht mich an sich. Ohne seinen Gesang zu unterbrechen, streift er mir die Schuhe ab, legt sie auf den Boden und stellt meine nackten Füße vorsichtig auf den Tasten ab. Er lässt mich nicht aus den Augen, während seine Handflächen über meine Unterschenkel streichen bis hinauf zu den Knien. Dort angekommen, drückt er sanft meine Beine auseinander, und ich spüre, wie Erregung von mir Besitz ergreift.

Mein Atem wird flach, als Reese mit den Unterarmen mein Kleid hochstreift und seine Finger über meine Oberschenkel wandern. Mit quälender Langsamkeit zieht er mir den Slip aus und lässt ihn über seine Lippen gleiten, ehe er ihn beiseitelegt.

Als ich mit nacktem Unterkörper dasitze, steht Reese auf und beugt sich über mich. Der Songtext verhallt, um uns herum herrscht Stille, nur sein Atem, der sich mit dem meinen vermischt, ist noch zu hören.

Unsere Lippen berühren sich, unsere Zungen tanzen einen langsamen Tango, bei dem ich das Verlangen bis in die Zehen spüren kann und in meinem Inneren ein Feuer auflodert, wie ich es noch nie zuvor erlebt habe.

Alles geschieht wie in Zeitlupe, als würde im Hintergrund immer noch das Lied erklingen. Reese richtet sich auf und blickt mir eine gefühlte Ewigkeit in die Augen, ehe seine Finger über meinen Hals nach unten zu meiner Brust wandern. Behutsam drückt er meinen Oberkörper nach hinten, bis ich auf dem Klavier liege.

Ich spüre die Wärme seines Atems, während er sich an meinem Oberschenkel entlang nach oben küsst. Mit beiden Händen schiebt er meine Beine noch weiter auseinander, bis ein kühler Luftzug meine feuchte Leibesmitte streift. Reese schüttelt kaum merklich den Kopf und drückt den Mund an meine Liebeslippen. Das Kitzeln seines Dreitagebarts raubt mir den Atem und sorgt dafür, dass sich meine Muskeln vor Erregung zusammenziehen, bereit für das, was kommt.

Doch Reese will noch etwas spielen. Er ist noch nicht gewillt, das ewige Verlangen in mir zu befriedigen, das nur für ihn allein brennt. Seine Fingerspitze streicht über meine Falten, auf und ab und hin und her, während seine Zunge hauchzarte Kreise um meine empfindliche Knospe beschreibt.

Er neckt mich so lange, bis ich meinen Frust kaum noch ertragen kann und ihn am liebsten laut herausschreien würde. Dann, als würde er spüren, dass ich es keine Sekunde länger aushalte, werden seine Berührungen kräftiger, drängender. Er leckt und erkundet mich zielstrebiger, und als er schließlich an meiner Klitoris zu saugen beginnt und zwei Finger tief in mich einführt, spüre ich, wie mein Zentrum implodiert.

Reese befriedigt mich weiter mit den Fingern und drückt die flache Zunge an mich, bis mich eine Hitzewelle erfasst und die Feuchtigkeit aus mir herausströmt. Dann legt er die Hände unter meinen Hintern und presst mich noch fester an sein Gesicht. Er tut sich so gierig an mir gütlich, als hätte er tagelang gehungert, und als die Lust, die mich gepackt hat, allmählich verebbt, vergräbt er die Zunge in mir und leckt mich, bis nichts mehr übrig ist.

Dann lässt er von mir ab und ergreift meine Hände, um mich hochzuziehen und zu küssen, wobei er die Zunge gemächlich in meinem Mund kreisen lässt.

»Du schmeckst nach all den Träumen, die ich hatte, seit ich neunzehn war«, sagt er mit heiserer Stimme. »Ich habe auf der ganzen Welt danach gesucht, aber gefunden habe ich es nur bei dir.«

Reese leckt mir über die Lippen und knabbert daran, während er den Reißverschluss seiner Hose öffnet. Sobald er mich an sich zieht und vom Klavier hebt, schlinge ich ihm ganz automatisch die Beine um die Taille. Ich kann seine Erektion an meinem Hintern spüren, als er sich auf die Klavierbank setzt.

»Ich will dich in der Sonne lieben und dir ins Gesicht sehen, wenn du kommst«, flüstert er und neckt mich, indem er seine Eichel an mir reibt. Schon spüre ich, wie meine Lust erneut erwacht, wie ich wieder feucht werde und sich mein Körper auf das Kommende vorbereitet. »Ich will im Mondlicht meinen Schwanz mit deinem Liebessaft befeuchten.« Mein Körper reagiert auf jedes einzelne Wort aus seinem Mund, sehnt sich verzweifelt danach, ihn in sich zu haben. »Und ich will dich an einem Klavier sitzend lieben«, sagt er und hebt mein Becken an, um mich auf seine lange, pralle Erektion zu setzen und mich zu dehnen, bis es nicht mehr weiter geht.

Wir stöhnen gleichzeitig auf, und er hält kurz inne, bis zu den Eiern in mir vergraben, damit wir das köstliche Gefühl der Verbundenheit genießen können.

»Es wird nie etwas anderes geben als das hier, als uns. Du gehörst mir, Kennedy Moore. Ganz und gar mir.«

Und dann, als hätte jemand einen Schalter umgelegt, beginnt er plötzlich, sich zu bewegen. Ungestüm schiebt er mich auf seinem Schwanz auf und ab, vergräbt die Finger in meinem Haar und beißt mir in den Hals. Er stöhnt mir ins Ohr und sagt mir immer wieder, dass ich ihm allein gehöre und sonst niemandem.

Mein Höhepunkt kommt und geht, aber Reese ist noch nicht fertig. Meine Beine sind nach wie vor um ihn geschlungen, als er aufsteht, mich an das Klavier drückt und in mich stößt, so fest er kann.

»Sieh mich an«, raunt er heiser.

Ich komme der Aufforderung nach und sehe ein zorniges, besitzergreifendes Flackern in seinen Augen, und als er gleich darauf kommt und seine heiße Flüssigkeit in mir verströmt, stöhnt er immer und immer wieder diesen einen Satz: »Du gehörst mir.«

Als wir beide wieder etwas zu Atem gekommen sind, hebt mich Reese vom Klavier und stellt mich auf dem Boden ab. Er hilft mir in mein Höschen und streicht mir das Kleid glatt, bevor er mir einen unbeschreiblich sanften Kuss auf die Lippen haucht und mich in meine Kabine trägt. Dort liebt er mich in dieser Nacht noch unzählige Male, gerade so, als wollte er sich meinen Körper und das Gefühl, ihn unter sich zu spüren, genauestens einprägen. Es ist die schönste Nacht meines Lebens.

Bis am nächsten Morgen eine Frau hereinstürmt.

Kaptitel 33

REESE

»Wie konntest du bloß?«, zetert Claire Norton, sobald sie die Tür aufgerissen hat. Schon wenn ich wach bin, kann ich nicht sonderlich viel Geduld mit ihr aufbringen, geschweige denn gleich morgens in verschlafenem Zustand.

»Hallo, Claire«, sage ich und reibe mir mit einer Hand über das Gesicht. »Du siehst gut aus.« Es stimmt. Ihr glänzendes, schwarzes Haar und die ebenso schwarzen Augen verleihen ihr ein äußerst edles Aussehen. Wofür sie vermutlich auch entsprechend viel ausgibt.

»Du wirfst dein Flittchen auf der Stelle raus! Wir müssen reden«, faucht sie wutschnaubend.

»Claire!«, stoße ich hervor. Wie kann sie es wagen, Kennedy als Flittchen zu bezeichnen? Mir liegt eine wütende Erwiderung auf der Zunge, doch eine klägliche Stimme kommt mir zuvor.

»Reese, wer ist das?«, fragt Kennedy, die sich im Bett aufgesetzt und die Decke bis zum Kinn hochgezogen hat.

Ehe ich darauf antworten oder Kennedy die Umstände auf möglichst schonende Art darlegen kann, zischt Claire auch schon: »Ich bin seine Verlobte, Süße. Hat er dir etwa nicht von mir erzählt?«

O Shit.

Ich seufze tief auf. So sollte Kennedy es nun wirklich nicht erfahren.

Damit ist jegliches Vertrauen, das ich im Laufe der vergangenen Wochen aufgebaut habe, schlagartig wieder dahin.

»Es ist nicht so, wie du denkst«, versichere ich Kennedy, die leichenblass geworden ist, und ergreife unter der Decke ihre Hand. Sie zieht sie zurück.

»Dann ist sie also nicht deine Verlobte?«, will sie mit einem hoffnungsvollen Unterton in der Stimme wissen.

Doch ich spüre förmlich, wie ihre Hoffnung mit jeder Sekunde dahinschwindet, und es bringt mich fast um. Ich weiß, was sie denken wird.

»Das ist eine lange Geschichte. Gib … gib mir nur eine Minute, und ich erkläre dir alles.«

Ich schlage die Bettdecke zurück und marschiere nackt zu dem Stuhl, auf dem meine Hose hängt, und schlüpfe wutentbrannt hinein. Claires Timing könnte wirklich nicht schlechter sein.

Halb angezogen stampfe ich durch die Kabine, packe Claire am Arm, schiebe sie hinaus und schließe die Tür hinter uns. Draußen lasse ich Claire los, reiße die Tür zu meiner Kabine auf und knalle sie hinter uns zu, sobald Claire eingetreten ist.

»Diese Art Auftritt schätze ich gar nicht, Claire.«

»Warum das?«, fragt sie bissig und wirft mir einen bitterbösen Blick zu. »Hast du Angst, ich könnte dir den Spaß verderben?«

Ich seufze. Für so etwas habe ich jetzt echt keine Zeit. »Was willst du?«

»Du hast zu Daddy gesagt, dass du keine Schiffe mehr kaufen wirst, bevor dieses Geschäft über die Bühne gegangen ist. Du hast es ihm versprochen.«

Damit meint sie wohl die *Sempre.*

»Ich habe nichts von dem Geld angerührt, das für deinen Vater bestimmt war. Ich habe einen Investor gefunden, der vierzig Prozent an der Jacht übernommen hat«, blaffe ich zurück.

Damit habe ich ihr ein bisschen den Wind aus den Segeln genommen. »Oh«, sagt sie überrascht. »Davon weiß Daddy aber nichts.«

»Dann hätte *Daddy* sich wohl mal erkundigen sollen, bevor er seine Tochter um den halben Erdball schickt.«

»Wenn du es genau wissen willst, mache ich gerade hier Urlaub und wollte dich überraschen. Ich dachte, wir könnten etwas Zeit miteinander verbringen, wenn ihr eingelaufen seid, aber wie es aussieht, wird daraus wohl nichts.«

»Nein, wenn du mir so kommst, ganz sicher nicht.«

Als wären die vergangenen fünf Minuten nie passiert, zaubert Claire ein Lächeln auf ihre schimmernden Lippen, und plötzlich kreischt sie nicht mehr, sondern schnurrt förmlich. »Tja, das war offensichtlich ein Missverständnis. Kein Grund für uns, den Rest unseres gemeinsamen Aufenthalts hier nicht noch zu genießen.« Sie kommt näher und streicht mir mit dem Handrücken über die Wange. »Nachdem du dich vom Gestank deines letzten Opfers befreit hast.«

Ich umklammere ihr Handgelenk mit eisernem Griff und ziehe es weg. »Sie ist nicht mein Opfer, und schon gar nicht das letzte, Claire. Und nein, wir werden auf dieser Reise keine Zeit miteinander verbringen.«

Claire schiebt beleidigt die Unterlippe nach vorn. »Wie schade. Na ja, dein Vater hatte mich schon davor gewarnt, dass du dich gerne mit dem gemeinen Volk abgibst.«

Ich beiße die Zähne zusammen und ermahne mich, dass

Claire eine Frau ist, gegen die ich nicht die Hand erheben werde, so gern ich es auch tun würde.

»Du verlässt jetzt am besten schleunigst mein Schiff und verziehst dich von dieser Insel, bis ich mich wieder beruhigt habe.«

Ich gehe zur Tür und halte sie ihr auf. Sie zögert nur ein, zwei Sekunden, dann stolziert sie aus der Kabine, wobei sie mit dem Hintern wackelt, als befände sie sich auf dem Laufsteg eines Schönheitswettbewerbs.

Direkt vor der Tür zu Kennedys Kabine bleibt sie noch einmal stehen und flötet so laut, dass jeder – einschließlich Kennedy – es deutlich hören kann: »Wir sehen uns dann in ein paar Wochen, Schatz.« Das Lächeln, das sie mir zuwirft, ehe sie geht, beweist zweifelsfrei, dass sie das absichtlich gemacht hat.

Ich warte, bis ich in der Lounge über mir das Klappern ihrer Absätze höre, ehe ich in Kennedys Kabine zurückgehe. Sie sitzt noch genauso da wie zuvor, blass wie ein Gespenst, und sieht so aus, als hätte ich ihr das Herz herausgerissen und ins Meer geworfen.

»Puh, wie grauenhaft, so geweckt zu werden. Lass uns einfach wieder einschlafen und es noch mal probieren, ja?«, scherze ich in der Hoffnung, die Situation damit entschärfen zu können, statt mir irgendwelche Erklärungen einfallen zu lassen, solange Kennedy sauer auf mich ist.

»Du machst wohl Witze«, sagt sie bloß.

Okay, einen Versuch war es wert.

»Natürlich.« Ich unterdrücke ein Seufzen und lasse mich am Fußende des Betts nieder, weil ich den dumpfen Verdacht habe, dass sie mich nicht mehr näher an sich heranlassen wird, bevor wir die Sache geklärt haben.

»Wer war das, Reese?«

»Das war Claire Norton. Ihr Vater ist ein Geschäftspartner von mir und meinem Vater.«

»Das interessiert mich nicht die Bohne. Du weißt, worum es mir geht. Hat sie die Wahrheit gesagt? Ist sie deine Verlobte?«

Beim letzten Wort versagt ihre Stimme, als wäre es ihr beinahe im Hals stecken geblieben.

»Ja, das ist sie. Aber es war nie mehr als eine rein geschäftliche Angelegenheit, glaub mir.«

»Dir glauben?«, flüstert sie und wiederholt dann etwas lauter: »Dir glauben?« Sie stößt ein verbittertes Lachen hervor, und ich sehe, wie ihr Tränen in die Augen steigen. »Wie, in aller Welt, kannst du das verlangen? Seit Wochen verbringen wir fast jede freie Minute miteinander, und du hast es nicht für nötig gehalten, ein so unwichtiges Detail wie die Tatsache, dass du *verlobt* bist, zu erwähnen! Was soll ich dir da noch glauben, Reese?« Sie steht auf und geht zur Badezimmertür. Sie ist umwerfend schön. Es fällt mir ausgesprochen schwer, ihrer Nacktheit keine Beachtung zu schenken, aber jetzt ist wohl nicht der richtige Zeitpunkt, um ihre körperlichen Vorzüge zu bewundern.

»Wenn es wichtig wäre, hätte ich es dir schon früher erzählt, aber das ist es einfach nicht. Ehrlich gesagt, habe ich seit dem Abend, an dem ich dich in Chicago habe tanzen sehen, keinen einzigen Gedanken mehr an Claire verschwendet. Schon daran siehst du, wie unwichtig sie mir ist.«

»Wie kannst du so etwas sagen, Reese? Du bist verlobt. *Verlobt!*« Sie hält inne und atmet hörbar aus, als wäre die neuerliche Erinnerung daran für sie so schmerzhaft wie ein Schlag in die Magengrube. »Du wirst heiraten. Wie kann denn das bitte schön unwichtig sein?«

»Kennedy«, sage ich sanft und stehe auf, um zu ihr zu gehen und ihr behutsam eine Hand auf die Schulter zu legen. »Es ist eine rein geschäftliche Angelegenheit, mehr nicht. Wir lieben uns nicht. Sie wird nicht zwischen uns stehen. Wahrscheinlich wirst du sie nicht einmal mehr zu Gesicht bekommen.«

»Du hast also vor … dir zwei Frauen zu halten? Sie als deine Ehefrau und mich als deine Geliebte?«

»So ist das nicht, Kennedy. Ich werde nur auf dem Papier mit ihr verheiratet sein. Es ist lediglich ein Geschäft. Sonst nichts. Sie wird mir nie etwas bedeuten. Sie wird mir nie so wichtig sein wie du. Nicht einmal annähernd.«

Kennedy starrt mich mit offenem Mund an. »Und das findest du ernsthaft kein bisschen schäbig?«, fragt sie ungläubig.

»Kennedy, was macht es für einen Unterschied, wenn meine Familie auf dem Papier mit der ihren verbunden ist, wo doch mein Herz *dir* gehört?«

»Reese, du kannst nicht einer Frau dein Herz schenken und dann eine andere heiraten. So funktioniert das einfach nicht.«

»Warum denn nicht? Warum sollte es *nicht* funktionieren?«

Ihre Miene verfinstert sich. »Weil ich das *nie und nimmer* durchziehen könnte, Reese. Niemals. Ich werde dich nicht teilen.«

»Du würdest mich nicht teilen.«

»Du hast also nie mit ihr geschlafen?«

»Das habe ich nicht gesagt. Aber ich kann dir versprechen, dass ich nie wieder mit ihr schlafen werde. Du bist die Einzige, die ich will, Kennedy. Begreifst du das denn nicht?«

»Wie sollte ich denn? Du hast es mir nie gesagt. Und jetzt, wo du es endlich getan hast, war es nur, weil deine Verlobte aufgetaucht ist. Was soll ich denn bitte schön davon halten? Was soll ich deiner Meinung nach jetzt empfinden, Reese?«

»Ich hatte gehofft, dass du das Gleiche für mich empfindest wie ich für dich.«

»Offensichtlich ist das nicht der Fall. Ich könnte niemals … *ich würde niemals* … einen Mann heiraten, den ich nicht liebe.«

»Es ist doch nur ein Geschäft, Kennedy«, wiederhole ich verzweifelt. »So was passiert ständig.«

»Nicht in meiner Welt.«

»Aber meine Welt ist jetzt die deine. Wir können zusammen sein. Claire wird kein Problem sein, das verspreche ich dir.«

Kennedy sagt lange kein Wort. Ich sehe, wie ihr Zorn und ihre Entrüstung einer unglaublichen Traurigkeit weichen, und es zerreißt mir schier das Herz. Noch ehe sie den Mund öffnet, weiß ich, dass sie sich von mir trennen wird.

»Ich habe dir gesagt, dass ich ein einfaches Mädchen bin, Reese. Ich brauche keine Diamanten und kein Parfüm. Ich muss nicht um die Welt reisen und Gerichte essen, die mehr als meine Miete kosten. Ich brauche lediglich jemanden, dem ich vertrauen kann. Wenn dir das nicht klar ist, dann stellt Claire *bereits jetzt* ein Problem für mich dar, und dann bist du nicht der Mann, für den ich dich gehalten habe.«

Als sie sich umdreht und ins Badezimmer verschwindet, weiß ich, dass unsere gemeinsame Zeit ein Ende gefunden hat.

Aber ich weiß auch, dass ich sie nicht einfach gehen lassen kann.

Kapitel 34

KENNEDY

Mir ist, als wäre etwas in meiner Brust zerborsten, und der Schmerz ist kaum auszuhalten. Es fühlt sich an, als hätte mein letztes Stündlein geschlagen.

Kaum ist die Badezimmtür hinter mir ins Schloss gefallen, kauere ich mich auf den Boden und umschlinge meine Knie, als könnte ich auf diese Weise die Bruchstücke, in die ich zerfallen bin, zusammenhalten.

Ich verharre in dieser Position, bis meine Beine vor Taubheit zu kribbeln beginnen. Als ich mich aufrapple und zum Waschbecken taumle, erblicke ich im Spiegel das tränenüberströmte Gesicht eines fünfzehnjährigen Mädchens, das den Fehler gemacht hat, dem falschen Mann zu vertrauen – *demselben* Mann. Und so schmerzhaft das schon vor vierzehn Jahren war, verglichen mit dem, was ich heute durchmache, erscheint es belanglos.

Ein Schluchzen will sich meiner Kehle entringen, doch ich weigere mich hartnäckig, es zuzulassen. Ich drehe das Wasser in der Dusche auf in der Hoffnung, dass es meine Trauer in Dampfschwaden hüllen und sie für immer davonspülen wird.

Über eine Stunde später ist mein Gesicht vom heißen Wasser so rot, dass die Tränenspuren nicht mehr zu sehen sind. Ich wickle ich mich in ein Badetuch und marschiere tapfer nach nebenan, um mich anzuziehen. Als ich Reese mit flehendem Blick auf der Bettkante sitzen sehe, die Hände zwischen die Knie geklemmt, krampft sich erneut mein Herz vor Kummer zusammen.

»Kennedy, bitte«, sagt er. Es sind nur zwei schlichte Worte, aber sie klingen, als würde auch bei ihm eine offene Wunde an der Stelle klaffen, wo sich vorher das Herz befand, genau wie bei mir.

»Es gibt nichts mehr zu sagen, Reese. Ich werde jetzt meine Sachen packen und die Nacht auf Fidschi verbringen, und von dort werde ich mir einen Rückflug organisieren.«

Er schließt die Augen. »Bitte, tu das nicht. Bitte geh nicht.«

»Wir wussten beide, dass das hier nicht von Dauer sein würde. Ich finde es schrecklich, dass es auf diese Weise endet, aber es war klar, dass früher oder später so etwas geschehen würde.«

Ich kann nur hoffen, dass es überzeugender klingt, als es sich anfühlt. Denn tief in meinem Herzen habe ich gehofft, dass es nie zu Ende gehen würde, dass ich nach all den Jahren doch noch ein Happy End mit dem Mann meiner Träume erleben würde. Aber ich habe schon vor langer Zeit die Erfahrung gemacht, dass es keine Helden gibt, dass kein Supermann darauf wartet, mich zu retten. Ich bin auf mich selbst gestellt, und ich allein bin meines Glückes Schmied. Sonst niemand.

»Ich will nicht, dass es endet, Kennedy. Ich wollte mit dir zusammenbleiben. Das will ich immer noch.«

»Es tut mir wirklich leid, Reese.«

Ich bemühe mich um eine möglichst neutrale Miene, während ich an ihm vorbei zum Schrank gehe, und sage mir, dass ich nur noch ein paar Stunden die Fassung wahren muss, bevor ich mich in der Stille eines tropischen Hotelzimmers zusammenkauern und endlich dem Bedürfnis nachgeben kann, die Teile meines Herzens und meiner Seele zu betrauern, die gerade gestorben sind.

»Kennedy, bitte. Bitte verlass mich nicht.«

Ich kneife die Augen zu, um die Tränen zurückzuhalten, und beiße mir auf die Lippe, um das herzzerreißende Schluchzen zu unterdrücken, das sich in mir aufgestaut hat. Ich wage es nicht, den Mund aufzumachen und Reese zu antworten, also lasse ich es bleiben. Ich hole Shorts und eine Bluse aus dem Schrank und lasse das Handtuch fallen, um in die Kleider zu schlüpfen.

Als ich mich umdrehe und Reeses bestürzten Gesichtsausdruck sehe, bleibe ich wie angewurzelt stehen.

»Ich liebe dich, Kennedy. Du bist diejenige, nach der ich die vergangenen vierzehn Jahre meines Lebens gesucht habe. Es war mir bloß nicht bewusst. Mir war nicht klar, dass ich der Mann war, der ich immer sein wollte, bevor ich dich verlassen habe. Seither bin ich immer weniger dieser Mann gewesen. Bitte geh nicht. Ich habe in meinem ganzen Leben noch nie um etwas gebettelt, aber jetzt tue ich es. Ich flehe dich an, Kennedy. Bitte. Bitte geh nicht.«

Jetzt ist es endgültig mit meiner Selbstbeherrschung vorbei. »Verschwinde, Reese«, bricht es aus mir heraus, als hätte sich etwas Böses, Schreckliches meiner bemächtigt. »Ich kann das nicht noch einmal durchmachen. Das überlebe ich nicht. Bitte. Geh einfach.«

Meine Knie zittern leicht, ehe sie mir den Dienst versagen und ich zu Boden sinke, wo ich verzweifelt schluchzend das Gesicht mit den Händen bedecke.

Ich spüre Reese an meiner Seite, ehe ich ihn höre, als würde mich eine Art unwiderstehlicher Schwerkraft zu ihm hinziehen. Aber ich trotze ihr. Das muss ich tun. Ich weiß, dass es ein Wunder wäre, wenn ich das hier noch einmal überlebe. Ich darf nicht zulassen, dass er auch noch den Rest von mir zerstört. Das kann ich einfach nicht.

Als er die Arme um mich legt, zucke ich zurück. »Fass mich nicht an! Verschwinde einfach.«

Die Wärme, die sein Körper verströmt, schwindet jäh, als er aufsteht und ein, zwei Schritte zurückweicht. Ich höre, wie er stehen bleibt, und warte ab. Schließlich, nach einer halben Ewigkeit, in der der Kummer noch mehr Teile meines Herzens erstickt, geht er zur Tür. Mein Schluchzen ist so laut, dass ich seine leisen Worte kaum verstehen kann.

»Ich habe dich vom ersten Augenblick an geliebt. Seit vierzehn Jahren liebe ich dich, und ich werde dich noch in einer Million Jahren lieben.«

Ich höre, wie er erneut verharrt, dann geht die Tür auf und fällt Sekunden später mit einem gedämpften, endgültigen Klicken ins Schloss.

Und in diesem Augenblick wird der Schmerz erst so *richtig* unerträglich.

* * *

Sosehr ich auch versuche, allein zurechtzukommen, in einem fremden Land mit null Vorbereitung und null Informationen bin ich in meiner Verfassung ganz einfach überfordert. Also bitte ich schließlich Brian um Hilfe. Zum Glück geht er sofort ans Telefon, als ich ihn anrufe.

»Hallo, Cinderella. Na, was ist los? Ist der Ball vorbei, und du erinnerst du dich wieder an deine kleinen Helferlein?«, feixt er. Er kann die Anspielungen auf Märchen einfach nicht lassen.

Ich falle gleich mit der Tür ins Haus. »Könntest du bitte in meine Kabine kommen?«

Ein paar Sekunden herrscht Schweigen am anderen Ende der Leitung. »Ich bin gleich da«, sagt er dann. Offenbar hat er den Ernst der Lage erkannt.

Keine zwei Minuten nachdem er aufgelegt hat, klopft es leise an der Tür. Zögernd öffne ich sie einen Spaltbreit und überzeuge mich davon, dass draußen auch wirklich Brian steht und nicht Reese.

Er schiebt sich an mir vorbei und macht die Tür hinter sich zu. »Du liebe Zeit, was ist denn passiert? Du siehst ja aus, als wärst du von einem Müllwagen überfahren worden.«

In meinem benommenen Zustand bin ich leider nicht in der Lage, den blumigen Vergleich gebührend zu würdigen. »Du musst mir helfen, eine Unterkunft auf der Insel zu suchen, bis ich nach Hause fliegen kann. Ich … ich weiß nichts über Fidschi, ich habe kein Geld und keine Ahnung, wo die nächste Bank ist, die einer Amerikanerin aus der Klemme helfen kann. Gibt es Taxis? Und Geldautomaten? Und wo finde ich so kurzfristig eine Übernachtungsmöglichkeit? Ich meine … ich weiß einfach gar nichts. Ich bin total unvorbereitet. Ich …« Ich breche ab, weil es mir in meiner Erschütterung schwerfällt, meine Gedanken in Worte zu fassen.

»Warum brauchst du das alles? Was ist passiert?«

Erst jetzt sehe ich Brian in die Augen. Ich wollte mir nicht anmerken lassen, was für ein nervliches Wrack ich bin, aber vielleicht bewahrt mich das davor, ihm alles erklären zu müssen.

»Es hat eben nicht funktioniert.«

Er hebt erstaunt die Augenbrauen. »Der Bursche hat doch nur Augen für dich. Was, zum Teufel, ist los?«

»Er ist verlobt«, erwidere ich schlicht.

Brian starrt mich mit offenem Mund an. Wie es aussieht, hatte er keine Ahnung.

Als er sich wieder gefangen hat, nimmt er meine Hand und drückt sie. »Sag mir, was du brauchst. Ich werde dir helfen.«

Ich drücke ebenfalls seine Hand und lächle ihn mit Tränen in den Augen an.

Kapitel 35

REESE

Eine Welle der Erleichterung erfasst mich, als mir Karesh berichtet, dass er sie gefunden hat.

»Wo ist sie?«

»Sie ist in einer kleinen Pension direkt im Zentrum abgestiegen.«

»Sie wohnt also nicht in der *Bure.*« Es ist schon schlimm genug, dass Kennedy mich verlassen hat, aber dass sie sich von mir nicht einmal mehr helfen lässt, zerreißt mir schier das Herz. Ich habe Karesh gebeten, alle nur erdenklichen Vorkehrungen für sie zu treffen, aber sie hat von keiner Gebrauch gemacht – weder von dem Wagen noch von der *Bure* noch von dem Geld, das ich für sie habe anweisen lassen.

»Hat sie die Flugtickets schon abgeholt?«

»Nein, Sir. Soweit ich weiß, hat Brian ihr geholfen, alles für ihre Rückreise zu arrangieren. Wie es scheint, ist sie fest entschlossen, Ihre Hilfe nicht in Anspruch zu nehmen.«

Im Grunde überrascht mich das nicht sonderlich. Kennedy ist stark und stur, und sie musste mich schon einmal gehen lassen. Wahrscheinlich ist es ihr dieses Mal leichter gefallen. Ich will nicht, dass sie leidet – vor allem nicht meinetwegen –, aber es fühlt sich an, als würde mir jemand wieder und wieder ein Messer in die Brust rammen.

»Behalten Sie sie im Auge, Karesh. Ich will, dass Sie dabei sind, wenn sie in den Flieger steigt, wenn sie in Los Angeles den Anschlussflug nimmt und wenn sie die Tür zu ihrer Wohnung in Chicago aufschließt. Ich möchte sie auf der gesamten Reise in guten Händen wissen, und ich möchte darüber informiert werden, wenn sie sicher zu Hause angekommen ist.«

»Nun, Sie könnten sie getrost begleiten, Sir. Ich bin sehr wohl in der Lage, den Rest der Kreuzfahrt ohne Sie zu managen.«

»Das weiß ich doch, Karesh. Aber sie möchte nicht, dass ich ihr folge. Sie braucht Abstand. Außerdem habe ich einiges zu erledigen.«

»Wie Sie wünschen, Sir.«

Als kurz nach neun Uhr abends mein Handy klingelt, stecke ich noch immer knietief in Verträgen und Buchhaltungskram. Ich bin, gelinde gesagt, ziemlich gereizt und habe nicht die geringste Lust auf ein Gespräch, mal abgesehen von einem Gespräch mit Kennedy natürlich. Aber es ist wohl eher unwahrscheinlich, dass sie mich anrufen wird, um mir mitzuteilen, dass sie ihre Meinung geändert hat und mich niemals verlassen wird. Wie sich herausstellt, ist es Mister Bingham, und ich bin zugleich enttäuscht und irritiert über seinen Anruf.

»Was gibt's, Mister Bingham?«, frage ich scharf.

»Ich habe die fragliche Erbin, Mary Elizabeth Spencer, ausfindig gemacht.«

Ich richte mich auf. »Und?«, frage ich gespannt.

»Wie sich herausgestellt hat, ist sie verschieden, Sir.«

»Verschieden? Wann?«

Bingham räuspert sich. »Vor dreizehen Jahren, Sir.«

»Inwiefern stand sie mit unserer Familie in Verbindung? War sie eine Exfrau, von der wir nie erfahren haben? Oder ein uneheliches Kind?«

»Wie es aussieht, war sie in der Tat unehelich geboren, Sir.«

»Wissen Sie auch, wer der Vater war?«

»Ja, das weiß ich.«

In der nun folgenden langen Pause muss ich mich sehr zusammenreißen, um ihn nicht anzufahren. »Was ist? Wollen Sie mir nicht verraten, wer es ist?«

»Sie, Sir.«

Ich erhebe mich so schnell, dass mein Schreibtisch, der am Boden der Kabine angeschraubt ist, knarzend protestiert. »Was?«

Rasch gehe ich im Geiste alle Frauen durch, mit denen ich geschlafen habe, und frage mich, welche ich versehentlich geschwängert haben könnte. Ich bin doch stets vorsichtig gewesen ... das war ich schon immer.

Und dann fällt es mir plötzlich wie Schuppen von den Augen. Mir ist, als wäre der erste Dominostein einer langen Reihe umgefallen und würde nun alle anderen mit sich reißen. Plötzlich ergibt alles einen Sinn.

Und meine Welt gerät völlig aus den Fugen.

Vor dreizehn Jahren.

»Können Sie mir den Namen der Mutter nennen?«, frage ich mit heftig pochendem Herzen.

»Kennedy Moore, Sir.«

Kapitel 36

KENNEDY

Mit zitternden Fingern drehe ich den Schlüssel im Schloss der Haustür um. Ich friere, was allerdings nicht an den Außentemperaturen liegt, denn in Chicago hat es fast 30 Grad. Nein, es ist eine Kälte, die sich tief in meinem Inneren, in meiner Seele breitgemacht hat und sich einfach nicht abschütteln lässt.

Als ich die Haustür öffne, liegt ein brauner DIN-A4-Umschlag auf dem Fliesenboden im Flur. Jemand muss ihn unter der Tür durchgeschoben haben. Wie in Zeitlupe fege ich ihn aus dem Weg und rolle meinen Koffer herein. Mit dem letzten Rest an Energie, die ich noch aufbringen kann, hebe ich den Umschlag hoch, um einen Blick auf den Absender zu werfen. Der Name sagt mir nichts, also lasse ich das Kuvert auf dem Garderobentischchen liegen, um es später zu öffnen, wenn ich ausgepackt habe. Wenn ich wieder etwas klarer denken kann. Wenn mich nicht mehr jede Bewegung so viel Kraft kostet.

Ich rolle den Koffer ins Schlafzimmer, stelle ihn am Fußende meines Betts ab und sinke erschöpft auf die Matratze. Jeder Schritt, den ich mich von Reese entfernt habe, fühlt sich an, als wäre ich einen Kilometer gegangen. Jeder Atemzug, den ich mache, verlangt mir beinahe mehr Energie ab, als ich aufbringen kann. Die Minuten schleichen dahin, ziehen sich bis in alle Ewigkeit, reihen sich aneinander wie eine endlose Folge langer, beschwerlicher Augenblicke reinen Elends.

Ich hole tief Luft, atme langsam aus und schließe die Augen. In der Dunkelheit, in dem Bruchteil einer Sekunde, in der mein Geist nicht anderweitig beschäftigt ist, kehren meine Gedanken zu Reese zurück, so wie sie es seit dem qualvollen Augenblick, als ich ihn und seine Jacht vor zwei Tagen verlassen habe, alle fünf Minuten tun.

Stunden vergehen, bis es mir gelingt, mich aus dem Bett zu wälzen, und es verstreicht noch mehr Zeit, bis ich es schaffe, mich in die Küche zu schleppen, um Bozey zu füttern. Während ich sein Futter aus der Dose in die Schüssel fülle, fallen mir meine leicht gebräunten Hände auf. Sie erinnern mich an die Tage voller Sonnenschein. An die Zeit mit Reese.

Kaum habe ich Bozeys Napf auf seiner Matte abgestellt, sinke ich auf den Boden und lasse erneut die Tränen fließen, die, wie es scheint, nie mehr versiegen werden.

Kapitel 37

REESE

Ich beiße die Zähne zusammen und unterdrücke ein frustriertes Knurren, als ich an den x-ten Idioten von der Offshore-Bank verwiesen werde, bei der ich Kunde bin. Zum millionsten Mal wünsche ich mir, der Tag hätte mehr Stunden und die Stunde mehr Minuten. Ich brauche Zeit. Ich brauche mehr Zeit, und ich möchte, dass sie schneller vergeht. Je schneller ich meine Angelegenheiten geregelt habe, desto schneller kann ich zu Kennedy.

Seit ich zusehen musste, wie sie vor vier Tagen von Bord gegangen ist, bin ich ein Getriebener. Unermüdlich und wie besessen arbeite ich meinem Ziel entgegen, aber meine Ungeduld wächst. Mit jedem Tag wird sie noch stärker, treibt mich an, bis ich an meine Grenzen stoße. Bis es nicht mehr schneller geht. Bis es nicht mehr möglich ist, die *anderen* anzutreiben. Ich muss es trotzdem tun, denn ich muss zu Kennedy. Ich muss zu ihr, aber erst muss ich alles erledigt haben. Vorher kann ich nicht zu ihr.

Kapitel 38

KENNEDY

Stunden vergehen. Tage vergehen. Clive war ein paar Mal da, um nach mir zu sehen. Es überrascht mich nicht, dass ihm meine Rückkehr nicht verborgen geblieben ist – schließlich sitzt er andauernd am Fenster, um zu beobachten, was in der Nachbarschaft vor sich geht.

Mehr als einmal hat er mir freundlicherweise ein offenes Ohr angeboten, und nachdem er mein verheultes Gesicht gesehen hat, meinte er, ich könne mich getrost an seiner Schulter ausweinen. Ich habe beides abgelehnt und gesagt, ich sei einfach müde und bräuchte jetzt erst mal etwas Zeit für mich.

Sechs qualvolle, lange, leere Tage nachdem ich Reese verlassen habe, bin ich mir nicht mehr sicher, ob ich mich diesmal wieder erholen werde. Die Liebe einer neunundzwanzigjährigen Frau ist doch etwas völlig anderes als die Liebe eines fünfzehnjährigen Mädchens. Zweifellos habe ich Reese auch vor all den Jahren schon geliebt, aber verglichen mit dem, was ich jetzt empfinde, verblassen meine Gefühle von damals. Ich habe ihn genauso sehr geliebt, wie ich ihn gehasst habe. Warum gelingt es mir nicht, ihm gegenüber einfach *gleichgültig* zu sein?

Tag und Nacht haben ihre Bedeutung verloren. Ich bin die meiste Zeit wach und schlafe nur zwischendurch ein wenig.

Ich habe die Rollos heruntergelassen, um die Welt da draußen *aus-* und mich *ein*zusperren. Als es irgendwann klingelt, ist mir deshalb nicht bewusst, dass es schon sehr spät ist, ehe ich die Tür öffne und Reese erblicke, von tiefschwarzer Nacht umgeben.

Zu behaupten, dass mir das Herz in die Hose fällt, wäre die Untertreibung des Jahrhunderts. Ich wünschte, ich könnte ihn für all das hassen, was er mir angetan hat, und zugleich versetzt mich seine bloße Nähe in eine schier unbeschreibliche Aufregung. Es ist, als würden sämtliche Zellen meines Körpers in seiner Gegenwart anfangen zu vibrieren, so aufgewühlt wie Wasser, wenn es erhitzt wird. Ich bringe kein Wort heraus. Ich stehe einfach nur da und starre ihn an. Ich könnte den Rest meines Lebens dort stehen und ihn betrachten, ohne seines Anblicks je müde zu werden.

Er schweigt ebenfalls und mustert mich eingehend, ohne sich von der Stelle zu rühren. Schließlich hebt er den Arm, um mir über die Wange zu streichen.

»Du hast geweint«, sagt er sanft.

»Ja«, erwidere ich matt.

»Meinetwegen.«

»Ja.« Wozu sollte ich es leugnen?

Die tiefe Traurigkeit in seinen Augen entgeht mir nicht, selbst in diesem Zustand. »Dabei würde ich lieber sterben, als dir wehzutun.«

»Warum hast du es dann getan?«

»Weil ich ein Idiot bin, Kennedy. Weil ich ein ehrgeiziges, egoistisches Arschloch bin – wie mein Vater. Aber vor allem, weil ich auf das alles überhaupt nicht vorbereitet war. Auf das hier, meine ich. Auf *dich.*« Reese macht einen Schritt auf mich zu, so langsam und vorsichtig, als hätte er Angst, mich zu erschrecken. »Ich habe dich nicht kommen sehen, Kennedy. Ich habe dich schon vor vierzehn Jahren nicht kommen sehen, und jetzt, vor zwei Monaten, ebensowenig. Beim letzten Mal habe ich zugelassen, dass wir getrennt wurden. Aber ich habe nicht vor, denselben Fehler ein zweites Mal zu machen.«

»Du kannst nichts tun, Reese. Ich werde auf keinen Fall deine Zweitfrau sein. Das kann ich nicht. Ich musste mir mein Selbstwertgefühl viel zu hart erarbeiten, um zuzulassen, dass du es zerstörst, noch dazu aus finanziellen Gründen. Ich … ich kann das einfach nicht.«

»Das musst du auch nicht. Du wirst für mich immer an erster Stelle stehen. Du *stehst schon jetzt* an erster Stelle. Mir war nur nicht bewusst, dass ich dir nicht die oberste Priorität eingeräumt habe. Aber jetzt ist es mir klar. Und du musst wissen, dass du die Einzige bist, die für mich zählt. Ich kann dich nicht gehen lassen. Nicht noch einmal. *Niemals* wieder. Nicht einmal, wenn du mir sagst, dass ich gehen soll. Nicht einmal, wenn du mich anflehst zu gehen. Ich kann es nicht. Du hast mir in jenem Sommer im Wald etwas gegeben, das real war. Durch dich habe ich etwas *gefühlt*. Ich habe Millionen verdient und mit Diplomaten gespeist. Ich hatte von allem immer nur das Allerbeste im Leben, aber ich war erst glücklich – *wirklich* glücklich –, meine ich, als du eingewilligt hast, auf meinem Schiff zu arbeiten. Seit damals war jeder Moment der beste meines Lebens. Bis du gegangen bist.«

Er bricht ab, und der Blick seiner herrlichen blaugrünen Augen stellt erneut mein Herz und meine Seele, meine ganze *Welt* auf den Kopf.

»Ich bin *deinetwegen hier*, Kennedy. Ich bin deinetwegen gekommen. Mit leeren Händen … ich habe nur mich selbst mitgebracht, und ich lege dir mein Herz zu Füßen … und *alles, was ich bin* … und ich flehe dich an: Gib mir noch eine Chance.«

»Reese, ich kann nicht …«

Er unterbricht mich, bevor ich fortfahren kann. »Ich habe die Verlobung mit Claire gelöst. Kein Geld der Welt, keine Geschäftsverbindungen, Investitionen oder Verträge sind es wert, dich zu verlieren. Ich habe alles aufgegeben. Für dich. Ich habe die Jachten verkauft und die Clubs. Alles ist weg. Gestern, morgen, immer – deinetwegen«, sagt er. Damit meint er vermutlich seine Schiffe, die *Ieri*, *Domani* und *Sempre*. »Das Einzige, was ich für immer will, bist du. Nichts in meinem Leben bedeutet mir mehr als du. Weder Geld noch Macht noch Besitztümer. Ich brauche nichts davon. Ich brauche nur dich. Ich. Brauche. Nur. Dich.«

»W-was?«, flüstere ich ungläubig, weil ich fürchte, mich verhört zu haben. Womöglich war das alles nur Wunschdenken, und er hat eigentlich etwas ganz anderes gesagt.

»Nachdem du das Schiff verlassen hast, habe ich Tag und Nacht damit zugebracht, alles zu verkaufen. Stundenlang habe ich über Büchern und Zahlen gebrütet, mit Anwälten geredet, Angebote geschrieben und telefoniert. Ich konnte nicht warten. Ich konnte es nicht erwarten, all den sinnlosen Kram loszuwerden, der uns im Weg stehen könnte. Ich wollte dir beweisen, dass ich alles für dich tun würde. Alles. Du musst nur ein Wort sagen, und ich tue es. Ich will kein Leben ohne dich. *Du* bist mein Leben, so will ich es. Und ich will, dass ich dein Leben bin.«

»Aber Reese, alles, wofür du gearbeitet hast …«

»Es ist nur Geld. Schall und Rauch, wertlos verglichen mit dir. Ich habe so viel Geld, dass hundert Leben nicht reichen würden, um es auszugeben. Aber falls das ein Problem sein sollte, dann werde ich es wegwerfen. Für dich. Wenn es sein muss, werde ich ein armer Schlucker. Du musst verstehen, dass es nichts ... *nichts* ... auf der Welt gibt, das mir wichtiger ist als du.«

»Ich habe nie von dir verlangt, das zu tun, Reese. Ich wollte nicht, dass du alles für mich aufgibst.«

»Aber kannst du nicht verstehen, dass ich das alles getan habe, ohne mit der Wimper zu zucken, weil ich gehofft habe, dass du dann zu mir zurückkommst? Ich habe es für dich getan. Ich brauche weder die Jachten noch die Frauen noch die Vergnügungen. Das alles hat bloß eine Leere gefüllt, die nur ein einziger Mensch füllen kann – der einzige Mensch, der es jemals geschafft hat, sie zu füllen. Ich werde den Teufel tun und an dem Scheißleben festhalten, wenn ich dann das Einzige verliere, was ich wirklich will – ein Leben *mit dir.*«

»Reese, das hättest du nicht tun sollen. Nicht für mich.«

»Okay, dann habe ich es eben für mich getan. Ich habe es getan, weil mich diese Dinge im Gegensatz zu dir nicht zu einem besseren Menschen machen. Weil sie mich im Gegensatz zu dir nicht glücklich machen. Ich habe es getan, weil ich befürchtet habe, dass Worte allein nicht genügen würden, um dir zu zeigen, dass es mir diesmal ernst ist, Kennedy. Ich werde bis in alle Ewigkeit hinter dir herlaufen, wenn es sein muss. Ich werde nie aufhören, um dein Herz zu kämpfen. Sag mir bitte nur, dass es noch nicht restlos zerbrochen ist und du es mir noch schenken kannst. Bitte sag mir, dass es nicht zu spät ist. Ich habe so schnell gemacht, wie ich konnte.«

»Ich weiß nicht, Reese. Das kommt alles ... so ... so ... ich kann gar nicht klar denken.«

»Ich will auch nicht, dass du denkst.« Er packt mich am Oberarm. »Ich möchte, dass du fühlst. Du sollst verstehen, wie sehr ich dich liebe. Du sollst spüren, wie verzweifelt ich bin, wie ich hier mitten in der Nacht vor deiner Tür stehe, von Jetlag geplagt, aber bereit, notfalls sogar auf die Knie zu fallen und dich anzuflehen. Verstehst du das, Kennedy?« Er nimmt meine linke Hand und drückt sie an sein Herz. »Spürst du das?«

Und ich *spüre* es tatsächlich. Ich spüre seine aufrichtige Liebe und sein Herz, das unter meiner Handfläche pocht, genauso heftig und erregt wie mein eigenes.

»Bitte«, flüstert er und tritt näher, bis seine Lippen meine Stirn berühren, während meine Hand auf seiner Brust ruht. »Bitte, Kennedy!«

Ich spüre ein Brennen in den Augen und weiß, dass ich die Tränen keine Sekunde länger zurückhalten kann. Im selben Moment spüre ich auch schon, wie sie mir über die Wangen kullern.

»Okay«, sage ich mit leiser, zitternder Stimme.

Er atmet zutiefst erleichtert aus. »Sag das noch einmal«, krächzt er.

»Okay.«

Dann werde ich förmlich zerdrückt von seinen stahlharten Armen, von seinen sanften Lippen, von seiner Liebe, die sich genauso unerschütterlich und aufrichtig wie meine eigene anfühlt.

Schließlich hebt Reese den Kopf – gerade weit genug, damit ich wieder Luft bekomme – und nimmt mein Gesicht in beide Hände. »Bitte, hör auf zu weinen, Baby«, murmelt er und wischt mit den Daumen die Tränen weg. »Weine nicht wegen mir.«

»Es sind Freudentränen«, erkläre ich ihm mit einem matten Lächeln.

»Dann weine dich in meinen Armen in den Schlaf«, sagt er leise und beugt sich hinunter, um mich hochzuheben. »Lass mich dich halten, bis deine Tränen versiegen.«

Reese drückt mich an sich, und ich schlinge ihm die Arme um den Nacken und schmiege das Gesicht in seine Halsbeuge. Ich schmecke das Salz meiner Tränen, die meine Wangen herunterlaufen und seine Haut benetzen.

Reese trägt mich zum Sofa. Als ich Minuten später – oder waren es Stunden? Tage? – erwache, hocke ich immer noch auf seinem Schoß. Er ist unter mir eingeschlafen, aufrecht dasitzend, und hält mich fest, die Arme um meine Taille, die Finger ineinander verschränkt, damit er mich nicht versehentlich loslässt.

Kapitel 39

REESE

Jedes Mal, wenn ich erwache, überzeuge ich mich als Erstes davon, dass Kennedy noch bei mir ist. Das ist sie. Sie schläft, in meine Arme gekuschelt, als hätte sie seit Tagen kein Auge zugemacht. Was wahrscheinlich auch der Fall ist, wenn es ihr ähnlich ergangen ist wie mir.

Vielleicht bedeutet das, dass die Dinge besser werden. Vielleicht ist uns jetzt endlich das vergönnt, was wir schon vor Jahren hätten haben sollen.

Als ich die Augen schließe und erneut einnicke, ist mein letzter Gedanke, wann sie mir wohl von dem Baby erzählen wird.

Kapitel 40

KENNEDY

Als ich die Augen aufschlage, empfinde ich wider Erwarten nicht die reine Glückseligkeit. Ich bin unruhig, weil ich weiß, dass *ich* jetzt diejenige bin, die noch nicht reinen Tisch gemacht hat.

Es gibt da etwas, das ich Reese erzählen muss. Er hat ein Recht darauf, es zu erfahren. Dass ich es die ganze Zeit für mich behalten habe, geschah mit den besten Absichten. Ich habe dabei nur an Reese gedacht und daran, wie es ihn beeinflussen würde. Aber jetzt frage ich mich, ob ich womöglich einen riesigen Fehler gemacht habe.

Tja, es gibt nur einen Weg, das herauszufinden …

Kapitel 41

REESE

Schon vor Tagen habe ich beschlossen, darauf zu warten, dass Kennedy mir von dem Baby erzählt. Ich verstehe nicht, wieso sie es nicht schon längst getan hat, aber ich muss die Umstände zu ihren Gunsten auslegen. Also gebe ich ihr Zeit. Zumindest so lange es geht, bevor andere es herausfinden.

Ich habe Bingham gebeten, die Information für sich zu behalten, bis ich wieder zurück bin. Wahrscheinlich bleibt mir noch bis morgen Zeit, bevor er meinem Vater verrät, wer Mary Elizabeth ist. Aber ich werde es ihm zuerst erzählen. Mein Vater soll es von mir erfahren. Er soll wissen, dass es keinen Grund gibt, die Sache weiterzuverfolgen. Rechtlich oder sonst wie. Es ist ganz in meinem Sinne, wenn Bellano zur Hälfte an Kennedy übergeht. Wäre es nach mir gegangen, hätte unsere Tochter das *gesamte Anwesen* erhalten.

Vorhin habe ich versucht, meinen Vater zu erreichen, aber er hat meinen Anruf nicht entgegengenommen. Also habe mich auf den Weg gemacht unter dem Vorwand, ein Mittagessen zu besorgen, damit ich ihn vom Auto aus noch einmal anrufen kann. Doch wieder habe ich kein Glück. Erst als ich wieder in die Einfahrt zu Kennedys Wohnsiedlung einbiege, wird mir klar, wieso mein Vater meinen Anruf nicht entgegengenommen hat. Er hatte ganz offensichtlich seine eigenen Pläne. Sein Auto steht direkt neben der Stelle, wo vorher meines geparkt war.

Ich nehme die Tüten mit dem Essen vom Beifahrersitz und marschiere zur Tür. *Ruhig bleiben*, sage ich mir, doch es fällt mir schwer, wie immer, wenn es um Kennedy geht. Bei der Vorstellung, dass *irgend*jemand – *wer auch immer es sein mag* – ihr Ärger machen könnte, gerät mein Blut in Wallung.

Als ich die Tür öffne, erblicke ich Kennedy und meinen Vater, die sich im Eingangsbereich gegenüberstehen. Kennedy hält einen braunen Umschlag in der Hand. Ihr Gesicht ist ungewöhnlich blass.

Sie blickt mich mit einer Mischung aus Reue, Furcht und unglaublicher Trauer an, sodass sich in mir alles zusammenzieht und der Zorn auf Henslow Spencer abrupt in mir hochsteigt.

»Was ist hier los? Was, zum Teufel, treibst du hier?«, stelle ich meinen Vater zur Rede.

»Reese«, stößt er sichtlich überrascht hervor. »Ich … ich wollte gerade … wir waren gerade …« Ich platze beinahe vor Wut, während mein Vater nach einer plausiblen Erklärung für seine Anwesenheit sucht. Nach einer Lüge, zweifellos. »Ich wollte nur mal sehen, wie es Kennedy so geht.« Mir entgeht nicht, dass er Kennedy einen warnenden Blick zuwirft, damit sie auch ja keine Einwände erhebt.

Kennedy senkt den Kopf und kneift die Augen zu, dann sagt sie. »Nein, das wollten Sie nicht. Ich werde es ihm nicht länger verheimlichen«, sagt sie leise.

Mir schlägt das Herz bis zum Hals, als Kennedy mit gesenktem Kopf und zitterndem Kinn zu mir tritt. Ich weiß, was sie mir sagen wird. Ich weiß bereits, welch schwere Last auf ihren Schultern liegt. Aber es zu *wissen* und es von ihr zu *hören*, zuzuhören, wie sie die Worte ausspricht, und die Wahrheit aus ihrem Mund zu erfahren … das sind zwei völlig unterschiedliche Dinge.

»Was ist los, meine Schöne?«, ermutige ich sie, während ich die Tüten mit dem Essen abstelle und ihr Kinn anhebe.

Sie schluckt schwer. Es fällt mir unendlich schwer, mit anzusehen, was sie in diesem Augenblick durchmacht, wie sehr sie leidet.

»Reese, damals im Wald … vor all den Jahren … ich weiß, dass du ein Kondom benutzt hast, aber irgendetwas muss schiefgegangen sein.« Sie blickt mir mit Tränen in den Augen ins Gesicht. »Ich bin schwanger geworden.«

Ich muss meine Gefühle nicht vortäuschen. Mir bleibt tatsächlich die Luft weg. Und weil ich den Schmerz sehe, der Kennedy erneut überkommt, als sie es sich in Erinnerung ruft, um es mir zu erzählen, gebe ich zu, dass ich es bereits weiß. Ich kann ihr nicht weiter dabei zusehen, wie sie sich meinetwegen quält. Nicht, wenn ich ihren schrecklichen Schmerz lindern kann. »Ich weiß.«

Kennedy mustert mich verwirrt. »Du weißt es? Woher?«

»Vor ein paar Tagen habe ich einen Anruf von Malcolms Anwalt bekommen. Er hat mir mitgeteilt, wer Mary Elizabeth Spencer war. Sie wurde im Testament erwähnt. Also hat der Anwalt versucht, sie zu ausfindig zu machen.«

»Warum hast du nichts gesagt?« In ihrer Miene spiegelt sich Schuld, nicht Zorn.

»Ich wusste, du würdest es mir sagen, wenn du dazu bereit bist.«

»Oh Gott, Reese!«, stößt sie hervor und birgt das Gesicht in den Händen. Ich lege ihr die Arme um die Schultern und ziehe sie an mich. Wenn ich doch nur etwas tun könnte, um sie von diesem Kummer zu befreien!

»Schon gut, Baby. Bitte, weine nicht.«

»Ich wünschte, ich hätte es dir schon früher erzählt«, schnieft sie, darum bemüht, weitere Tränen zurückzuhalten.

»Ich wusste, dass du es mir erzählen würdest, wenn der richtige Augenblick gekommen ist.«

»Reese, es tut mir so leid«, sagt sie und hebt den Kopf, um mir in die Augen zu sehen.

»Das muss es nicht. Ich wünschte nur, ich wäre für dich da gewesen. Ich hätte so gerne miterlebt, wie das Baby in deinem Bauch wächst. Ich hätte sie so gerne vor ihrem Tod noch einmal gehalten«, presse ich hervor. Bittere Reue schnürt mir fast die Kehle zu.

»Ich wollte es dir sagen, aber sie haben es nicht zugelassen.«

Mein Herz setzt einen Augenblick aus, dann schlägt es doppelt so schnell weiter. »Wer? Kennedy, wer hat dich daran gehindert, es mir zu erzählen?«

Sie dreht sich zu meinem Vater um. »Dein Vater und Hank haben eine Vereinbarung getroffen. Dein Vater hat sich einverstanden erklärt, Hank zu bezahlen, wenn Hank die Schwangerschaft geheim halten würde. Deshalb hat Hank mich aus der Schule genommen und mich in der Pförtnerloge gefangen gehalten. Er hat mich eingeschlossen, hat das Telefon abgeschaltet und nachts die Autoschlüssel versteckt. Er war stinksauer. Wahrscheinlich, weil ich von einem anderen geschwängert worden war und er nicht länger seine Spielchen spielen konnte. Vermutlich hat er es von Anfang an darauf angelegt, das Baby sterben zu lassen. Er hat mir kaum etwas zu essen gegeben, sodass ich schwer krank wurde. Die beiden Male, die ich versucht habe zu fliehen, hat er mich erwischt und mich so lange geschlagen, bis ich nicht mehr aufstehen konnte. Nach dem zweiten Mal hat er mich nur noch aus meinem Zimmer gelassen, wenn er da war. So ging das, bis die Wehen eingesetzt haben. Aber sie haben zu früh begonnen. Als wir ins Krankenhaus kamen, waren sie nicht mehr zu stoppen. Das Baby war zu klein, um zu überleben, zu schwach, um selbst atmen zu können. Zwei Tage nach der Geburt ist es gestorben.« Kennedy bricht in ein Schluchzen aus, das so verzweifelt klingt, als käme es geradewegs vom tiefsten Grund ihrer Seele. »Dein Dad hat mich besucht. Er hat mir gesagt, es würde dein Leben runinieren, wenn du von dem Baby erfährst. Er meinte, wenn ich dich liebe, sollte ich am besten keiner Menschenseele je davon erzählen. Also habe ich geschwiegen. Ich habe nie jemandem etwas gesagt. Denn ich habe dich geliebt.«

Über Kennedys Kopf hinweg starre ich meinen Vater an. In meinem ganzen Leben habe ich noch nie einen so starken Hass empfunden wie auf ihn. Das Gefühl brennt in mir wie ein Höllenfeuer.

»Wie konntest du nur!«, knurre ich.

»Ich habe getan, was ich für dich tun musste, Sohn. Für deine Zukunft. Du wärst nicht da, wo du heute bist, wenn du bei ihr geblieben wärst. Sie war Mangelware.«

Mangelware?

Das Blut in meinen Adern gefriert auf einen Schlag zu Eis. Dann wird es kochend heiß, entfacht ein regelrechtes Inferno in meinem Körper.

»Was hast du gerade gesagt?«

»Glaubst du, ich habe dich nicht beobachtet? Glaubst du, ich habe nicht gewusst, was du getrieben hast? Und mit wem? Ich wusste alles über sie und ihren perversen Vater. Ich habe gesehen, wie er sie beobachtet hat, sie berührt hat, wenn er dachte, er wäre mit ihr allein. Er konnte sich nicht von ihr fernhalten. Deshalb hat er von deiner Affäre mit ihr erfahren. Er ist ihr gefolgt und hat euch beide im Wald gesehen. Er war Abschaum gewesen. Ich würde niemals zulassen, dass du mit so jemandem in Berührung kommst, du oder unsere Familie.«

Plötzlich sehe ich rot.

Ich lasse Kennedy los und stürze mich auf meinen Vater. Ich packe ihn an der Kehle und drücke ihn an die Wand, wild entschlossen, seinem jämmerlichen Dasein ein Ende zu bereiten. »Du hast es gewusst? Du hast *gewusst*, was er ihr antut, und hast nichts dagegen unternommen? Du hast *nichts* getan?«

Meinem Vater entfährt ein unterdrücktes Keuchen. Sein Gesicht läuft rot an und verfärbt sich allmählich bläulich, je länger ich ihn würge.

»Du machst mich krank! Du bist nicht das kleinste bisschen besser als er!« Ich schüttle meinen Vater, drücke ihn noch fester an die Wand, während er nach meiner Hand tastet in dem vergeblichen Versuch, meinen Griff zu lockern. »Ich hasse dich! Ich hasse dein Blut, das in meinen Adern fließt!« Ich verstärke meinen Griff.

»Reese! Reese, hör auf!«, schreit Kenney und zerrt an meinem Arm. »Lass ihn los! Er ist es nicht wert.«

Ich höre ihre Worte, aber es ist mir egal. In meinen Augen wäre es durchaus lohnend, ihm das Leben zu nehmen. Es wäre eine gute Sache. Ich würde der Welt einen Gefallen erweisen, wenn ich ihn umbringe.

»Reese, wenn du ihn verletzt, dann haben wir keine Zukunft. Es wird dein Leben ruinieren. Bitte tu es nicht. Bitte lass nicht zu, dass er mir noch mehr wegnimmt.«

Der Kummer in ihrer Stimme durchdringt den Nebel meiner Wut. Ich erkenne am Blick meines Vaters, dass er kurz davor ist, das Bewusstsein zu verlieren. Es fehlt nicht mehr viel, dann ist er tot.

Aber ich denke an Kennedy.

Kennedy. Immer sie.

Ich lasse meinen Vater los und weiche zurück.

Er sinkt, nach Luft schnappend, zu Boden und reibt sich den knallroten Hals.

»Ich schwöre bei allem, was mir heilig ist, ich werde dich umbringen, solltest du dich noch *ein einziges Mal* in ihre Nähe wagen. Ich werde dich auf der Stelle vernichten und dich irgendwo begraben, wo niemand dich finden kann.« Mein Vater verharrt regungslos und stumm. Ich bücke mich zu ihm herunter. »Hast du gehört?«, schreie ich ihm ins Ohr.

Er mustert mich hasserfüllt. Wir starren uns ein paar Sekunden lang in die Augen, bis mir ein Flackern in seinem Blick verrät, dass er erkannt hat, wie ernst es mir ist. Er weiß, dass mir in meinem ganzen Leben noch nie etwas so ernst war. Ich hoffe bloß, dass er klug genug ist, mich nicht auf die Probe zu stellen. Denn dann wird er verlieren. Er wird alles verlieren, wenn er mir in die Quere kommt. Ich würde mein Leben für sie lassen, sogar wenn ich jemanden dafür umbringen muss.

Schließlich nickt er.

»Und jetzt verschwinde«, fauche ich, während ich ihn hochzerre und in Richtung Tür stoße. »Verschwinde!«

Er öffnet die Tür und schwankt hinaus. Ich muss mich sehr zusammenreißen, um ihm keinen Tritt in den Hintern zu verpassen, damit er sich die Nase auf dem Bürgersteig blutig schlägt. Aber Kennedy hat mich gebeten, ihn in Ruhe zu lassen. Also knalle ich bloß die Tür zu. Ich schließe sie hinter meinem Vater und diesem Teil meines Lebens.

Dann drehe ich mich um und nehme Kennedy in die Arme, damit sie sich ausweinen kann. Meine Brust schmerzt, als hätte man mir einen schweren Schlag verpasst. Ich leide mit Kennedy, wegen allem, was sie durchgemacht hat, und ich trauere – um all die Zeit, die wir verloren haben, und um das Baby, das ich nie gesehen habe.

Kapitel 42

KENNEDY

Ich hätte nie damit gerechnet, dass es so schmerzhaft sein würde, Reese von Mary Elizabeth zu erzählen. Und dass es ihm so viel Kummer bereiten würde, es zu hören. Sein gequälter Gesichtsausdruck, als er sich nach der Auseinandersetzung mit seinem abscheulichen Vater schließlich zu mir umgedreht hat, tat mir im Herzen weh. Aber das war nur ein weiterer Beweis dafür, dass Reese tief in seinem Inneren diesem Mann nicht im Geringsten ähnlich ist. Henslow Spencer mag Reese in die eine oder andere Richtung gelenkt haben, aber nicht einmal seine böswilligsten Manipulationen konnten die wundervolle Seele, mit der sein Sohn geboren wurde, vernichten. Sie musste nur einige Jahre darauf warten, sich entfalten zu können. Auf gewisse Weise macht sie das nur noch schöner. Jedenfalls erfüllt es mich mit Dankbarkeit, dass ich es miterleben darf. Nicht um alles auf der Welt würde ich mir *diesen* Reese entgehen lassen wollen.

Kapitel 43

REESE

Mit Kennedy in den Armen aufzuwachen ist das einzig Reale und Verlässliche, sobald ich die Augen öffne. Ich wusste schon immer, dass mein Vater ein Mistkerl ist, aber dass er ein *derartiges* Scheusal ist, war mir wohl nie so richtig klar.

Ich bin überwältigt von dem Unrecht, das wiedergutgemacht werden muss, von all den Fehlern, die korrigiert werden müssen, und von Entschuldigungen, die ausgesprochen werden müssen. Aber wie? Wie kann ich Dinge in Ordnung bringen, die vor so langer Zeit geschehen sind?

Kennedy regt sich neben mir. Sie und die Versöhnung mit ihr ist meine oberste Priorität. Für sie muss ich alles wieder ins Lot bringen.

Ich drehe mich zur Seite, ziehe sie an mich heran und drücke die Lippen auf ihre nackte Schulter. »Guten Morgen.«

»Guten Morgen«, ertönt ihre heisere Antwort, aber ich kann hören, dass sie lächelt. Ihre Tränen sind versiegt. Jetzt muss ich nur noch dafür sorgen, dass sie nie wieder fließen. Zumindest nach dem heutigen Tag …

»Können wir reden?«, frage ich.

Ich spüre, wie sie die Schultern strafft. »Natürlich.«

»Ich weiß, dass das nicht einfach für dich ist, aber ich muss

Klarheit haben. Würdest du mir bitte von unserem Baby erzählen?«

Ich spüre ihr Seufzen ebenso, wie ich es höre. »Ach, Reese, sie war wunderschön. Die wenigen Stunden, die sie gelebt hat, war sie das schönste Baby der Welt. Sie hatte deine Haare, dunkel und leicht gelockt. Schon von Geburt an war ihr Kopf voll davon. Ihre kleinen Hände und Füße waren das Hübscheste, was ich je gesehen habe. Und wie sie sich in meine Arme geschmiegt hat, als ich sie gehalten habe ... auch wenn es nur für ein paar Minuten war ...«

Ich kann ihre Trauer spüren. Sie ist anders als meine, aber ich kann sie trotzdem spüren.

»Wo ist sie begraben?«

»In Bellano«, schnieft Kennedy. »An einer geheimen Stelle in der Nähe der Pförtnerloge.«

»Hat Malcolm nie davon erfahren?«

»*Ich* habe es nie jemandem erzählt. Ich weiß allerdings nicht, wem Hank davon berichtet hat. Jedenfalls muss Malcolm irgendwie davon erfahren haben. Vielleicht wusste er auch, wo ihr Grab war.«

»Würde es dir etwas ausmachen, wenn wir sie besuchen?«, frage ich zögernd. Aber ich werde Kennedys Hilfe brauchen, wenn das Grab so schwer ausfindig zu machen ist.

Kennedy dreht sich in meinen Armen um und sieht mir ins Gesicht. In ihren hellgrünen Augen glitzern Tränen. »Nein, es würde mir nichts ausmachen.«

Es bedeutet ihr ebenso viel wie mir; ich erkenne es an der Art, wie sie die Lippen auf die meinen presst, gerade so, als würde sie für diesen Kuss sogar auf ihren letzten Atemzug verzichten.

Erst als wir vor dem alten Häuschen stehen, in dem sie

aufgewachsen ist, frage ich mich, ob ich ihr nicht zu viel abverlange.

Je näher wir dem Ort kamen, an dem sie so viele unschöne Jahre verbracht hat, desto stiller wurde sie, und als ich nun auf dem Kiesweg halte, der von hinten an die Pförtnerloge führt, atmet Kennedy einmal tief ein und dann lange und hörbar aus.

»Ist es immer noch schlimm für dich, hier zu sein?«

Sie beißt sich auf die Lippen, während sie überlegt. »Nein, ist es nicht. Ich musste nur daran denken, wie sehr sich Hank nach Hillarys Tod verändert hat. Aus dem liebenden Ehemann und dem guten Stiefvater wurde ein Mann, der sich an seinem Kind vergreift. Bei der Erinnerung dreht sich mir der Magen um.«

Ich ergreife Kennedys Hand. »Es tut mir so leid, dass ich nie genau genug hingesehen habe, um zu erkennen, was du durchmachst.« Mir wird ganz schlecht, wenn ich nur daran denke, was er ihr angetan hat, umso mehr, weil er das Baby auf dem Gewissen hat. *Unser* Baby.

Sie verschränkt die Finger mit den meinen. »Du solltest es gar nicht wissen. Ich wollte nicht, dass du es erfährst. Obwohl ich mich verzweifelt nach jemandem gesehnt habe, der mich rettet, wollte ich dir diese Verantwortung nicht aufbürden. Dafür habe ich dich zu sehr geliebt. Deshalb habe ich es so gut geheim gehalten.«

»Aber ich hätte vieles anders gemacht. Ich hätte …«

Sie legt mir einen Finger auf die Lippen, um mich zum Schweigen zu bringen. »Ich weiß, aber ich wollte nicht, dass du bleibst, weil du musst oder weil ich dich brauche. Ich wollte, dass du bleibst, weil du es *willst*.«

»Das wollte ich ja auch. Das weißt du. Ich wollte bleiben.

Ich war nur so schwach. Mein Vater wusste genau, was er sagen musste, um mich dazu zu bringen, das zu tun, was er wollte. Aber ich … hasse mich dafür, dass ich es zugelassen habe. Ich hasse mich dafür, dass ich ihm nicht schon vor langer Zeit die Stirn geboten habe.«

»Aber du tust es jetzt. Noch ist nicht alles verloren, Reese. Dein ganzes Leben wartet noch auf dich.«

Ich führe ihre Finger an die Lippen und küsse ihre Handfläche. »Auf uns«, verbessere ich sie.

Sie lächelt. »Auf uns«, stimmt sie zu, dann öffnet sie die Autotür. »Los, komm mit. Ich will dir deine Tochter vorstellen.«

Kennedy führt mich um das Häuschen herum und in den Wald zu unserer Linken. Wir folgen einem kaum sichtbaren Pfad, der sich schließlich im dichten Unterholz verliert. Wieder hält sich Kennedy links, geht an ein paar einzelnen Bäumen vorbei und steigt über einen hohlen Stamm, bis sie zu einer von der Sonne beschienenen und von Schafgarben überwucherten Stelle kommt, an der jemand mit Steinen zwei Engelsflügel auf dem Boden nachgebildet hat. Kennedy muss nicht extra erwähnen, dass wir angekommen sind.

Langsam trete ich an die Stelle, an dem die Flügel zusammenstoßen, und sinke auf die Knie. Mein Instinkt sagt mir, dass sich hier, direkt unter mir, die letzte Ruhestätte meiner Tochter befindet, die ich in diesem Leben nicht mehr sehen werde.

Ich spüre, wie Kennedy neben mir niederkniet. Ich spüre ihre warmen Tränen, die unsere ineinandergefalteten Hände benetzen. Auch auf meine linke Hand tropfen Tränen. Allerdings sind es nicht Kennedys, sondern meine.

Wir verharren lange schweigend in dieser Stellung und

denken an unsere Tochter, jeder für sich. Erst auf dem Weg zurück zum Auto äußere ich die Frage, die mir auf der Seele brennt. »Hast du eigentlich je in Erwägung gezogen, weitere Kinder zu bekommen?« Aus den Augenwinkeln nehme ich wahr, dass Kennedy mich mustert, doch ich blicke weiter stur geradeaus. Ich möchte ihre Antwort weder auf die eine noch auf die andere Weise beeinflussen.

»Natürlich. Aber du nicht, oder?«, erkundigt sie sich mit einem Anflug von Traurigkeit in der Stimme.

»Früher nicht, nein. Ich wollte nie von einer anderen ein Kind. Aber mit dir ist es anders. Vermutlich habe ich irgendwie immer gehofft, dass wir eines Tages wieder zusammenfinden würden.« Ich bleibe stehen, greife nach Kennedys Händen und ziehe sie an mich, sodass ich die Arme um sie schlingen kann. »Als ich die Vasektomie habe machen lassen, habe ich mich beim Arzt erkundigt, ob es möglich ist, den Eingriff eines Tages wieder rückgängig zu machen. Wie denkst du darüber? Hättest du gerne noch ein Kind von mir, Kennedy?«

»Oh, Reese«, erwidert sie und schmiegt den Kopf an meine Brust, doch mir entgeht nicht, dass sich ihre Augen erneut mit Tränen füllen. Der Anblick versetzt mir einen Stich – ich habe Schuldgefühle, weil ich sie so oft zum Weinen bringe.

»Nicht weinen, Baby. Ich wollte dich nicht aufregen.«

Sie schnieft ein paar Mal, bevor sie den Kopf hebt und mich ansieht. »Ich weine nicht, weil ich traurig bin, sondern weil ich unglaublich glücklich bin. Das ist ein großer Unterschied.«

Ich muss lächeln. »Tja, wenn das so ist ...«

Ich beuge den Kopf, um sie zu küssen. Augenblicklich sprühen die Funken zwischen uns. Jetzt, da es keine Geheimnisse mehr zwischen uns gibt, sind wir uns emotional wieder näher, und je näher wir uns sind, desto größer ist die Anziehungskraft.

»Ich liebe dich«, murmelt sie, als ich sie endlich loslasse. »Danke, dass du mich liebst, obwohl ich nicht reich bin und keinen Highschool-Abschluss habe und …«

»Moment mal«, unterbreche ich sie. »Was sagst du da? Du hast die Highschool nicht abgeschlossen? Aber wie hast du dann …«

»Ich habe die Abendschule besucht. Hank hat mich, wie gesagt, von der Schule genommen, und danach war mein Rückstand nicht mehr aufzuholen. Nachdem das Baby gestorben war, hat er nie mehr versucht, mich anzufassen. Ich war wohl auch in seinen Augen ›Mangelware‹. Aber er hatte keine Scheu, mich zu schlagen oder zu treten, wann immer er glaubte, ich hätte es nötig. Nach seinem Tod habe ich mich sofort an der Abendschule angemeldet, und dort habe ich dann Gena Lamareau kennengelernt. Sie war meine Lehrerin, und außerdem gehörte ihr ein kleines Tanzstudio in der Stadt. Als sie erkannt hat, dass ich gerne tanze, hat sie mir erlaubt, umsonst bei ihr Tanzstunden zu nehmen. Das waren meine ersten Schritte in die Zukunft. Dank ihr konnte ich die Vergangenheit hinter mir lassen und der Mensch werden, der ich gerne sein wollte. Und dank ihr habe ich nun etwas, das mir niemand mehr nehmen kann.«

Sie sieht mir in die Augen, mit einem Blick, der kein Mitleid sucht, und ich beschließe auf der Stelle, die Pförtnerloge niederbrennen zu lassen, sobald ich in Bellano eingezogen bin. Sobald unsere Tochter die Grabstätte erhalten hat, die sie verdient.

Kennedy zuliebe verwandle ich meinen Zorn in etwas, das

weitaus konstruktiver ist. Ich liebkose ihre seidig weichen Wangen. »Du bist das stärkste, schönste Wesen, das mir je begegnet ist. Jeden Tag erstaunst du mich aufs Neue.«

Sie zuckt mit den Achseln, aber ihre Wangen nehmen angesichts des Kompliments eine rosige Farbe an. »Wie heißt es so schön? Unter Druck entstehen Diamanten. Ich bin froh, dass wir beide dem Druck standgehalten haben und es bis hierher geschafft haben. In die Gegenwart. Ich würde keine noch so glückliche Kindheit der Welt gegen das Hier und Jetzt eintauschen, die Gegenwart mit dir. Ja, ich habe Schlimmes durchgemacht, wie so viele andere Menschen auch, aber ich werde nicht zulassen, dass diese Erfahrungen mich und mein Leben prägen. Ich habe beschlossen, den Schmerz hinter mir zu lassen, in der Vergangenheit, wo er hingehört, und nur das mitzunehmen, was zählt: die schönen Erinnerungen. Die Erinnerungen an dich. An unseren Sommer. An das Baby, das wir gezeugt haben. Alles andere ist es nicht wert, bewahrt zu werden.«

»Und du. Du bist es wert. Damals wie jetzt. Für immer.«

Ich liebe den Klang dieser zwei Worte, wenn es um Kennedy geht – *für immer.*

Es ist an der Zeit, dass auch ich mich ganz darauf konzentriere und alles, was mein durchtriebener Vater getan hat, für immer hinter mir lasse. Einiges ist unverzeihlich. Es hat keinen Sinn, mein Leben noch länger damit zu verschwenden, eine gute Eigenschaft an meinem Vater zu suchen. Es ist Zeit, nach vorne zu blicken und mich dem Leben zu widmen, das ich mir für mich wünsche. Ein Leben *mit* Kennedy. Mit Kennedy und unserem Glück und unseren Kindern.

Und eines *ohne* Henslow Spencer.

Kapitel 44

KENNEDY

Ich lasse die vertraute Landschaft an mir vorbeiziehen. Reese fährt mich gerade nach Bellano, damit wir da sind, wenn die Möbel geliefert werden, die er bestellt hat. Er hat mich gebeten, ihm bei der Auswahl zu helfen. Ich weiß, er möchte, dass ich dort mit ihm lebe. Heute scheint er das Ende der kurzen Fahrt jedoch kaum noch erwarten zu können.

Der Möbeltransporter steht bereits vor dem Haus, als wir ankommen. Tanny hat einen dicken Pullover an, um sich vor der kalten Winterluft zu schützen, die durch die weit geöffneten Eingangstüren hereinströmt, während die Möbelpacker schwere Bettrahmen und massive Kommoden ins Haus schleppen.

Ich umarme und küsse Tanny beim Vorbeigehen. Reese macht dasselbe. Wie immer streichelt ihm die Haushälterin über die Wange und lächelt ihn an. »Meine zwei allerliebsten Menschen«, stellt sie fest und mustert mich mit ihren funkelnden blauen Augen.

»Ist es fertig?«, erkundigt sich Reese.

Tanny lächelt engelsgleich. Ich kann mich nicht entsinnen, sie je glücklicher gesehen zu haben. »Ja, es ist fertig.«

»Was denn?«, hake ich nach.

Die beiden werfen sich einen Blick zu und lächeln, aber

ich bekomme keine Antwort. Stattdessen nimmt Reese mich einfach an der Hand und meint: »Komm mit, ich zeige es dir.«

Wir gehen den Gang entlang, wobei wir uns über unsere Neuerwerbungen – Bilder, Teppiche und sonstige Möbel – unterhalten. Reese wollte das Mobiliar seines Onkels nicht weggeben, sondern es lediglich etwas umstellen und da und dort um ein, zwei Stücke ergänzen. Die geschichtsträchtigen Antiquitäten im Haus sind uns beiden gleichermaßen ans Herz gewachsen – kein Wunder, schließlich sind wir beide damit aufgewachsen und haben das Gefühl, dass das hier unser »wahres« zu Hause war. Deshalb wollten wir nicht allzu viel verändern.

Vor der geschlossenen Tür des Zimmers, das Tanny seit jeher bewohnt hat, bleibt Reese stehen.

»Ich habe ein paar zusätzliche Einrichtungsgegenstände für dieses Zimmer bestellt«, erklärt er mit der Andeutung eines Lächelns.

»Für Tannys Zimmer?«

»Ähm, nein. Tanny wird in eine der großen Suiten im anderen Flügel umziehen.«

»Und was passiert dann mit diesem Zimmer?«, erkundige ich mich.

»Sieh selbst«, sagt er mit einem zufriedenen, spitzbübischen Grinsen, bei dem ich vor Aufregung direkt Schmetterlinge im Bauch habe.

Als ich die Tür aufstoße, schnappe ich überrascht nach Luft und kann die Tränen, die mir in die Augen schießen, kaum zurückhalten.

Was ich vor mir sehe, ist nicht mehr Tannys Zimmer, sondern ein Kinderzimmer, das bereit ist für die Ankunft eines

Babys. Die Wände sind in einem fröhlichen Gelb gestrichen, und die frisch geschliffenen Bodendielen wurden in einem warmen Honigbraun lackiert. Im Erker vor dem Fenster erblicke ich ein weißes Gitterbett, rechts und links davon stehen zwei brandneue gepolsterte Schaukelstühle, davor liegen flauschige, weiße Teppiche.

»Ein Kinderzimmer«, flüstere ich, während mein Herz in der Brust hüpft. »Ach, Reese!« Ich drehe mich zu ihm um, und er breitet wie so oft die Arme aus und zieht mich an sich. »Jedes Mal, wenn ich das Gefühl habe, ich könnte nicht noch glücklicher sein …«, murmle ich, an seine warme, breite Brust geschmiegt.

»Stell dich lieber schon mal auf weitere Überraschungen von der Sorte ein, denn solange ich lebe, werde ich immer versuchen, dich noch glücklicher machen.«

»Das Einzige, was diesen Augenblick noch perfekter machen könnte, wäre eine Familie, mit der wir ihn teilen könnten. Wie schade, dass Malcolm das hier nicht mehr miterleben kann.«

»Das finde ich auch. Er wäre garantiert begeistert gewesen. Aber zumindest haben wir noch Tanny.«

Ich mustere ihn lächelnd. »Sie war vor Aufregung bestimmt total aus dem Häuschen, stimmt's?«

Reese grinst. »Ja, sie war total aufgekratzt.«

»Warum holst du sie nicht?«

Ich schlendere so lange im Zimmer umher und bewundere diverse kleine Details, bis Reese mit Tanny zurückkehrt. Sie steht mit glänzenden Augen im Türrahmen und lässt den Blick durch ihr ehemaliges Zimmer wandern.

»Was meinst du, Tanny, würde es dir etwas ausmachen, wenn wir Nachwuchs bekämen?«

»Nichts wäre mir lieber als das.«

»Ich sagte gerade zu Reese, wie wunderschön alles geworden ist … einfach perfekt … vor allem, weil wir es mit dir teilen können.«

Tanny bedeckt, sichtlich um Fassung ringend, ihre zitternden Lippen mit einer Hand. Dann zieht sie etwas hinter dem Rücken hervor: eine mit hübschen Schnitzereien verzierte Holzschachtel von der Größe eines Schuhkartons.

»Das ist für dich«, sagt sie und reicht sie mir. »Und für dich, Harrison.«

Ich hebe den schweren Deckel an und erblicke in dem mit hellrosa Seide ausgekleideten Inneren die Geburtsurkunde von Mary Elizabeth, von der Hank behauptet hatte, sie sei verloren gegangen. Ich nehme das weiße Dokument mit dem winzigen Fußabdruck heraus und streiche mit dem Daumen darüber. Er wirkt riesig, und das trotz meines tränenverschleierten Blicks.

»Wo hast du das her?«

»Nach Hanks Tod habe ich die Pförtnerloge ausgeräumt und sie unter einem losen Dielenbrett gefunden.«

Ich versuche gar nicht erst, die Tränen zurückzuhalten, die mir die Wangen herunterlaufen. »Ich habe sie nach den einzigen Menschen benannt, die mir je etwas bedeutet haben: Mary, nach Malcolms Frau, die er so sehr geliebt hat, und Elizabeth, nach dir, weil du wie eine Mutter für mich warst. Und Spencer, weil … sie eine Spencer war. Das wird sie immer sein.«

Reese tritt hinter mich, schlingt mir die Arme um die Taille und stützt das Kinn auf meinem Scheitel ab, als wollte er, dass ich seine Gegenwart spüre, als Zeichen seiner Liebe und Unterstützung.

»Es tut mir leid, dass ich dir nie davon erzählt habe, Tanny.«

Sie winkt ab. »Das ging mich nie etwas an.«

»Es war nicht etwa deshalb, weil ich nicht gewollt hätte, dass du es weißt. Ich hatte nur das Gefühl, ich könnte es dir nicht erzählen.«

»Warum?«

Ich blicke zu Reese hoch, und er nickt als Zeichen seines Einverständnisses, Tanny die ganze Geschichte zu erzählen. Sie gehört praktisch zur Familie, mehr noch als unsere *eigentliche* Familie.

Ich bin jetzt ruhiger, als ich erneut all das Revue passieren lasse, was vor so vielen Jahren geschehen ist. Es überrascht mich nicht, als Tanny zu weinen beginnt. Ihre Tränen gelten Reese und mir und dem Baby, das nie die Chance hatte, zu leben und zu kämpfen.

Tanny tritt zu uns und umarmt uns, um uns all den Trost zu spenden, den sie uns geben kann. Erst als sie sich etwas aufrichtet, kommt mir die Vermutung, dass ihre Tränen nicht nur unserer Geschichte gelten.

»Ihr beide habt so viel durchgemacht, aber ihr habt euch schließlich wiedergefunden. Endlich können eure Wunden heilen, und ihr könnt die Vergangenheit hinter euch lassen. Deshalb möchte ich euch jetzt auch etwas erzählen. Denn ich weiß, dass ihr zusammen stark seid, stärker als dein Vater, Harrison, und stärker als deine Vergangenheit, Kennedy.«

Reese hält mich immer noch im Arm, während Tanny zum Erker geht, wo sie das Babybett und die Schaukelstühle berührt, um dann mit den Fingern den Schriftzug »Baby« an der Wand nachzufahren.

»Ich war nur ein paar Jahre älter als du, Kennedy, als du

Harrison kennengelernt hast, da bin ich ihm begegnet – einem Mann, der genauso attraktiv, charmant und schneidig war wie Harrison. Ich habe mich Hals über Kopf in ihn verliebt. Aber wie die meisten Männer seiner Familie war er von einem Ehrgeiz getrieben, dem nichts und niemand Einhalt gebieten konnte. Ich wurde schwanger, und erst, als ich es ihm erzählt habe, hat er mir mitgeteilt, dass er ein Mädchen aus gutem Hause heiraten würde; eines, das von der Abstammung her zum Spencer-Clan passte. Es hat mir natürlich das Herz gebrochen. Aber ich wusste, solange ich nur mein Baby habe, ist alles in Ordnung. Doch dann, bei der Geburt des Kindes, hat Henslow Spencer mich noch ein letztes Mal besucht.«

Ich kann mir gerade noch die Hand vor den Mund halten, um einen leisen Aufschrei zu unterdrücken, doch Reese schnappt deutlich hörbar nach Luft. Ich kann es fühlen und zugleich hören, und ich spüre, wie er sämtliche Muskeln anspannt und mich noch näher an sich zieht.

»Mein Vater?«

Mit traurigem Blick dreht sich Tanny zu uns um und nickt. »Ja, Henslow Spencer, dein Vater. Der Vater meines Sohnes. Damals habe ich zum ersten Mal erfahren, dass er ebenso rücksichtslos wie charmant sein kann. Er hat mir im Krankenhaus die Wahl gelassen: Entweder würde ich mein Baby nie wieder sehen, oder aber ich könnte es unter seinen Bedingungen aufwachsen sehen. Er hatte Gerichtspapiere dabei, die meine Unfähigkeit als Mutter bescheinigten. Der Name Spencer stand schon damals für einen beträchtlichen Einfluss, deshalb war ihm auch das volle Sorgerecht eingeräumt worden. Er hat mir gesagt, ich dürfe keiner Menschenseele verraten, dass es sich um mein Kind handelt. Dann hat er mir eine Stelle bei Malcolm und Mary verschafft, als Haushälterin, damit ich meinen Sohn sehen konnte, wenn er bei den beiden zu Besuch war. Henslow hat mir versichert, dass er unseren Sohn oft vorbeibringen würde – was er auch getan hat. Ich war also gezwungen, mich zu fügen, sonst hätte ich mein Kind niemals wiedergesehen. Und ich wusste, dass ich damit nicht hätte leben können. Also habe ich seinen Vorschlag angenommen, und bis heute habe ich nie einer Menschseele erzählt, dass ich die Mutter seines Erstgeborenen bin.«

Reese bleibt die Luft weg. Ich kann spüren, wie seine Arme, mit denen er mich hält, leicht zittern, und ich weiß, dass seine Welt zum wiederholten Male völlig durcheinandergeraten ist. Diesmal allerdings aus Sanftheit und Liebe.

»Ich wollte, dass du es erfährst, denn ich will nicht, dass du dein Leben weiterlebst, ohne zu wissen, dass es immer jemanden gegeben hat, der alles, was er hat, für dich aufgeben würde. Einen Menschen, der *tatsächlich* alles, was er hatte, für dich aufgegeben hat.«

Reese lässt langsam die Arme sinken, und ich registriere die Kühle an meinem Rücken, dort, wo eben noch sein warmer Körper war, als er zu Tanny hinübergeht. Ich betrachte die beiden, und mit der eben gewonnenen Erkenntnis fällt mir zum ersten Mal auf, dass Reese Tannys Augen hat. Und auch die gleichen eckigen Schultern wie sie. Und ich sehe, wie sie ihn anstrahlt, und erkenne darin zum ersten Mal das, was es ist, nämlich mütterliche Liebe. Beständige, wahre Liebe, wie es die Liebe einer Mutter nun einmal ist. Tanny war die ganze Zeit über da, eine stille, geduldige Beobachterin.

Als Reese behutsam die kräftigen Arme um die zerbrechliche Gestalt seiner Mutter legt, wird mir bewusst, dass sich der Kreis geschlossen hat, dass all dem Kummer und Leid und all der Lügen und Betrügereien zum Trotz alles so ist, wie es sein soll. Nicht die Reise gibt das Ende vor, *wir* tun es. Die Entscheidungen, die wir treffen, bestimmen unseren Lebensweg, unser gesamtes Leben.

Und es sind Eigenschaften wie Stärke und Güte, die Reese, seine Mutter und mich hier zusammengeführt haben. Endlich. Allen Widrigkeiten zum Trotz haben wir getan, was für unsere Lieben getan werden musste, und letztendlich hat sich alles zum Guten gewendet. Am Ende hat die Liebe gesiegt.

Sie siegt immer.

Und sie wird immer siegen.

Ich war der Meinung, ich bräuchte keinen Retter, und doch musste ich gerettet werden. Auf die eine oder andere Art müssen wir alle gerettet werden. Reese war mein Superman. Er war mein Held, lange bevor er sich dessen überhaupt bewusst war. Vielleicht war auch ich seine Heldin. Vielleicht habe auch ich ihn gerettet. Gut möglich, dass wir uns von nun an gegenseitig retten werden, jeden Tag, bis in alle Ewigkeit. Sollte es so kommen, dann ist mir das jedenfalls ganz recht.

Epilog

REESE

Wie auch der Rest des Publikums verfolge ich atemlos, wie meine Frau auf der Bühne herumwirbelt. Ihr langer, anmutiger Körper schwebt durch die Luft, als würde er an einem Seil hängen. Ihr Anblick ist betörend. Sie ist eine geborene Tänzerin, und ich bin geboren worden, um ihr dabei zuzusehen.

Es ist schon fast ein Jahr her, dass ich ihr von meiner letzten Investition erzählt habe.

»Würdest du jetzt bitte mal aufhören zu putzen und mich anschauen?«, habe ich sie damals mit gespielter Entnervtheit gefragt, während sie die Gitterstäbe des Kinderbetts schrubbte. »Ein Baby braucht keine hundertprozentig keimfreie Umgebung, musst du wissen.«

Sie ließ die Hände sinken und sah mich mit dem für sie typischen Funkeln in den Augen an. Ihr Haar war von dem energischen Putzen ganz zerzaust. »Warum? Soll ich mit meinen Händen vielleicht etwas anderes tun?« Sie hob eine Hand und wackelte mit den Fingern. Beim Anblick ihrer Zungenspitze, die zwischen ihren vollen Lippen hervorlugte, hätte ich einen Moment lang beinahe vergessen, was ich ihr erzählen wollte.

Ich ließ den Blick über ihr wunderschönes Gesicht und über die leichte Wölbung ihres Babybauchs gleiten und dachte an das

Geschenk, das ich ihr zur Geburt unseres Kindes machen wollte. Ich würde ihren letzten unerfüllten Traum wahr werden lassen.

»Vielleicht sollte ich dich noch ein bisschen auf die Folter spannen und es dir erst erzählen, wenn sie morgen die Geburt eingeleitet haben«, sagte ich grinsend.

Sie zog einen Gummihandschuh aus und verpasste mir damit einen Klaps. »Wag es ja nicht!«

Sie sprang auf und ließ sich auf meinen Schoß fallen, und da saßen wir dann, wie so oft, auf dem Schaukelstuhl im Kinderzimmer und stellten uns vor, wie es sein würde, unser Baby in den Schlaf zu wiegen.

»Also, wenn du mir so kommst …« Ich zwinkerte ihr zu, und sie packte mein Gesicht und gab mir reichlich unsanft einen Kuss.

»Raus damit, oder du wirst mit Konsequenzen rechnen müssen.«

»Also gut«, sagte ich mit einem übertriebenen Seufzer, »ich glaube, ich habe dir noch gar nicht erzählt, was ich mit dem Geld anzustellen gedenke, das ich durch den Verkauf meiner Clubs eingenommen habe.«

»Du meinst, mal abgesehen davon, dass du mich mit Geschenken überhäufen wirst, für die ich nicht die geringste Verwendung habe?«

»Ja, abgesehen davon.«

»Nein, das hast du mir noch nicht erzählt.«

»Ich möchte das Geld investieren, und ich habe da einen Freund, der offen ist für meinen Vorschlag. Vielleicht hast du ja schon von ihm gehört: Er heißt Chance Altman.« Kennedy starrte mich mit großen Augen und offenem Mund an. »Ich dachte mir schon, dass dir der Name etwas sagen könnte. Altman war von dem Vorschlag, einen Partner ins Boot zu holen, recht angetan,

und auch von der Idee, eine zweite Compagnie in Chicago zu gründen. Ich konnte ihm auch den Namen einer außerordentlich talentierten Tänzerin nennen, die ich zufälligerweise kenne. Und stell dir vor, im Steadman Theater wird ab diesem Sommer eine Stelle frei, für drei Aufführungen pro Woche. Und all das hat dein überaus charmanter, einfallsreicher Mann eingefädelt …«

Kennedy starrte mich mindestens eine ganze Minute lang sprachlos an, dann lehnte sie die Stirn an meine, und ich konnte zusehen, wie die Freudentränen von ihrer Nasenspitze auf mein Hemd tropften.

»Das wäre gar nicht nötig gewesen. Mein Leben ist auch so schon glücklich und erfüllt, Reese.«

»Aber ich musste dir dieses Geschenk einfach machen. Ich möchte dich tanzen sehen, meine Schöne. Ich möchte dich tanzen sehen, bis du nicht mehr davon träumst zu tanzen.«

Sie hob den Kopf und sah mich mit ihren großen, grünen Augen an. »Du bist mein Traum. Er ist mein Traum«, meinte sie unter Tränen und legte die flache Hand auf ihren Bauch.

»Und du meiner. Ich weiß, dass du das schon immer wolltest. Und du sollst es bekommen.«

Auf diese Unterhaltung folgte dann ein ausgesprochen sportliches Schäferstündchen, insbesondere in Anbetracht von Kennedys Schwangerschaft. Und wie sich herausstellte, war das eine gute Idee, denn die Geburt musste danach nicht mehr eingeleitet werden. Malcolm Harrison Spencer kam ganz von allein auf die Welt.

Ich erinnere mich noch genau daran, wie es sich angefühlt hat, ihn in den Armen zu halten – mein Kind, zu einem Teil von mir, zu einem Teil von Kennedy, vereint in dem perfektesten Säugling, den ich je gesehen habe. Ich hätte nicht gedacht, dass es noch Augenblicke in meinem Leben geben würde, die genauso erhebend sein könnten wie der Moment, als Kennedy mir in der Kirche gegenüberstand und die Worte »Ja, mit Gottes Hilfe« aussprach. Aber unseren Sohn zum ersten Mal zu halten konnte da ohne Weiteres mithalten.

Seither hätte das Leben nicht schöner sein können. Wir haben unseren Sohn gemeinsam gefüttert und gebadet und ihm dabei zugesehen, wie er die ersten wackeligen Schritte gemacht und dabei gebrabbelt hat. Und ich würde keine einzige Sekunde davon missen wollen.

Seit ich Zeuge der Geburt unseres Sohnes geworden bin, sind zehn Monate vergangen, und nun bin ich Zeuge eines weiteren unglaublichen Moments – heute wird seine Mutter zum ersten Mal auf dieser Bühne den Tanz ihrer Träume tanzen, und die ganze Welt kann sie dabei bewundern.

Es raubt mir schier den Atem, ihr dabei zuzusehen, wie sie lächelnd über die Bühne wirbelt, und das befriedigende Gefühl zu wissen, dass ich ihr dabei geholfen habe, dieses Ziel zu erreichen ist … einfach unbezahlbar.

Ich lebe ein Leben, wie ich es mir niemals hätte träumen lassen, und ich bin glücklicher, als ich es jemals zu hoffen gewagt hätte. Mein Sohn ist zu Hause – meine Mutter passt auf ihn auf –, während meine Frau hier auf der Bühne steht, wo sie hingehört. Ich habe mein Imperium ausgebaut, für unsere Kinder. Mehr kann ich vom Leben nicht erwarten.

Und falls doch, dann würde ich mir ein kleines Mädchen wünschen.

Nur noch ein kleines Mädchen.